古典詩歌研究彙刊

第五輯

龔鵬程　主編

第 19 冊

方苞詩文研究（上）

廖素卿　著

國家圖書館出版品預行編目資料

方苞詩文研究（上）／廖素卿 著 — 初版 -- 台北縣永和市：
花木蘭文化出版社，2009〔民98〕

序 2+ 目 4+208 面；17×24 公分
（古典詩歌研究彙刊 第五輯；第 19 冊）

ISBN 978-986-6528-68-2（精裝）
1.（清）方苞 2.學術思想 3.傳記 4.文學評論
5.清代文學

847.4   98000993

ISBN - 978-986-6528-68-2

9 789866 528682

古典詩歌研究彙刊
第五輯 第十九冊 ISBN：978-986-6528-68-2

方苞詩文研究（上）

作 者 廖素卿
主 編 龔鵬程
總 編 輯 杜潔祥
出 版 花木蘭文化出版社
發 行 所 花木蘭文化出版社
發 行 人 高小娟
聯絡地址 台北縣永和市中正路五九五號七樓之三

　　　　　電話：02-2923-1455／傳眞：02-2923-1452

網 址 http://www.huamulan.tw 信箱 sut81518@ms59.hinet.net
印 刷 普羅文化出版廣告事業
初 版 2009 年 3 月
定 價 第五輯 20 冊（精裝）新台幣 28,000 元

方苞詩文研究（上）

廖素卿 著

作者簡介

廖素卿，台灣雲林縣人。東海大學中研所碩士，中國文化大學中研所博士。著有
「曾鞏散文研究」、「方苞詩文研究」及學術論文多篇。

提　　要

　　本論文共分七章。首章時代背景，分從地理環境、政治情勢、社會風氣、學
術思想及文學思潮言之，以求知人論世之效。二章家世與生平，追溯其先世、家
族及家境，作尋根討源，以知其淵源之所自；敘述其生平，由學習成長、應試授徒、
仕宦生涯及告老還鄉四期，以縱觀其一生之經歷事蹟。三章至五章為本論文之主
題，分別就其詩、時文、古文作研究，詩歌從師承、絕意不為詩、理論、作品內
容及特色言之；時文就取徑、指陳時文之弊、理論、作品及風格言之；古文由淵
源、理論、藝術特色及貶班抑柳言之，庶幾將其文學成就作全面之探討。六章評
價與影響，分詩歌、時文、古文作評價及對後世之影響。末章結論，總束研究所
得，並肯定其在中國文學史上之貢獻與地位。

目
次

自 序

　　有清一代之古文，以桐城派爲正宗，其綿歷二百餘年，傳世之久，除宋之江西詩派外，鮮能與之頡頏者。方苞被尊爲桐城派之初祖，其古文向爲後人所稱道，而其詩歌、時文，則爲世人所罕知，尤其以不能詩者視之。爲展現其在文學上之造詣，必將其文學作品作全面之探索，還其原貌，不能僅以古文家目之而已。故欲深究方苞之文學成就，固以其傳世之作品爲首要資料，於是剔羅爬抉其文集、遺集爲主，旁及有清諸文集、筆記、史書、方志爲輔，又參酌前賢研究之成果，以資借鑑，運用分析、歸納之方法，並益以己見，期能將方苞之詩文成就彰顯而出也。

　　本論文共分七章。首章時代背景，分從地理環境、政治情勢、社會風氣、學術思想及文學思潮言之，以求知人論世之效。二章家世與生平，追溯其先世、家族及家境，作尋根討源，以知其淵源之所自；敍述其生平，由學習成長、應試授徒、仕宦生涯及告老還鄉四期，以縱觀其一生之經歷事蹟。三章至五章爲本論文之主題，分別就其詩、時文、古文作研究，詩歌從師承、絕意不爲詩、理論、作品內容及特色言之；時文就取徑、指陳時文之弊、理論、作品及風格言之；古文由淵源、理論、藝術特色及貶班抑柳言之，庶幾將其文學成就作全面之探討。六章評價與影響，分詩歌、時文、古文作評價及對後世之影

響。末章結論，總束研究所得，並肯定其在中國文學史上之貢獻與地位。

對於方苞之詩文成就，其詩能獨抒性情，有益教化，推陳翻新，發前人所未發，但不苟作，以致傳世不多，然亦不容忽視也。至於時文，今雖已廢，但在有清享譽盛名，號為「江東第一能文之士」，能以古文藥時文之弊，其影響至清末科舉廢而止，故亦不能抹煞也。古文則為世人所悉，其理論「義法」、「雅潔」，近人郭紹虞稱「集古今文論之大成」，與其古文創作能表裡印證，相得益彰，正合今日所重之文章學、篇章學與語言學之要求，由此可知，方苞之文學造詣能冠冕一代，歷久不衰，良有以也。

斯篇之作，幸蒙潘師石禪啟迪發端，引門入徑，諄諄教誨，匡謬釋惑，復承諸友精神鼓勵，從旁協助，歷時數載，始克成篇，深感師恩似海，沒齒難忘，良師益友，惠我良多，銘感五內，曷可言宣。惟資質駑鈍，學識有限，凡所論述，未臻完善，疏誤掛漏，勢所難免，祈盼博儒碩彥，幸賜教焉。

中華民國八十一年五月　廖素卿　謹識於台中

第一章　時代背景

　　方苞云：「文之氣格規模，莫不與其性行相似。」〔註 1〕文學乃作者性情與經驗之體現，性情雖與生俱來，然而人類向營團體生活，離群難處心，索居易永久，生於斯世，往往受時代之薰陶，長於斯地，處處受環境之渲染，劉勰《文心雕龍‧時序》云：「文變染乎世情，興廢繫乎時序。」故欲究方苞之文學成就，首由其所處之時代背景入手，以達知人論世之效。本章擬從地理環境、政治情勢、社會風氣、學術思想、文學思潮等方面探討之。

第一節　地理環境

　　地理環境乃人類活動之空間，作為表現人生之文學，莫不受地理環境之制約與影響，尤其吾國幅員廣大，地域遼闊，各地山川、水土、風候之自然地理環境，及政治、文化、風俗等之人文地理環境迥異，對文學固然呈現不同之風貌。

　　就自然地理環境言，歷來論文者好言「江山之助」，劉勰《文心雕龍‧物色》云：「山水皋壤，實文思之奧府，略語則闕，詳說則繁。然屈平所以能洞監風騷之情者，抑亦江山之助乎！」劉師培〈南北文學不同論〉亦云：「大抵北方之地，土厚水深，民生其間，多尚實際；

〔註 1〕《方望溪遺集》書牘類〈代揚州太守張又渠課士牒〉，頁 78，安徽省黃山書社，1990 年 12 月第一版。

南方之地，水勢浩洋，民生其際，多尚虛無。民崇實際，故所著之文，不外記事、析理二端；民尚虛無，故所作之文，或爲言志、抒情之體。」〔註2〕足見由於山川風土之感召，而產生迥然相異之文風，故方苞云：「永、柳諸山，乃荒陬一丘一壑；子厚謫居，幽尋以送日月，故曲盡其形容。」〔註3〕永、柳州山水幽峭，柳宗元詠文與之相近，謂得「江山之助」也。

就人文地理環境言，其感人之深尤甚於自然地理環境，蓋自然地理變化緩慢，而政治、文化、風俗等人文地理常與時推移，文學能反映其變化，亦常受其影響而改易文風，如《漢書‧藝文志》云：「古有采詩之官，王者所以觀風俗，知得失，自考正也。」〔註4〕此乃文學反映民風也；又如曹丕《典論‧論文》云：「徐幹時有齊氣。」此乃風俗影響文學也。故梁啓超云：「天行之力雖偉，而人治恆足以相勝。」〔註5〕此即人文地理之功勝於自然地理之力也。可知地域之民俗文化，能對吾人起潛移默化之作用。

方苞之故鄉桐城，清時安慶府六屬縣之一，今爲安徽省桐城縣，位長江北岸，介於江、淮之間，爲一山水區奧，戴名世云：

> 桐城居深山之中，地方百餘里，一面濱江，面群山環之，山連亙千餘里。與楚之蘄、黃，豫之光、固，以及江、淮間諸州縣，壤地相接，犬牙錯處，雖山川阻深，而人民之所走集，皆爲四遠之衝。桐之西有嶺曰掛車，東有關曰北峽，皆險阻地，昔者三國時吳人所以圖曹休也。凡桐之境，西至於潛山，又西至於太湖、宿松。西南至於蘄、黃，南

〔註2〕劉師培《劉申叔先生遺書》〈南北文學不同論〉，頁 670，大新書局，民國 54 年 8 月出版。

〔註3〕《方苞集》卷十四〈遊雁蕩記〉，428 頁，上海古籍出版社，1983 年 5 月第一版。

〔註4〕班固《漢書》卷三十〈藝文志〉第十，頁 1708，鼎文書局，民國 68 年 11 月初版。

〔註5〕梁啓超《飲冰室全集》第三十六冊〈中國地理大勢論〉，頁 25，東南文化出版社，民國 50 年 3 月出版。

> 至於安慶，桐即安慶之所屬邑也。東至於廬江、無爲州。
> 東北至於舒城，又東北至於廬州、鳳陽。北至於六安、英、
> 霍，又北至於光、固。〔註6〕

桐城爲群山環繞，形勢險要，有北峽、南峽阻其北，橫山、二龍障其
前，沙河、掛車控其石，長江限其東，表裡江湖，周環山澤，〔註7〕
直可謂「其山深秀而穎厚，其山迤邐而蕩瀁」，〔註8〕姚鼐亦云：

> 獨吾郡潛、霍、司空、龍眠、浮渡，各以其勝名於三楚，
> 而浮渡瀕江倚原，登陟者無險峻之阻，而幽深奧曲，覽之
> 不窮，是以四方來而往遊者，視他山爲尤眾，常隱然與人
> 之心相通，必有放志形骸之外，冥合於萬物者，乃能得其
> 意焉。〔註9〕

桐城山水秀麗，聞名遐邇，方苞亦自言：「余家世居龍眠」，〔註10〕「余
生山水之鄉」，〔註11〕「平生好爲山澤之遊」，〔註12〕於〈再至浮山記〉
云：

> 昔吾友未生、北固在京師數言白雲、浮渡之勝，相期築室
> 課耕於此。康熙己丑，余至浮山，二君子猶未歸，獨與宗
> 六上人遊。每天氣澄清，步山下，巖影倒入方池；及月初
> 出，坐華嚴寺門廡，望最高峰之出木末者，心融神釋，莫
> 可名狀。〔註13〕

蓋山川之明媚，能使人欣然而樂，深巖削壁，仰觀俯視，油然興起望
峰息心，窺谷忘返之意，此時則萬感絕，百慮冥，大有天地與我並生，

〔註6〕戴名世《戴名世集》卷十二〈子遺錄〉，頁310，北京中華書局，1986
　　　年2月第一版。

〔註7〕清·廖大聞等修，金鼎壽等纂《桐城續修縣志》卷一〈輿地志·形勝〉，
　　　頁11，清道光七年刊本，成文出版社影印，民國55年至民國59年。

〔註8〕同註7。

〔註9〕姚鼐《惜抱軒全集》卷四〈左仲郭浮渡詩序〉，頁32，世界書局，民
　　　國73年7月三版。

〔註10〕《方望溪遺集》序跋類〈劉氏宗譜序〉，頁17。

〔註11〕《方苞集》卷十四〈遊潭柘記〉，頁423。

〔註12〕《方望溪遺集》序跋類〈劉梧岡詩序〉，頁11。

〔註13〕《方包集》卷十四〈再至浮山記〉，頁423。

萬物與我合一之慨，可謂江山靈氣足以陶融心靈，進而蓄清英而生良才也。故戴名世云：「桐、舒兩縣皆大山連環，犬牙相錯，而吾桐獨爲名勝」，「夫山川瀠迴蜿蜒，其中必有秀出者，豈得龍、舒之山無人乎哉！」「江、淮之間，士之好爲詩者莫多於桐」。〔註14〕姚鼐云：「夫黃、舒之間，天下奇山水也」，「天下文章，其出於桐城乎！」「豈山川奇傑之氣，有蘊而屬之邪？」〔註15〕言皆不虛也。

　　梁啓超嘗謂有清一代學術，幾爲江、浙、皖三省所獨占，而同一郡縣，其文化或數百年賡續不替，如皖之桐。〔註16〕其何以致之耶？據梁啓超〈近代學風之地理的分布〉云：

> 安徽與江蘇合稱江南，在前清鄉科，同試一闈，事實上蓋爲不可分之一文化區域也。而皖北與皖南風氣固殊焉。皖北沿淮一帶，——今淮泗道，舊鳳陽，壽、潁、亳、滁諸州府，自昔惟產英雄，不產學者。故無得而稱焉。皖北沿江一帶，——今安慶道，舊安慶、廬、和、六安諸州府，交通四達，多才華之士，其學以文史鳴。皖南——今蕪湖道，舊徽、池、寧國、廣德、太平諸州府，群山所環，民風樸悍而廉勁，甚學風堅實條理而長於斷制。此其大較也。〔註17〕

此言皖北與皖南學風迥異，皖北沿淮一帶惟產英雄，沿江一帶擅於文史；而皖南則長於斷制。又云：

> 皖北名都推合肥與桐城。合肥近代多顯宦，學界無傑出之士。故言皖北學風，可以桐城爲代表。桐城之學，自晚明方密之以智、錢飲光澄之開發之後，三百年間，未嘗中斷，學界上一名譽之都邑也。〔註18〕

皖北合肥多顯宦，以從政爲多，桐城多學者，稱之「學界上一名譽之

〔註14〕戴名世《戴名世集》卷二〈郭生詩序〉，頁32。

〔註15〕姚鼐《惜抱軒全集》卷八〈劉海峰先生八十壽序〉，頁87。

〔註16〕梁啓超〈近代學風之地理的分布〉，2頁～3頁，清華學報第一卷第一期，民國13年6月。

〔註17〕同注16，頁23。

〔註18〕同註17。

都邑」，蓋桐城先輩「密之、飲光皆間關憂患，從永歷於滇南，氣節凜然，爲後進式。密之之學，堅樸綜覈，大類皖南。其《通雅》一書，實導後此聲音訓詁學先路。晚歲乃逃於禪，喜談名理。其子田伯中德著古事比。位伯中通事梅定九，以善數學聞，又著物理小識。素伯中素著古今釋疑。皆能傳其父學者。飲光學風則稍異密之。彼蓋才氣橫溢之人，以詩文豪，而治經史則其餘事也。」〔註19〕據蕭一山《清代通史》附表〈清代學者著述表〉之列名統計，則桐城有二十三人之多，〔註20〕占安徽省之冠，又李絜非以地理緣由述桐城學者眾多之因：其一，山水清新，有大江、龍眠之勝，居其間者，自易扢揚風雅，多著篇章；其二，踵明末左光斗、方密之之遺徽，流風餘沫，振發良多。加以桐產之巨官達宦，清初爲盛，則提携吸引，當在不少。〔註21〕豈所謂「地靈人傑」乎？

　　桐城非但山水奇秀，甲於他縣，且民風純樸，方苞云：「桐俗淳厚時，家僕終世給事，未嘗見主母。近則稍有違者，皆以相見爲渥洽。」〔註22〕戴名世云：

　　　　自前世天下有變，桐必受兵。明高皇帝起江北，定中原，
　　　　王蹟實由此興，而建都南京，則桐爲王畿內地。自是天下
　　　　承平且三百年，桐士大夫仕於朝者冠蓋相望，而持節鉞爲
　　　　鎮撫者徧天下。四封之內，田土沃，民殷富，家崇禮讓，
　　　　人習詩書，風俗醇厚，號爲禮義之邦。〔註23〕

又《桐城續修縣志》云：

　　　　城中皆世族列居，惟東南兩街有市廛；子弟無貧富皆教之
　　　　讀，通衢曲巷，書聲夜半不絕；士重衣冠，無以小帽馬褂

〔註19〕同註17。
〔註20〕蕭一山《清代通史》附表〈清代學者著述表第六〉，第五冊，頁497～594，商務印書館，民國52年4月初版。
〔註21〕李絜非〈清代安徽學者地理分佈之統計小論〉，頁2，《學風》第五卷第九期，1935年9月。
〔註22〕《方苞集》卷十七〈己亥四月示道希兄弟〉，頁480。
〔註23〕同註6。

行於市者,雖盛暑不苟,貧士以布爲袍褂,與裘帛並立不恥;重長幼之序,遭長者於道,垂手立,長者問則對,不問則待長者過然後行,或隨長者行,毋敢踰越;士人晨夕以文字往來相攻錯;明以來多講性理之學,近時窮究經術,多習考據,其以詩、古文詞聞於藝苑者尤多;郭門以外,西北環山,民愿而樸,東南濱水,民秀而文,搢紳發跡,文物蔚興,東南更盛;四鄉風氣質樸,非行嘉禮、會賓客,雖行衢市皆長袍小帽,耕讀各世其業,皆能重節義,急租輸,敬官長。〔註24〕

可知桐城子弟勤讀書,士重衣冠,長幼有序,風氣質樸,耕讀爲生,重節義、敬長上,號爲「禮義之邦」。由於學而優則仕,如此經由科舉而步入宦途,否則亦以授徒爲業,提攜後進。故方苞云:「吾桐多名族,……蓋詩禮相承,不事聲華,而世多文士也。」〔註25〕

方苞故鄉雖在桐城,然而明末曾祖方象乾因避寇亂,遷至江寧府,僑居上元縣,〔註26〕上元在府治東北,本秦秣陵縣地,吳曰建業,晉平吳,仍曰秣陵,太康三年,分秣陵北爲建業,尋改業爲鄴,建興初,又改曰建康,後因之,隨併爲江寧縣,唐初因之,上元初,改爲上元縣。〔註27〕前據大江,南連重嶺,憑高據深,形勢獨勝,故諸葛亮讚此地爲「鍾阜龍盤,石城虎踞,眞帝王之宅。」清一統志云:「依鍾阜以樹闕,憑石頭以建牙,表裡江山,首尾相應,東南壯麗無過於此。」〔註28〕山川環列,氣象宏偉,誠東南一大都會,文人會聚,爲士林淵藪,顧璘云:「吾鄉大都也,生人之性亢朗沖融,重義而薄利,風俗之美,喜文藝而厭凡鄙,得天地之靈懿焉,其敝也,乃或樂虛淫、

〔註24〕同註7,卷三〈學校志·附風俗〉,頁91～92。
〔註25〕同註10,頁16。
〔註26〕同註22,云:「副使公始至金陵,居由正街,後遷土街。」頁478。
〔註27〕顧祖禹《讀史方輿紀要》卷二十〈江寧府〉,頁905,新興書局,民國45年5月初版。
〔註28〕清·陳栻等纂《上元縣志》卷四〈形勢〉,頁396～397,清道光四年刊本,成文出版社影印,民國72年3月。

習侈豫，無麻衣蟋蟀之風，恐士緣以喪節也。」〔註29〕山川雖美，然而敝於華靡，尚奢侈之習，方包〈龍溪蔡氏宗譜序〉云：

> 以余所聞見，百年之中，金陵宦族富家未有再三傳而不敝者。論者咸謂江流赴海，至此有泄而無富，蓋地脈使然，非也。自江左偏安，士大夫好清談，以風流相尚，禮俗遂漸於習尚，加以山川平曠，多名園古刹、清池異石、老樹嘉葩，自始春以至杪冬，嬉戲觀游之節會，無月無之。惟盎無斗儲，笥無完衣，然後為士者始伏案吟誦，以望科名；行賈者冒險艱，忍飢勞，以冀贏餘；坐列負販者纖嗇筋力，以累錙銖。及父兄既得所欲，則子弟安居暇逸，惟知勝地良辰之可娛，甘食美衣，爭鮮鬥妍，而欲其學業之不荒，資產之不耗，得乎？〔註30〕

又〈甲辰示道希兄弟〉云：

> 金陵之俗，中家以上，婦不主中饋、事舅姑，而飲食必鑿，燕遊惟便。縫紝補綴，皆取辦於工；仍坐役僕婦及婢女數人，少者亦一二人。婦安焉，子順焉，蓋以母之道奉其妻而有過矣。〔註31〕

金陵民風浮惰，好逸惡勞，甘衣美食，方苞懼家族染此習性，特列入家訓中，言「吾家寒素，敝衣粗食，頗能外內共之，而婦人必求婢女，猶染金陵積習，吾甚懼焉。道希兄弟其與二三婦其勉之！恐余不幸而言之中也。」〔註32〕諄諄告誡子孫，實深謀遠慮，用心良苦矣。

方苞生長於上元縣，與故鄉桐城一水相通，往來便捷，每逢祭祖、應試時常返鄉，受桐城地理環境之浸漬尤深，遂逐步邁向文學之路，方宗誠云：「鬱之久，積之厚，斯發之暢。逮於我朝，人文遂為海內宗，理勢然也。」〔註33〕馬其昶云：「一代人才之興，其大者乃與世

〔註29〕同註28，卷四〈風俗〉，頁404。
〔註30〕《方望溪遺集》序跋類〈龍溪蔡氏宗譜序〉，頁17～18。
〔註31〕《方苞集》卷十七，〈甲辰示道希兄弟〉，頁485。
〔註32〕同註31。
〔註33〕方宗誠《栢堂遺書次編》卷一〈桐城文錄敘〉，頁15，清光緒間志學

運爲隆替，觀於鄉邑可知天下，豈不信然哉？蓋當燕藩奪統，吾縣方斷事法以遷方小臣，不肯署表，自沉江流，厥後余按察珊、齊按察之鸞及先太僕皆以孤忠大節，與世齟齬陵夷，至天啓左忠毅公乃死於璫禍，而明隨以亡，當是時，鉤黨方急，方密之、錢田間諸先生閉關亡命，求死不遑，猶沈潛經籍，纂述鴻編，風會大啓，聖清受命，吾縣人才彬彬稱盛矣。方姚之徒出，乃益以古文爲天下宗，自前明崇節義，我朝多研經摛文之士，吾嘗暇日陟嵯峨、投子之巔望西北，曾巒巨嶺隱然出雲表，而湖水迤邐蕩潏於其前，因念姚先生所稱黃舒之間，山川奇傑之氣，蘊蓄且千年，宜其遏極而大昌。」〔註34〕梁啓超云：「逮康熙末葉，則方望溪苞與戴南山名世並起。兩人皆以能文章名。『桐城派古文』，固當祖歙光而禰方、戴也。南山善治史，其史識史才皆絕倫。卒以作史蒙大戮，後輩懲焉，而諱其學。望溪顯宦高壽，又治程朱學，合於一時風尚，故其學獨顯。桐城派『因文見道』之徽幟，自望溪始也。」〔註35〕故知人才輩出，地理環境使然也。

第二節　政治情勢

《清史稿·范文程傳》云：「治天下在得民心，士爲秀民。士心得，則民心得矣。」〔註36〕國父　孫中山先生《心理建設自序》亦云：「政治之隆污，係乎人心之振靡。」滿清能入主中國長達二百餘年之久，主要在於政治策略採剛柔並濟，恩威兼施，一則以懷柔政策，籠絡民心，再則以高壓手段，排除異己。方苞生於康、雍、乾三朝，非但耳聞目睹，且置身其中，親自體驗，感受最深，茲就當時政治情勢分兩層述之。

堂家刊本，藝文印書館影印，民國 60 年。

〔註34〕馬其昶《桐城耆舊傳》〈序目〉，頁 3～4。清宣統三年刊本，廣文書局影印，民國 67 年 3 月。

〔註35〕同註16，頁 23～24。

〔註36〕國史館編《清史稿校註》卷二三九列傳十九〈范文程傳〉，第十冊，頁 8088。國史館印行，民國 77 年 8 月。

一、懷柔政策

　　明末清初，民族意識高漲，砥礪氣節，敦崇名教，滿清以異族入侵，飽受漢人排斥，勢所必然，無論文臣武將，布衣諸生，於國難當前，勢窮力竭之際，皆能忠貞自守，高尚志節，方苞云：

> 士大夫敦尚氣節，東漢以後，惟前明爲盛；居官而致富厚，則朝士避之若浼，鄉里皆以爲羞。至論大事，擊權姦，則大臣多以去就爭；臺諫之官，朝受廷杖，諫疏夕具，連名繼進。至魏忠賢播惡，自公卿以及庶官，甘流竄，捐腰領，受錐鑿炮烙之毒而不悔者，踵相接也。雖曰激於意氣，然亦不可謂非忠孝之實心矣。惟其如是，故正、嘉以後，國政偸於上，而臣節砥於下，賴以維持而不至亂亡者，尚百有餘年。〔註37〕

士大夫風流所及，抗顏效忠，仗義死節，旋踵相接，至知勢不可爲，輒躬耕窮鄉，或遁跡山林，心繫故國，恥事異族，著書立說，以志痛抒憤，其中以江浙一帶爲人文淵藪，反抗尤烈。〔註38〕滿清有鑑於此，於是採行種種措施，網羅民心，延攬士子。

　　首於開國之初，承前明餘緒，以科舉取士，試以制義，招徠人才，《清史稿‧選舉志》云：

> 有清科目取士，承明制用八股文，取四子書及易、書、詩、春秋、禮記五經命題，謂之制義。三年大比，試諸生於直省，曰鄉試，中式者爲舉人。次年試舉人於京師，曰會試，中式者爲進士。天子親策於廷，曰殿試，名第分一、二、三甲。一甲三人，曰狀元、榜眼、探花，賜進士及第；二甲若干人，賜進士出身；三甲若干人，賜同進士出身。鄉試第一曰解元，會試第一曰會元，二甲第一曰傳臚。悉仍明舊稱也。〔註39〕

〔註37〕《方苞集集外文》卷二〈請矯除積習興起人才箚子〉，頁557。

〔註38〕梁啓超《中國近三百年學術史》云：「那時滿廷最痛恨的是江浙人，因爲這地方是人文淵藪，輿論的發縱指示所在，『反滿洲』的精神到處橫溢。」頁15，中華書局，民國45年2月。

〔註39〕國史館編《清史稿校註》卷一一五志九十選舉三〈文科〉，頁3171。

用八股文取士，以四書、五經命題，順治三年首度會試，中試額數准廣至四百名，並「詔本年八月再行鄉試，來年二月再行會試，其未歸附地方生員舉人，來投誠者，准一體應試。」〔註40〕爲贏得民心，備極寬容。

開科取士，牢籠文人，使之專務於科舉應試。康熙即位，沿襲前制，鄉、會試首場試八股文，惟於二年，曾廢制義，然七年，復初制，仍用八股文，〔註41〕如此世代遵循，行至清末廢科舉止。制義體裁，以詞達理醇爲尚，雍正屢以清眞雅正誥誡試官。乾隆元年六月詔曰：

> 國家以經義取士，將使士子沉潛於四子、五經之書，含英咀華，發攄文采，因以覘學力之深淺，與器識之淳薄，而風會所趨，即有關於氣運，誠以人心士習之端倪，呈露者甚微，而徵應者甚鉅也。顧時文之風尚屢變不一，苟非明示以準的，使海内士子於從違去取之介，曉然知所別擇。〔註42〕

於是欲裒集有明及清諸大家時藝，精選數百篇彙爲一集，以爲舉業指南，方苞工於時文，奉司選文之事務，將入選文逐一批抉其精微奧窔之處，俾學者了然心目，編選時文四十一卷，名《欽定四書文》，頒爲程式。

康熙在位六十一年，更積極起用漢人，恩禮羅致，除科舉取士之正科外，又增特科，如康熙九年，孝廉皇后升祔禮成，頒詔天下，命有司舉才品優長、山林隱逸之士；〔註43〕十七年，首開博學鴻詞科，備顧問著作之選，頒布「凡有學行兼優、文詞卓越之人，不論已仕、未仕，在京三品以上及科、道官，在外督、撫、布、按，各舉所知，朕親試錄用。其内、外各官，果有眞知灼見，在内開送吏部，在外開報督、撫，代爲題薦。」〔註44〕一時「勝國遺老，率皆蟬脫鴻冥，網

〔註40〕黃鴻壽《清史紀事本末》卷五〈順治入關〉條，頁 28，三民書局，民國 62 年 7 月。

〔註41〕同註29，頁 3172。

〔註42〕高宗純皇帝《大清十朝聖訓》卷三十三〈文教一〉，頁 518，大達書局影印。

〔註43〕國史館編《清史稿校註》卷一一六志九十一選舉四，頁 3197。

〔註44〕同註43，頁 3192。

羅無自，而平時以逸民自居者，爭趨輦轂，惟恐不與。」〔註45〕於是內外諸臣，疏薦一百四十二人送部，翌年三月，召試體仁閣，親覽試卷，取一等彭孫遹等二十人，二等李來泰等三十人，俱授予翰林院侍讀、侍講、編修、檢討等職，俱入史館，纂修明史。時富平李因篤、長洲馮勗、秀水朱彝尊、吳江潘耒、無錫嚴繩孫，皆以布衣入選，海內榮之。其年老未與試之杜越、傅山、王方穀等，文學素著，俱授內閣中書，許回籍。〔註46〕可謂「得人極盛」〔註47〕矣。

　　康熙十八年開明史館，蓋假《明史》以相號召，則節義之士，亦所樂從。因述故國之事，可寓孤臣孽子之心也。是以如萬斯同之高蹈，且以私人而襄贊史館。此外，並廣設武英殿修書處、蒙養齋、佩文齋、淵鑒齋、《一統志》書局等修書館所，召集知名學士參與纂修書籍，藉以銷磨意志，箝制思想，利其鞏固政權。三十三年，詔大學士舉長於文學者，如徐乾學、王鴻緒、高士奇來京修書。四十六年，命曹寅等編《全唐詩》。其後雍正十一年，亦曾詔舉博學鴻詞，然應徵者寥寥無幾；乾隆元年，再度徵舉，九月，召試百七十六人於保和殿，取十五人，授庶吉士，更大量編纂書籍，較康熙時尤倍焉，如乾隆三十八年至四十七年《四庫全書》之編纂。

　　有清雖重科目，不容倖進，惟恩遇大臣，嘉惠儒臣耆年，邊方士子，不惜逾格錄用，如康熙間，浙江舉人查慎行、江蘇舉人錢名世、監生何焯、安徽監生汪灝，以能文受上知，召試南書房，賜焯、灝舉人。四十二年，賜焯、灝、蔣廷錫進士。六十年，以內廷行走舉人王蘭生、留保學問素優，禮闈不弟，俱賜進士。雍正八年，賜江南舉人顧天成、廣東舉人盧伯蕃殿試，俱非常例。〔註48〕方苞於康熙五十年受《南山集》

〔註45〕黃鴻壽《清史紀事本末》卷二十一〈鴻博經學諸特科〉條，頁155。
〔註46〕同註43，頁3193。
〔註47〕同註46，然而梁啟超《中國近三百年學術史》卻云：「被買收的都是二三等人物，稍微好點的也不過新進後輩，那些負重望的大師，一位也網羅不著，倒惹起許多惡感。」頁16。
〔註48〕同註39，頁3186。

案牽連入獄，以古文受知而遇赦，嘗作〈兩朝聖恩恭紀〉云：

> 康熙癸巳年二月，臣苞出刑部，隸漢軍。三月二十三日，
> 聖祖仁皇帝硃書：「載名世案內方苞，學問天下莫不聞。」
> 下武英殿總管和素。翼日，偕臣苞至暢春園。召入南書
> 房，……是歲八月，移蒙養齋，校對御製樂、律、曆、算
> 書。〔註49〕

方苞本應治罪，特予赦免，參與編書，又充武英殿修書總裁，官至禮部侍郎，無怪有「欲效涓埃之報」。〔註50〕由此可見，清代科目取士外，或徵之遺佚，或擢之廉能，或舉之文學，或拔之戎行，或辟之幕職，薦擢一途，得人稱盛。〔註51〕故黃鴻壽云：「順治康熙間，天下思明，反側不安，聖祖一開宏博科，再設明史館，搜羅遺佚，徵辟入都，位之以一清秩，一空名，而國中帖帖然，戢戢然矣。高宗踵而行之，前後兩舉特科，復開四庫全書館，以提倡僞學，於是士子相率習於無用，民氣日靜，廉恥日喪矣。然其一代文物，則以兩次鴻博諸儒筆墨所鼓吹者最爲有力，其餘科目中人，亦皆以重熙累洽，風動當時，遂使漢人尊親之誼，油然以起，蓋兩帝之所以文柔民族者，得其道也，故能著有成效如此。」〔註52〕

總之，滿清入關採行開科取士以籠絡文人，兩舉博學鴻詞科以網羅明季遺民，設館編書以銷磨志節，法外開恩以贏得民心，處處以懷柔政策獲得士民歸附，安定基業。

二、高壓手段

清初大肆籠絡文人，收攬民心，尚有明末遺逸崇尚氣節，不恥入仕，遯隱山林，講學著書，抱種族思想，志匡復明室，然而清廷爲防微杜漸，則採行嚴刑酸法之高壓手段，以絕後患。

〔註49〕《方苞集》卷十八〈兩朝聖恩恭紀〉，頁515。
〔註50〕同註49，頁516。
〔註51〕同註43，頁3196。
〔註52〕同註45，頁157。

　　清人入關，首就生活習俗進行民族壓迫，令漢族薙髮易服，以別順逆，初以大局未定，無加強迫，順治二年，南方大定，乃嚴諭薙髮之令，詔云：

　　　　向來薙髮之制，不即令畫一，姑聽自便者，欲俟天下大定，始行此制耳。今中外一家，君猶父也，民猶子也，父子一體，豈可違異，若不畫一，終屬二心，不幾爲異國之人乎，自今布告之後，京城內外限旬日，直隸各省地方，自部文到日，亦限旬日，盡令薙髮，遵依者爲我國之民，遲疑者同逆命之寇，必眞重罪，若規避惜髮，巧辭爭辯，決不輕貸，該地方文武各官，皆當嚴行察驗，若有復爲此事瀆進章奏，欲將已定地方人民仍存明制，不隨本朝制度者，殺無赦。〔註53〕

順治元年曾下此令，因遭抗議，尚無屬行，次年攻下江南，重頒此令，限十日之內應薙髮更衣冠，違者處死。十月原任陝西河西道孔文譚以先聖爲典禮之宗，奏言定禮之大者，莫要於冠服，子孫世守，三千年未改，請准蓄髮，卻遭斥曰：「薙髮嚴旨，違者無赦，孔文譚奏求蓄髮，已犯不赦之條，姑念聖裔免死，況孔子聖之時，似此違制，有玷伊祖時中之道，著革職永不敍用。」〔註54〕遂被降爲平民，可知律令之嚴，違者絕無寬貸。

　　昔管仲曾輔佐齊桓公尊王攘夷，一匡天下之功，孔子讚曰：「微管仲，吾其被髮左衽矣。」滿清入關後，一再下此律令，強漢人薙髮留辮，更衣冠，著滿服，令人不堪忍受，本於「士可殺，不可辱」，「頭可斷，髮不可薙」之氣槪，士民抗拒不絕，尤以江南最烈，違令死者不可勝數。如楊維嶽不肯薙髮，作〈不髡永訣之辭〉以見志，絕食七日而卒；有畫網巾於額上，痛斥逆賊而遭戮；又朱銘德不忍薙髮，剪其髮短，髮長更剪之，而衣冠不改，匿跡於水澤之間，窮餓自守，不

〔註53〕蔣良騏原纂、王先謙改修《十二朝東華錄》順治朝卷二〈順治二年〉，頁42，文海出版社。
〔註54〕同註53，頁49。

以姓名示世等，〔註55〕於是有「留頭不留髮，留髮不留頭」〔註56〕之語，正如髮史序云：「腕可折，頭可斷，肉可臠，身可碎，白刃可蹈，鼎鑊可赴，而此星星之髮，必不可薙！其意豈在一髮哉？蓋不忍中國之衣冠，淪於夷狄耳。」〔註57〕故戴名世云：「迨崇禎甲申而後，其令未有如是之酷也，而以余所聞，或死或遁，不以姓名里居示人者頗多有。」〔註58〕「江淮之間，一介之士，里巷之氓，以不肯效國裝死者，頭顱僵仆，相望於道，而不悔也。」〔註59〕何況士民多以不薙髮死，此亦自古之所未有也。

有明之際，仕宦文人好黨結社，或黨同伐異，或以文會友，王應奎《柳南隨筆》云：「自前明崇禎初至本朝順治末，東南社事甚盛，士人往來投刺，無不稱社盟者。」蓋至明末，風行一時，清人入關後，義士文人，匿居山林，聚徒講學，藉會盟結社，從事反清復明運動，戴名世云：

> 崇禎中，東南諸名士結復社，以文章節義號召天下，濚亦與焉。復社者，諸名士置酒高會之所，名爲繼東林而起。
> 〔註60〕

復社繼明季東林講學而起，以文章節義相召，實富有濃厚政治色彩，方苞〈田間先生墓表〉亦云：

> 當是時，幾社、復社始興，比郡中主壇坫與相望者，宣城則沈眉生，池陽則吳次尾，吾邑則先生與吾宗鿖山及密之、職之，而先生與陳臥子、夏彝仲交最善，遂爲雲龍社以聯吳淞，冀接武於東林。〔註61〕

〔註55〕以上三者分別見於戴名世《戴名世集》卷六〈楊維嶽傳〉，頁161及〈畫網巾先生傳〉，頁169；卷七〈朱銘德傳〉，頁209。

〔註56〕小橫香室主人編《清朝野史大觀》第二輯清朝史科，卷上〈薙髮之令〉條，頁7，中華書局，民國48年4月台一版。

〔註57〕轉引自蕭一山《清史》，頁24，華岡出版部，民國69年1月新一版。

〔註58〕戴名世《戴名世集》卷六〈畫網巾先生集〉，頁170。

〔註59〕戴名世《戴名世集》卷八〈吳江兩節婦傳〉，頁226。

〔註60〕戴名世《戴名世集》卷七〈溫濚家傳〉，頁200。

〔註61〕《方苞集》卷十二〈田間先生墓表〉，頁337。

當時明末遺老，相互結盟，寓情詩酒，以抒故國之思，方苞云：「自古善人以氣類相感召，未有若復社之盛，小人誣善之辭，亦未有若魏黨之可駭詫者。」〔註62〕結社之舉，清廷深引爲忌，順治十七年，嚴禁士子會盟結社，正月給事中楊雍建奏云：

> 朋黨之害，每始於朝野，而漸中於朝宇，拔本塞源，尤在嚴禁結社訂盟，今之妄立社名，糾集盟誓者，所在多有。江南之蘇、松，浙江之杭、嘉、湖爲尤甚。其始由於好名，其後因之植黨，相習成風，漸不可長，請敕部嚴飭學臣實心奉行，約束士子不得妄立社名，糾眾盟會，其投刺往來，亦不許用同社同盟字樣，違此治罪，儻奉行不力，糾參處分，則朋黨之根立破矣。〔註63〕

於是下旨：「士習不端，結社訂盟，把持衙門，關說公事，相煽成風，深爲可惡，著嚴行禁止，以後再有此等惡習，各該學臣即行革黜參奏，如學臣徇隱，事發，一體治罪。」〔註64〕禁令頒布，文人遂不復聚集講學，有志研究者，惟有獨自潛心經史，尚友古人矣。

　　清初遺逸，如顧炎武、黃宗羲、王夫之、孫奇逢諸人知勢不可爲，乃退居山林，志在恢復明室，雖經清廷恩禮有加，屢次徵聘，皆以氣節相尚，不肯就仕，清廷爲嚴防著書立說，杜絕反滿思想之傳播，遂採嚴酷之高壓手段，大興文字獄，凡在著作中指斥清廷，語觸忌諱，或襲用明年號等，皆動興大獄，其最顯著者，如康熙二年有莊廷鑨《明史》之獄，五十年戴名世《南山集》之獄；雍正七年呂留良之獄；乾隆二十年胡藻之詩獄，二十二年彭家屏、段昌緒之獄，三十二年齊周華之獄，四十二年王錫侯之獄，四十三年徐述夔之獄，四十五年戴移孝之獄等等，愈演愈烈，不勝枚舉，凡以文字獄罪，皆判死刑，甚至株連親友，妄殺無辜，致使文人如驚弓之鳥，噤若寒蟬。

　　《南山集》獄爲清初一大刑獄，牽連三百餘人，因戴名世於集中

〔註62〕《方苞集》卷五〈書楊維斗先生傳後〉，頁122。
〔註63〕同註53，卷七〈順治十七年〉，頁239。
〔註64〕同註63。

多采方孝標《滇黔紀聞》及用明年號，於康熙五十年爲左都御史趙申喬舉發，方苞爲方孝標族人，又爲摯友戴名世作〈南山集序〉及板藏於家，故被逮繫獄，〈兩朝聖恩恭紀〉云：

> 始戴名世本案牽連人，罪有末減，而方族附尤從重。獄辭具於辛卯之冬，五上，五折本。逾二年癸巳春，章始下，蒙恩悉免罪，隸漢軍。苞伏念獄辭奏當甚嚴，而聖祖矜疑，免誅殛，又免放流。〔註65〕

案情歷經二載，結以戴名世凌遲，餘者放流，方苞被召至內廷，編校書籍，在經此大獄之後，驚怖感動，體會最深，於是爲文用字更加小心翼翼。

清初康、雍、乾之興文字獄，箝制言論，禁錮思想，文網森嚴，人人警戒，龔自珍〈己亥雜詩〉云：「九州生氣恃風雷，萬馬齊瘖究可哀。我勸天公重抖擻，不拘一格降人才。」〔註66〕可謂最佳寫照，自此士子惟鑽研章句訓詁，詮釋經文，考據名物，沉溺於故紙堆中，促使清考據學之興起。

綜上所述，滿清入主中國後，爲穩定根基，鞏固政權，在政治上採行寬嚴互濟之措施，首開科舉取士，籠絡文人，復舉博學鴻詞，利誘宿儒遺老，設明史館，編纂修書，沉緬典籍，諸如此類，功名利導，欲以文教定民之本心；繼行高壓鎮攝，嚴令薙髮易服，消弭滿漢之界，禁止會盟結社，統制言論，屢興文字獄，焚毀書籍，控制思想，凡此策略，皆在摧殘士氣，壓抑民心。方苞爲一介文人，適值此際，耳目聞見，又身繫圄獄，豈不謹慎戒惕，感慨系之。

第三節　社會風氣

國家政治穩固，足以導致經濟繁榮，進而促使社會安定；反之，

〔註65〕同註49，頁516。
〔註66〕龔自珍《龔自珍全集》第十輯〈己亥雜詩〉，頁521，河洛圖書出版社，民國64年9月。

政治動盪不安，經濟蕭條，則社會風氣敗壞。吾國向以農業立國，農民生活之富裕與匱乏，關乎國運之隆替興衰，至深且鉅，試觀歷代之治亂，土地政策之良窳，實為主因之一。《孟子‧梁惠王上》云：「若民，則無恆產，因無恆心；苟無恆心，放辟邪侈，無不為已。」《管子‧牧民》云：「倉廩實則知禮節，衣食足則知榮辱。」在古代君權政治之下，主政者之作風，常能影響國民生計，君行仁政，則百姓富足，社會風氣良好，故「百姓足，君孰與不足？百姓不足，君孰與足？」〔註67〕子曰：「道之以政，齊之以刑，民免而無恥；道之以德，齊之以禮，有恥且格。」〔註68〕此之謂也。

　　明末綱紀敗壞，流寇猖獗，民不聊生，遂使滿清有機可乘，大舉進攻，入主中原，除在政治上採行恩威並施，以漢制漢之策略外，在經濟上又頒布「圈地令」，准滿人掠奪漢人土地，危害生計，就圈地範圍言，除近畿五百里，尚有山東、河南及滿軍駐防區；就時間言，從順治朝至康熙初年，長達四十餘年，被掠奪之土地，非僅前明官莊及無主荒田而已，甚至強佔民房，激憤百姓，怨聲載道，順治四年三月庚午曾諭戶部云：

> 滿洲從前在盛京時，原有田地耕種，凡贍養家田以及行軍之需，皆從此出，數年以來圈撥田屋實出於不得已，非以擾累吾民也。今聞被圈之民，流離失所，煽惑讒言，相從為盜，以致陷罪者多，深可憐憫，自今以後，民間田屋不得復行圈撥，著永行禁止，其先經被圈之家，著作速撥補，如該地方官怠玩，不為速補，重困吾民，聽戶部嚴察究處，著作速行文該撫按誕告吾民，咸使聞知。〔註69〕

於是下令禁止，已圈之地，應速撥補，然此舉並未停止，順治八年二

〔註67〕朱熹《四書集註‧論語》卷六〈顏淵第十二〉，頁314，漢京文化事業，民國72年11月。
〔註68〕同註67，卷一〈為政第一〉，頁134。
〔註69〕蔣良騏原纂、王先謙改修《十二朝東華錄》順治朝卷二〈順治四年〉，頁64。

月再度諭戶部諸臣云：

> 田野小民全賴地土養生，朕聞各處圈占民地，以備畋獵放
> 鷹往來下營之所，夫畋獵原爲講習武事，古人不廢，然恐
> 妨民事，必於農隙，今乃奪其耕耨之區，斷其衣食之路，
> 民生何以得遂，朕心大爲不忍。〔註70〕

再命盡速行文地方官，將前圈占土地，悉數歸還原主，乘時耕種。
其實滿人非但隨意強佔民地，房屋亦一併佔有，屋毀尚令屋主修茸，
韓菼〈己未出都述懷詩〉云：

> 破巢兵撲捉，勾租吏怒嗔，輪租仍殿租，褫辱及衣巾。室
> 毀還作室，督促舊主人。〔註71〕

據此詩作於康熙十八年己未（1679），復由自注云：「辛丑年奏銷案應
連逮，時駐防兵圈占房屋，更代爲修茸。」〔註72〕即爲順治十八年
（1661）之事，可知蘇州亦有圈地之舉，室毀猶勞屋主補修，而此虐
政至終順治朝未止。康熙八年六月又諭戶部云：

> 比年以來，復將民間房地圈給旗下，以致民生失業，衣食
> 無資，深爲可憫，嗣後圈占民間房地，永行停止，其今年
> 所已圈者，悉令給還民間。〔註73〕

康熙二十三年五月又諭戶部云：

> 民間田地久已有旨永停圈占，其存部註冊地畝分撥時，或
> 不肖人員借端擾害百姓，圈占民人良田，以不堪地畝抵換，
> 或地方豪強隱占存部良田，妄指民人地畝撥給，殊爲可惡，
> 直隸巡撫可嚴察此等情弊，指名糾參，從重治罪。〔註74〕

至康熙朝，猶復重申禁止圈占民地，並悉令速行歸還，可知圈地令危
害民生之大之久矣！

〔註70〕同註69，卷三〈順治八年〉，頁107。
〔註71〕轉引自蕭一山《清史》，頁29。
〔註72〕同註71。
〔註73〕同註69，康熙朝卷二〈康熙八年〉，頁62，又《大清十朝聖訓》聖
祖仁皇帝卷六〈聖治一〉，頁75，亦同，大達書局。
〔註74〕同註69，康熙朝卷八〈康熙二十三年〉，頁298，又《大清十朝聖訓》
聖祖仁皇帝卷二十五〈嚴法紀〉，頁286，亦同。

　　清初，承明喪亂之後，民窮財困，府庫空虛，入不敷出，於是行捐納制度，作爲科舉考試之補充，以吸收落第之漢族士大夫，有錢捐納則可步入宦途，據《清史稿‧選舉七》云：

> 清制，入官重正途。自捐例開，官吏乃以資進。其始固以蒐羅異途人才，補科目所不及，中葉而後，名器不尊，登進乃濫，仕途因之殽雜矣。捐例不外拯荒、河工、軍需三者，曰暫行事例，期滿或事竣即停，而現行事例否。捐途文職小京官至郎中，未入流至道員；武職千、把總至參將。
> 〔註75〕

當拯荒、河工、軍需時開捐闢財，補充國庫，無論文官武職，循途入仕。順治（1649），以歲用不足，開監生、吏典、承差等捐例。〔註76〕康熙初年，屢次出師，財政窘迫，又議開捐事例，籌湊財源；文官捐始康熙十三年（1674），以用兵三藩，軍需孔亟，暫開事例。〔註77〕歷行三載，所入二百萬有餘，捐納知縣至五百餘人，〔註78〕蓋「缺多易得，踴躍爭趨」，〔註79〕後非數年不克選拔，亦復徘徊觀望，於是左都御史宋德宜奏請限期停止，迨滇南收復，則捐例停。三十年（1691），戶部以大兵征噶爾丹，軍用浩繁，奏行輸運糧草，準作貢監，並開捐免保舉例。〔註80〕此後歷經雍正、乾隆屢行，遂成清代定例，上自知府、知州、知縣，下至監生、生員，皆可捐錢納官，賢愚雜錯，難免濫竽，貪官污吏，則應運而生。

　　清初財政困難，官吏俸祿微薄，甚至減俸停薪，然而官宦之家生活鋪張，講究排場，家族奴婢，食指浩繁，不敷開銷，唯有剝削百姓，魚肉鄉里，貪污虧空，相習成風，吏治敗壞，民生疾苦。康熙十年

〔註75〕《清史稿校註》卷一百十九志九十四〈選舉七〉捐納，頁3234。
〔註76〕黃鴻壽《清史紀事本末》卷五〈順治入關〉，六年夏六月，頁29。
〔註77〕同註75。
〔註78〕小橫香室主人編《清朝野史大觀‧清朝史料》卷上〈開捐之始〉條，頁40。
〔註79〕同註75，頁3235。
〔註80〕同註78，卷上〈開捐免保舉例〉條，頁41。

（1671），御史趙璟奏請加增外官薪俸疏云：

> 外官俸薪太薄，總督每年支俸百五十五兩，巡撫百三十兩，
> 至知縣止四十五兩，每月三兩零，不足五六日之費，不取
> 之百姓，勢必饑寒，若督撫勢必取之下屬，所以懲貪而愈
> 貪也。〔註81〕

每月俸祿僅數兩，不足數日所需之費，不貪則何以為生，唯有巧立名
目，取之於民，故奏請加俸止貪，然而日久成習，積弊已難除矣。

　　由於滿人圈地占田，農民淪為盜賊，民風日趨敗壞，捐納倖進，
在朝為官，又俸給微薄，入不敷出，造成貪官污吏，逮三藩敉平，台灣
收取，邊疆靖定，國庫日漸寬裕，逐漸養成浮華生活。康熙即位之初，
曾「見內外官員軍民人等，服用奢靡，僭越無度，富者趨尚華麗，貧者
互相效尤，以致窘乏為非，盜竊詐偽由此而起，人心囂凌，風俗頹壞」，
〔註82〕下令崇尚節儉，禁止奢侈，又於二十六年（1687），「觀今時之人，
不敦本務，實輕浮奢移者甚多」，〔註83〕著令嚴行禁止；尤其厭惡貪污，
謂「凡別項人犯尚可寬恕，貪官之罪，斷不可寬」，〔註84〕「治天下以
懲貪獎廉為要」，採「廉潔者獎一以勸眾，貪婪者懲一以儆百」〔註85〕
之法，故言「此情最為可惡，著從重治罪」，〔註86〕用以遏止貪污之風。

　　雍正即位，頒諭旨十一道，訓飭督撫以下文武各官，有意大力整
飭吏治，砥礪廉隅，敦厚風俗，教化百姓，以轉移社會風氣。至乾隆
朝，承平日久，物阜民豐，漸開奢靡之風，故孟子云：「富歲子弟多
賴，凶歲子弟多暴。」〔註87〕此言不虛也。於是吏治大壞，貪污賄賂
盛行，試舉方苞親歷為例，〈獄中雜記〉云：

〔註81〕同註76，卷十二〈康熙勤政〉，十年五月，頁95～96。
〔註82〕《大清十朝聖訓》聖祖仁皇帝卷六〈聖治一〉，康熙十一年壬子八月
　　　　癸丑，頁75。
〔註83〕同註22，卷二十五〈嚴法紀〉，康熙二十六年五月壬辰，頁287。
〔註84〕同註83，康熙二十四年乙丑九月庚辰，頁286。
〔註85〕同註84，十一月戊午，頁287。
〔註86〕同註83，康熙十八年。頁287。
〔註87〕朱熹《四書集註‧孟子》卷十一〈告子章句上〉，頁794。

　　苟入獄，不問罪之有無，必械手足，置老監，俾困苦不可忍；
　　然後導以取保，出居于外，量其家之所有以爲劑，而官與吏
　　剖分焉。中家以上皆竭資取保。其次求脫械，居監外板屋，
　　費亦數十金。惟極貧無依，則械繫不稍寬，爲標準以警其餘。
　　或同繫情罪重者，反出在外；而輕者、無罪者罹其毒，積憂
　　憤，寢食違節，及病又無醫藥，故往往至死。〔註88〕

以親眼目睹者，揭露監獄內部之黑暗，最爲眞切。凡入獄者，有司即
擅用職權，進行敲詐勒索，再分贓所得，以索取多寡定械具與待遇。
甚至對臨刑者亦索賄，又云：

　　凡死刑獄上，行刑者先俟於門外，使其黨人索財物，名曰斯
　　羅，富者就其戚屬，貧則面語之。其極刑，曰：「順我，即
　　先刺心，否則四支解盡，心猶不死。」其絞縊，曰：「順我，
　　始縊即氣絕，否則三縊加別械，然後得死。」惟大辟無可要，
　　然猶質其首。用此，富者略數十百金，貧亦罄衣裝，絕無有
　　者，則治之如所言。主縛者亦然；不如所欲，縛時即先折筋
　　骨。每歲大決，勾者十四三，留者十六七，皆縛至西市待命。
　　其傷於縛者即幸留，病數月乃瘳，或竟成痼疾。〔註89〕

對行刑者之方式，亦以賄資多寡而定，極盡威逼、搜刮、懲處之能事，
欲從中牟取私利，可謂窮凶惡極，無以復加。尤有甚者，纂改姓名，
妄殺無辜，又云：

　　部中老胥家藏僞章，文書下行直省，多潛易之，增減要語，
　　奉行者莫辨也。其上聞及移關諸部，猶未敢然。功令：大
　　盜未殺人及他犯同謀多人者，止主謀一二人立決，餘經秋
　　審，皆減等發配。獄辭上中有立決者，行刑人先俟於門外，
　　命下遂縛以出，不羈晷刻。有某姓兄弟以把持公倉，法應
　　立決，獄具矣。胥某謂曰：「予我千金，吾生若。」叩其術，
　　曰：「是無難！別具本章，獄辭無易，取案末獨身無親戚者
　　二人易汝名，俟封奏時，潛易之而已。」其同事者曰：「是

────────────────

〔註88〕《方苞集集外文》卷六〈獄中雜記〉，頁709～710。
〔註89〕同註88，頁710～711。

可欺死者而不能欺主讞者，儻復請之，吾輩無生理矣。」
胥某笑曰：「復請之，吾輩無生理，而主讞者亦各罷去。彼
不能以二人之命易其官，則吾輩終無死道也。」竟行之，
案末二人立決。主者口呿舌撟，終不敢詰。〔註90〕

在監獄中任職多年之役吏，私自纂改文書，偷換奏章，改填姓名，玩
忽人命，貪贓枉法，無所不爲。又有犯吏勾結，逍遙法外者，又云：

姦民久於獄，與胥卒表裡，頗有奇羨。山陰李姓以殺人繫
獄，每歲致數百金。康熙四十八年，以赦出，居數月，漠
然無所事。其鄉人有殺人者，因代承之。蓋以律非故殺，
必久繫，終無死法也。五十一年，復援赦減等謫戍，嘆曰：
「吾不得復入此矣。」〔註91〕

久住獄中之屢犯，與胥卒相互勾結，狼狽爲奸，視監獄爲飽私囊之所。
監獄對蒙冤之百姓，猶如人間之活地獄；對強徒惡吏而言，則此乃爲
非作歹之樂園；對社會而言，則爲製造罪惡之淵藪，刑部爲國家最高
司法機關，猶且如此，其他不難概見矣。

在地方則有富人縉紳，仗勢欺壓良民，方苞嘗云：「方今閭閻公
患，無過豪強侵陵孤弱。」〔註92〕蓋「土豪光棍，以能賄通有司，結
交胥吏」，〔註93〕倚權勢，欺貧弱，甚至在明時號爲禮義之邦之桐城，
沿至於今，而故家遺風多不復存矣。〔註94〕

方苞生當此社會風氣之下，平日耳聞目見，深知民生疾苦，曾對
蘇息民困，澄清吏治，揭示救治之法。一則按《周禮》之法，以「鄉
八刑糾萬民」，其不孝、不弟、不睦、不婣、不任、不恤者，則刑隨
之，而五家相保，有罪則相及；所以閉其塗，使民無由動於邪惡也，
使歸於孝弟，用以遏止「民俗之偷」。一則採《管子》之法，自鄉師
以至什伍之長，轉相督察，凡有失職則罪皆及於有司，則官吏皆能盡

〔註90〕同註88，頁711。
〔註91〕同註88，頁712。
〔註92〕《方苞集集外文》卷五〈與慕廬先生書〉，頁675。
〔註93〕《方苞集集外文補遺》卷一〈與顧用方尺牘〉，頁832。
〔註94〕戴名世《戴名世集》卷八〈詹烈婦傳〉，頁229。

忠職守，以糾正「吏情之遁」也。〔註95〕在吏治腐敗，民風澆薄之際，若能貫徹履行，不失爲良策也。

第四節　學術思想

　　大凡一代學術思想之興起，皆具其時代環境與政治背景，以及學術內部之衍化以促成之。有清一代之學術思想，依梁啓超之說，大致可分四期，一爲啓蒙期，二爲全盛期，三爲蛻分期，四爲衰落期。第一期，復宋之古，對於王學而得解放；第二期，復漢唐之古，對於程朱而得解放；第三期，復西漢之古，對於許鄭而得解放；第四期，復先秦之古，對於一切傳注而得解放，總之，乃對於宋明理學之一大反動，而以「復古」爲職志。〔註96〕

　　清初，明末遺老有鑑於亡國之痛，追究其因，實肇於陽明學說之空疏，而提倡經世致用；王學末流束書不觀，漫談心性，而講求讀書博學。對於王學之反動，自然返於程朱，〔註97〕於是程朱思想復興。再則由於康熙年間，宏揚理學，表彰程朱，定八股文取士，以朱註《四書集註》爲命題。康熙尊重儒術，討論宋學，蓋由熊賜履啓之，〔註98〕一時理學名者，如李光地、湯斌、魏裔介、張伯行諸人，亦以程朱爲

〔註95〕《方苞集》卷九〈逆旅小子〉，頁245。

〔註96〕梁啓超《清代學術概論》，頁6～13，台灣商務印書館，民國74年2月台二版。另梁氏《中國近三百年學術史》言：「有清一代學術，初期爲程朱陸王之爭，次期爲漢宋之爭，末期爲新舊之爭。」頁105，台灣中華書局，民國45年2月台一版。

〔註97〕梁啓超《中國近三百年學術史》云：「王學反動，其第一步則返於程朱，自然之數也。」頁96。

〔註98〕《大清十朝聖訓》聖祖仁皇帝卷五〈聖學〉，康熙十二年九月甲戌上諭講官熊賜履曰：「朕觀爾等所撰講章較張居正直解更爲切要。」熊賜履奏曰：「臣等章句小儒不過敷陳文義，至於明理會心，見諸日用，則在皇上自得之也。」上曰：「講明道理，乃爲學切要工夫，修己治人，方有主宰，若未明理，一切事務於何取則。」又諭曰：「學問之道，畢竟以正心爲本。」熊賜履奏曰：「聖諭及此，得千古聖學心傳矣。」頁61～62。

宗，置身顯要而倡導之，以致康熙對理學尤加尊崇，嘗稱「人主臨御
天下，建極綏猷，未有不以講學明理爲先務，朕聽政之暇，即於宮中
披閱典籍，殊覺義理無窮，樂此不疲。」〔註99〕經常與大臣研究理學，
命儒臣熊賜履、葉方藹、張英、韓菼等各撰〈太極圖論〉一篇，以闡
發周敦頤〈太極圖〉之本意。〔註100〕並以天子之尊至大成殿行三跪九
叩首禮，特書「萬世師表」四字懸額殿中，以闡揚聖教。〔註101〕二十
五年（1686），爲二程、朱熹、張載、周敦頤等宋儒設專祠及頒贈匾額。
〔註102〕尤其對朱熹特別稱頌，曾謂「惟宋儒朱子註釋群經，闡發道理，
凡所著作及編纂之書，皆明白精確，歸於大中至正，經今五百餘年，
學者無敢疵議，朕以爲孔孟之後有裨斯文者，朱子之功最爲宏鉅。」〔註
103〕五十一年（1712），升朱子於大成殿十哲之次，以昭表彰至意，命
李光地、熊賜履等人先後編纂〈朱子全書〉、〈周易折中〉、〈性理精義〉
等理學名著，頒發各省，凡此皆可見宏揚理學，不遺餘力也。

　　雍正年間，屢興文字獄，更有褻瀆皇帝、悖逆聖道、詆毀程朱者
獲罪，如七年（1729）御史謝濟世以註釋《大學》，毀謗程朱而遭治罪，
所註經書凡與程朱牴牾者，均遭銷毀，故理學已變爲箝制思想之學。

　　方苞在清初理學風潮之下，亦篤奉程朱，戴鈞衡云：「先生躬程
朱之學，本其心得，發爲經說、文章，義理精深醇正，多洽乎人心之
不言而同然。」〔註104〕蘇惇元云：「竊觀先生爲學，固徹上下古今，
一出於正；而其學行大綱，則符乎程、朱之言；至發爲文章，則又合
四子而一之；其行足以副其學，其文足以載道而行遠。」〔註105〕方
苞於康熙三十年（1691），年二十四至京師，與王崑繩、劉言潔、劉

〔註99〕同註98，康熙十二年癸丑二月丁未，頁61。
〔註100〕同註98，康熙十二年十一月壬申，頁62。
〔註101〕同註98，卷十二〈文教〉，康熙二十三年十一月乙卯，頁131。
〔註102〕蔣良騏原纂、王先謙纂修《十二朝東華錄》康熙朝卷九〈康熙二十
　　　　五年〉十一月丙申，頁337。
〔註103〕同註102，卷十八〈康熙五十一年〉二月丁巳，頁659。
〔註104〕《方苞集》附錄三戴鈞衡撰〈方望溪先生集外文補遺序〉，頁914。
〔註105〕同註104，蘇惇元〈方望溪先生年譜序〉，頁917。

拙修交，始讀宋儒書，〈再與劉拙修書〉云：

> 僕少所交，多楚、越遺民，重文藻，喜事功，視宋儒爲腐
> 爛，用此年二十，目未嘗涉宋儒書，及至京師，交言潔與
> 吾兄，勸以講索，始寓目焉。其淺者，皆吾心所欲言，而
> 深者則吾智力所不能逮也，乃深嗜而力探焉。〔註106〕

首度涉獵，則心有同感，而沈緬於宋儒之學，謂「自漢、唐以來，以
明道著書爲己任者眾矣，豈遂無出宋五子之右者乎？二十年來，於先
儒解經之書，自元以前所見者十七八。然後知生乎五子之前者，其窮
理之學未有如五子者也；生乎五子之後者，推其緒而廣之，乃稍有得
焉。其背而馳者，皆妄鑿牆垣而殖蓬蒿，乃學之蠹也。」〔註107〕因
此，當與姜西溟、王崑繩論行身祈嚮時，毅然以「學行繼程朱之後，
文章在韓歐之間」〔註108〕答之。曾有人詆毀朱子詩說，立即與之辯
駁，〈答劉拙修書〉云：

> 僕曾見楚人某，于廣座中議論風發，詆朱子無纖完，座人
> 無不變色動容者。僕徐進曰：「君所不足朱子者，可實指
> 乎？」其人首以變易小序爲言。僕曰：「請舉毛詩義，若者
> 如彼，若者如此，而君自決焉！」至十餘發，僕避席而請
> 曰：「其然，則繼自今願君毋詆朱子！凡君所可，皆朱子之
> 說也；所否，則小序也。然則朱子之說，合于人心之不言
> 而同然者，明甚矣！」其人意阻，竟酒默然。〔註109〕

觀此則，足以概見服膺朱子之說，故云：「記曰『人者，天地之心。』
孔、孟以後，心與天地相似，而足稱斯言者，舍程、朱而誰與？」
〔註110〕嘗作《朱子詩義補正》，其「說詩雖有與朱子異者，而所承
用，皆朱子之意義。」〔註111〕在友人李剛主新遭傷子之痛時，去書

〔註106〕《方苞集》卷六〈再與劉拙修書〉，頁174～175。

〔註107〕同註106，頁175。

〔註108〕同註104，王兆符〈原集三序〉，頁906。

〔註109〕《方苞集集外文》卷五〈答劉拙修書〉，頁660。

〔註110〕《方苞集》卷六〈與李剛主書〉，頁140。

〔註111〕同註109。

慰藉，卻言「自陽明以來，凡極詆朱子者，多絕世不祀。」〔註112〕
逮李剛主歿，方苞不俟其子孫之請，爲作墓誌，言僅及交友與論學
異同，並謂「剛主立起自責，取不滿程、朱語載經說中已鐫版者，
削之過半。」〔註113〕深爲後人所不滿，以爲誣及死友。〔註114〕乃

〔註112〕 同註110。

〔註113〕 《方苞集》卷十〈李剛主墓誌銘〉，頁248。

〔註114〕 如戴望《顏氏學記》卷七〈恕谷四〉云：「十二月朔，贊入京晤方
靈皋，靈皋言人有毀先生者，先生曰『此他山之石也。』又言朝廷
謀聘學行兼優者教皇子，中堂徐蝶園、冢宰張桐城擬徵先生，已而
又謀聘人修明史，二公亦擬徵先生，俱予力陳先生老病，不能出而
止，先生謝之。贊按：宰相謀徵先生，而靈皋以老病阻之，時先生
年六十五，未嘗老病也。或曰靈皋與先生至厚，知先生必不出也。
然先生一生志在行道，非石隱之流也，觀先生祭顏先生文曰：『使
塨幸則得時而駕舉正學於中天，挽斯世於虞夏，即不得志，亦必周
流汲引，使人材蔚起，聖道不磨。』此先生之志也。竊觀靈皋與先
生交至厚，而學術不相合，每相與辯學，先生侃侃正論，靈皋無能
置詞，則託遁詞以免，暨先生沒，爲先生作墓誌，於先生道德學術
一無序及，僅縷陳其與先生及崑繩先生相交始末，巧論謅諞曰『以
剛主之篤信師傅，聞余一言而翻然改其意。』固欲沒先生之學以自
見者，此豈能有朋友相關之意乎？夫以抱經世之志如先生，負經世
之學如先生，凡我同人孰不望其一出者，張徐二相國謀徵先生，此
千載一時也，乃靈皋一言止之，先生亦遂終老林下矣，行或使之，
止或尼之，非古今同慨與。」頁385～386，明文書局，又李元度《天
岳山館文鈔》卷三十〈書方望溪與李剛主書後〉云：「望溪方氏之
文，世推正宗，議論亦醇正，獨其與李剛主書則陋甚，剛主喪子，
望溪戒以恐懼修省，謂其著書多訾謷朱子，爲戕天地之心，宜爲天
所不祐，自陽明以來，凡詆朱子者多絕世不祀，習齋、西河其尤也。
噫！何其鄙歟。」頁1789，文海出版社。梁啟超《中國近三百年學
術史》云：「他和李恕谷號稱生死之交，恕谷死了，他作一篇墓誌
銘說恕谷因他的忠告背叛顏習齋了。」頁104，又云：「苞與恕谷交
厚，嘗遣其子從學恕谷，又因恕谷欲南遊，擬推其宅以居恕谷，然
方固以程朱學自命者，不悅習齋學，恕谷每相見，侃侃辨論，方輒
語塞，及恕谷卒，方不俟其子孫之請，爲作墓誌，於恕谷德業一無
所詳，而唯戴恕谷與王崑繩及方論學同異，且謂恕谷因方言而改其
師法，恕谷門人劉用可調贊說方純搆虛辭，誣及死友云。」頁108。
以上三人皆對方苞致不滿之辭，劉聲木《萇楚齋續筆》卷十〈蠡縣
李剛主〉條云：「塨之子長人夭死，方望溪侍郎與之書，謂吾兄著
書多訾謷朱子，自陽明以來，凡極詆朱子者，多絕世不祀，僕所見

不知方苞受制於政治情勢，爲保全至友名節，實有其不得已之苦衷，而出此下策也。因詆毀程朱者爲政治所不容，雍正七年有謝濟世註釋大學之獄，李剛主沒於雍正十年（1732），距之不遠，且乾隆六年九月諭軍機大臣又云：

> 聞謝濟世將伊所註經書刊刻傳播，多係自逞臆見，肆詆程朱，甚屬狂妄，從來讀書學道之人貴乎躬行實踐，不在語言文字之閒辨別異同，況古人著述既多，豈無一二可指謫之處，以後人而議論前人，無論所見未必悉當，即云當矣，試問於己之身心有何益哉？況我聖祖將朱子升配十哲之列，最爲尊崇，天下士子莫不奉爲準繩，而謝濟世輩倡爲異說，互相標榜，恐無知之人爲其所惑，殊非一道同風之義，且足爲人心學術之害，朕從不以語言文字罪人，但此事甚有關繫，亦不可置之不問也。爾等可寄信與湖廣總督孫嘉淦，伊到任後將謝濟世所註經書中有顯與程朱違悖牴牾，或標榜他人之處，令其查明具奏，即行銷毀，毋得存留。〔註115〕

此時又舊案重提，足見詆毀程朱深受重視，如顏李後學程廷祚，在此政治壓迫下，亦不敢公然宣傳其學，曾於〈與宣城袁蕙纕書〉云：「聞共詆程朱之說，不可不爲大懼也。某之懼，非敢不自立而甘于徇俗也。《易》稱『時義之大，故君子時然後言』，《論語》又曰：『知者不失人，亦不失言』，當舉世未能信從之日而強聒不舍，必有加以非聖之謗而害其道者，不可之大者也。當舉世未能信從之日，忽有聞而愛慕之者，而亦不與之言，是咎在失人，而坐視其道之終晦，亦不可也。凡某之不敢輕于有言，皆爲道謀，而非計一身之利害也。」〔註116〕程氏亦懼

聞俱可指數，若習齋、西河，又吾兄所目擊也云云。平江李次青方伯元度《天岳山館文鈔》中著論駁之所言誠是，但侍郎書中又有云泰伯無子、伯魚早喪，況吾兄子姓甚殷，固知所陳理弱情鄙，不足移有道之胸云云。是侍郎早已自言理弱情鄙，並非謂顛撲不破之理，在當時不過勸慰中之一語，雖有語病，已自言之，固未嘗堅護己見也。」頁626，文海出版社。此言尚稱公允。

〔註115〕同註106，乾隆朝卷四〈乾隆六年〉六月丁亥，頁159。
〔註116〕程廷祚《青溪文集續編》卷七〈與宣城袁蕙纕書〉。

獲「非聖」之罪名，而淪爲無補於事之殉道者，於是探俟時而動之策略也。方苞與李剛主知之最深，相交最厚，兩人曾易子而教，正是「愛其子擇師而教之」，又於晚年於教忠祠堂之左設「敦崇堂」，以祀亡友劉古塘、張彝嘆、王崑繩及李剛主四人，〔註117〕豈非友誼之最佳明證乎？豈有誣及死友之理哉？由此可見在清初政治壓迫下，人人惟以「程朱」是言，何況方苞身經文字獄之劫後餘生，遑敢存他思想矣！

　　清初理學家由明返宋，以程朱爲宗；經學家則由宋返唐、漢，以考據爲主。探究清代經學興盛之因，首就外緣言之，一則對於宋明理學之反動，清初學者，顧炎武攻擊明末之空疏，大唱「經學即理學」、「舍經學無理學」之說，論學以「博學於文」爲先；閻若璩著《尚書古文疏證》，考證古文尚書之僞；胡渭著《易圖明辨》，證明〈河圖洛書〉先天太極之學，三者樹立清代經學之根基。再則由於政治壓迫，清初禁止講學，有志學術者，惟有致力讀書；又大興文字獄，只得埋首故紙堆中，從事考據工作，益以帝王之提倡，康熙之際注重經學。〔註118〕乾隆承其遺風，大量編纂書籍；清採科舉取士，試以制義，除守經遵注外，若「欲理之明，必溯源六經」，〔註119〕凡此皆足以促使經學興盛也。次就理學內部之因而言，清代經學考證直承宋明理學內部爭辯而起，〔註120〕蓋道問學勝於尊德性，即博學勝於空疏。清初學者皆爲明末遺老，時存匡復明室之念，致力經世致用之際，必然「取證於經書」，〔註121〕故由理學轉向經學。由內外因素，形成清初經學昌明，然而鑽研經書古籍，首先必讀通經書，由於典籍歷經數千年之流傳，及明人刻書多僞誤脫漏，且古今音義不同，苦於經文艱澀難懂，首須去僞存眞，考證名物，

〔註117〕《方望溪遺集》書牘類〈與黃培山書〉，頁65。
〔註118〕《大清十朝聖訓》聖祖仁皇帝卷八〈聖治三〉，康熙五十三年甲午四月乙亥，上諭禮部云：「朕惟治天下以人心風俗爲本，欲正人心、厚風俗，必崇尚經學，而嚴絕非聖之書。」頁99。
〔註119〕《方苞集集外文》卷二〈進四書文選表〉，頁581。
〔註120〕余英時《歷史與思想》〈清代思想史的一個新解釋〉，頁 145，聯經出版事業公司，民國75年12月2版。
〔註121〕同註120，頁134。

遂開乾嘉考證之風，於是治學範圍由經學逐漸擴及校勘、輯佚、小學、音韻、天算、地理、典章、制度、金石、樂律等，成果燦然。此後對經書抱持懷疑態度，又轉變而爲今古文之爭。總之，清代經學由致用而治經，由通經而考證，進而疑經，此其大要也。故梁啓超云：「有清二百餘年之學術，實取前此二千餘年之學術，倒捲而繅演之；如剝春筍，愈剝而愈近裡；如啖甘蔗，愈啖而愈有味；不可謂非一奇異之現象也。」〔註122〕

　　方苞生於清初，風流所及，亦深於經學，劉大櫆云：「漢氏以來，群儒區區，《六經》之道，雖闕而薙。惟公治之，究其根株。如受衡量，不溢黍銖。《春秋》諸傳，類多齟齬。公比其事，孔思昭蘇。《周官》《士禮》，久荒不鉏，斫璞出玉，朗然虬珠。一言之立，百世可孚」〔註123〕全祖望云：「古今宿儒，有經術者或未必兼文章，有文章或未必本經術，所以申、毛、服、鄭之于遷、固，各有溝澮。唯是經術文章之兼固難，而其用之足爲斯世斯民之重，則難之尤難者。前侍郎桐城方公，庶幾不愧于此。」〔註124〕方苞幼時從父、兄研讀經書、古文，康熙三十年（1691），初入京師，萬季野勸其致力於經書，《萬季野墓表》云：

> 季野獨降齒德而與余交，每曰：「子於古文，信有得矣。然願子勿溺也！唐、宋號爲文者八人：其於道粗有明者，韓愈氏而止耳；其餘則資學者以愛玩而已，于世非果有益也。」余綴古文之學而求經義自此始。〔註125〕

自此方苞一意爲經學，於六經皆有撰述，尤潛心於《三禮》、《春秋》，甚至在《南山集》獄牽連入獄兩年，置生死於度外，勤於研經著作《禮

〔註122〕同註96，〈自序〉，頁2。
〔註123〕劉大櫆《海峰先生文集》補遺〈祭望溪先生文〉，頁6，光緒戊子桐城吳大有堂擺板書局印行。
〔註124〕全祖望《鮚埼亭集》卷十七〈前侍郎桐城方公苞神道碑銘〉，頁201，華世出版社，民國66年3月。
〔註125〕《方苞集》卷十二〈萬季野墓表〉，頁332。

記析疑》及《喪禮或問》；費三十年之期刪定通志堂宋元經解，三易其稿；晚年告老歸鄉，亦十治《儀禮》，每有學子請業，則質以治何經，並勸「以治經爲務」，〔註126〕嘗自謂「愚雖一生在憂患疾痛中，惟時時默誦諸經，亦養心衛生之術也。」〔註127〕故平生著述以經書爲多。

　　方苞說經本於宋儒，以義理解經，《四庫全書總目提要》稱：「苞於經學，研究較深，集中說經之文最多，大抵指事類情，有所闡發。」〔註128〕「用功既深，發明處亦復不少。」「用力良勤，然亦頗勇於自信」，要之「瑜多於瑕」。〔註129〕在清初考據、辨僞萌芽之際，方苞亦爲先聲，能發人所未發，〈與閻百詩書〉云：

　　昨所論「孔子歿，子張欲師有若；而記載『子張死，曾子有母之喪』，則曾子問一篇，皆母在時所講問」，可正子瞻所譏於程子之誤，宜筆於書。至病「程、朱刪易經字」，則不敢不多爲反覆。蓋專易經字者，漢儒之病也。程、朱所刪易甚少，而皆依於理。僕每見周、秦以前古書，字形與聲近，則眾書所傳多異，即一書諸本中亦有增損改易。竊歎古書不可通者，多以字訛而人莫能辨也。如商書「自周有終」，酒誥「爾尚古羞之惟君」，解者支離牽合，終不可通，若「君」與「周」互易，則其義不待詁而明矣，蓋篆體二字本形似也。韓退之羅池廟詩乃「此方之人，惟侯是非」。按其前後辭意，昭然明白，而「此」以形訛「北」，「惟」以聲訛「爲」，子瞻不能辨，又自爲之說，而大書深刻焉，則其讀書觀理之不詳可見矣。莊子外篇「舜將死，眞冷禹曰」，不易爲「遺令」得乎？史記封禪書「至梁父矣，而德

〔註126〕沈廷芳〈書方先生傳後〉，收於徐斐然輯《國朝廿四家文鈔》卷二十三《椒園文鈔》，頁2，民國12年，上海掃葉山房發行。

〔註127〕同註122，頁4。《方苞集集外文補遺》卷一〈與沈畹叔尺牘〉，頁832，亦同。

〔註128〕紀昀《四庫全書總目提要》集部〈別集類〉二十六〈望溪集八卷〉，頁3724，台灣商務印書館。

〔註129〕同註128，經部〈禮類二〉〈儀禮析疑十七卷〉，頁400。

不洽」，謂「梁父」非衍可乎？〔註130〕

閻百詩爲繼顧炎武之後崇尚實學而開考據之風者，著有《古文尚書疏證》辨僞經，喚起清代經學家「求眞」觀念，〔註131〕戴東原云：「百詩讀一句書能識其正面背面。」方苞與其論古書之字訛問題，自謂寡陋，見古書字訛，無所證據，而不敢擅易，願得閻氏以正之，虛心求教，以化解心中疑慮，足見對古書字形之訛誤已有關切，顧頡剛云：「閻氏原函未見，要在斥宋儒改字耳。（眉批：閻氏貴遠而賤近，後之漢學家皆有此成見。）方氏則謂宋儒改字遠不如漢儒之多，且皆依於理，此平心之論也。方氏以回護宋學，故其學術鮮爲清代學者所道，所道者其文耳。然其人實代表清初之啓蒙運動，自當予以適當之地位，不可輕也。又按，此篇論校勘甚善，〈酒誥〉一語尤可斟酌予譯。」〔註132〕是爲至評。

方苞云：「韓公自言所學，先在辨古書之正僞。」〔註133〕故於讀經書，首就眞僞以辨之，嘗作《周官集注十二卷》、《周官析疑三十六卷》，《周官辨一卷》等書，指《周禮》爲劉歆竄改以媚王莽，《四庫全書總目提要》稱「訓詁簡明，持論醇正，於初學頗爲有裨」，「鑑別眞僞，發千古之所未言。」〔註134〕顧頡剛云：「方氏《周官析疑》、《周官辨》，爲斥劉歆僞作《周禮》之專書，其悟入自《漢書・王莽傳》，開後來廖平、康有爲之先河。」〔註135〕

方苞曾爲《僞古文尚書》辨護，不信《古文尚書》爲僞，然又無解於《僞古文》之明白易曉，其〈讀古文尚書〉云：

> 因是疑《古文》易曉，必秦、漢間儒者得其書，苦其奧澀，而稍以顯易之辭更之，其大體則固經之本文也。〈無逸〉之篇，今文也，試易其一二奧澀之語，則與《古文》二十五

〔註130〕《方苞集》卷六〈與閻百詩書〉，頁135～136。
〔註131〕同註96，頁7。
〔註132〕顧頡剛《顧頡剛讀書筆記》第五卷上〈方苞論改字及校勘〉條，頁3322。
〔註133〕《方苞集》卷五〈書祭裴太常文後〉，頁111。
〔註134〕同註128，經部〈禮類一〉〈周官集注十二卷〉，頁382。
〔註135〕同註132，〈方苞疑周官，開廖平一派〉條，頁2927。

篇之辭氣，其有異乎？〔註136〕

顧頡剛分析此說可分兩層，其一，秦、漢間儒者得真古文，苦其奧澀
而更以顯易，固有此可能，然〈大誥〉、〈康誥〉等篇，奧澀甚矣，何
以秦、漢儒者不以顯易更之乎？其二，〈無逸〉之篇，易其一二奧澀
之語誠與二十五篇無異，然其出於周公一人之口，而與〈洛誥〉諸篇
迥不類，此正其可疑處也。又贊云：「吾人不信今文必真，則方氏之
疑正符合事實矣。」〔註137〕又〈讀尚書記〉疑〈君奭〉篇〈序〉為
劉歆所竄，〈讀尚書又記〉中云：「以受命為稱王，自《史記》始，而
後為《書傳》、《詩序》者因之耳。」〔註138〕謂《尚書大傳》與〈毛
詩序〉皆出《史記》後，顧頡剛稱之「亦見卓識」，〔註139〕然而姚鼐
卻云：「古文尚書之偽，此已是天下定論，望溪雖學者，而其人敦厚
而識滯，又似未見閻百詩之古文疏證，故執其誤而不知返。大抵在前
儒不敢輕棄古文，乃慎重遺經，其理非謬。」〔註140〕凡此皆為疑經
辨偽之例也。故李慈銘云：「望溪能知周禮經體之精，儀禮品節之妙，
及荀子之醇處，其識自在並世諸家之上。惟任其私肊，謂周禮有劉歆
竄入處，因推及於儀禮喪服之尊同不降，禮記之文王世子明堂位及雜
記之大夫為其父母兄弟之未為大夫者之喪服如士服一條，士之子為大
夫則其父母弗能主使其子主之一條，尚書之康誥序君奭序，毛詩之序
及普天之下莫非王土之傳，史記之周本紀魯世家燕世家，荀子之儒效
篇，謂皆歆所竄入，以媚王莽，而傅會莽事，信口周內，絕無依據，
不知子駿何仇，而於千餘年忽遭此羅織。其言之斷斷甚無理，而悍然
不疑，往往讀之失笑。又拾朱子之唾而痛詆詩小序，尤為無識。故嘗

〔註136〕《方苞集》卷一〈讀古文尚書〉，頁1。
〔註137〕同註132，〈方苞為《偽古文書》辯護〉條，頁2926。
〔註138〕《方苞集》卷一〈讀尚書又記〉，頁5。
〔註139〕同註132，〈方苞以《書大傳》、《毛詩序》、出《史紀》後〉條，頁2927。
〔註140〕姚鼐《姚惜抱尺牘》〈與管異之六首〉，頁38，收於佚名編《明清名人尺牘》，廣文書局。

謂望谿集中讀經二十七首，當刪去太半，則於望谿之學，不為無益，所以深愛望谿也。然如讀大誥、讀王風、讀周官、讀儀禮、讀經解五首，簡括宏深，必傳之文，非望谿不能作也。」〔註141〕有褒有貶，然詆其疑經之言，未如顧頡剛公允。

　　方苞經書著作甚多，皆存於《抗希堂全書》中，惜阮元輯《皇清經解》及王先謙輯《皇清經解續編》，皆未見收，以致未能廣為流傳。總之，方苞生於清初程朱思想復起，及經學興盛之際，篤奉程朱，潛心經書，故《清史稿·本傳》云：「苞為學宗程朱，尤究心春秋、三禮，篤於倫紀。」〔註142〕姚子素云：「為學一本宋儒程朱之說，以求之遺經，尤究心於春秋、三禮。但不為苛細小辨，每於空曲交會無文字處，獨得古聖賢之微意。」〔註143〕

第五節　文學思潮

　　梁啓超云：「『清代思潮』果何物耶？簡單言之：則對於宋明理學之一大反動，而以『復古』為其職志著也。」〔註144〕對學術思想如此，衡諸文學思潮，亦莫不然。王國維《人間詞話》卷上亦云：「文體通行既久，染指遂多，豪傑之士亦難於其中自出新意，故遁而作他體，以自解脫，一切文體之所以始盛終衰者，皆由於此。」有清一代之文學，乃承襲歷代諸體文學之復古與總結，因詩、文、詞、曲、雜劇、傳奇等，在前代皆能各具特色，成果輝煌，至清已難超越前賢，再創佳績，唯有小說尚有發展餘地，差勝前代，茲將清代文學思潮略述之。

　　首就詩壇而言，清初在復古思潮中，詩人大多取法前賢，主要呈尊唐與宗宋二派。尊唐者言神韻、講宗法、談格調、主肌理；宗宋者，反流俗、排淫濫、發議論、以文入，然亦有獨抒胸臆，自創風格，不

〔註141〕李慈銘《越縵堂讀書記》〈方望谿集〉條，頁736，世界書局。
〔註142〕《清史稿校註》卷二九七列傳七七〈方苞傳〉頁8838。
〔註143〕姚子素〈桐城文錄入選諸家著述考〉，《學風》第四卷第四期，頁7。
〔註144〕梁啓超《清代學術概論》，頁6。

受派別所囿者。清初以錢謙益、吳偉業並稱東南二大家，同為清初詩壇領導者，吳氏尊唐，錢氏宗宋，成就各異，加上龔鼎孳合稱「江左三家」。其後又有「南施北宋」之宋琬與施潤章。康熙年間，尊唐派有王士禎、朱彝尊、趙執信諸家，其中以王氏論詩主〈神韻說〉名聲最大；宗宋派有宋犖、查慎行、厲鶚。乾隆時代有倡「格調說」之沈德潛，「肌理說」之翁方剛，及「性靈說」之袁枚，而袁枚與蔣士銓、趙翼合稱「江左三大家」，除外尚有鄭燮、黃景仁、張問陶諸家，呈現熱鬧繽紛景象。清末道光以後，初有卓然不群之龔自珍，此後又喜言宋詩，風靡一時，主要代表人物金和、黃遵憲，較異於流俗，能反映時代，具有特色。

　　次就文壇而言，可分古文與駢文兩面。駢文方面，清代科舉考試以八股文取士，及博學鴻辭科試以賦體，助長駢文風氣，展現復興景象，能與散文並肩奮起，相互輝映。清初以陳維崧最著，乾、嘉期間，堪稱為駢文之全盛期，作家輩出，實為罕見，初有胡天游、齊召南、陳兆崙、杭世駿、邵齊燾諸人紛起，與古文相抗衡，又有邵晉涵、錢大昕、袁枚、吳錫祺、阮元、汪中、洪亮吉、孫星衍等人同時奮出，各盡其能，大放異彩，其中以袁枚、汪中和洪亮吉三人造詣最高，道、咸以後，由盛而衰，雖有顧廣圻、李兆洛、劉開、周壽昌、王闓運、李慈銘等多人極力挽回，但皆撫拾陳言，終歸沒落，銷聲匿跡矣。古文方面，清初以侯方域、魏禧、汪琬三家為代表，《四庫全書總目提要》以「古文一脈，自明代膚濫於七子，纖佻於三袁，至啓、禎而極敝。國初風氣還淳；一時學者始復講唐、宋以來之矩矱。而琬與寧都魏禧、商邱侯方域稱為最工，宋犖嘗合刻其文以行世。然禧才雜縱橫，未歸於純粹。方域體兼華藻，稍涉於浮夸。唯琬學術既深，軌轍復正。」〔註145〕評之，堪稱公允。三家以上接唐順之與歸有光，為古文復興運動鋪路。逮方苞首揭「義法」，劉海峰標舉「神氣、音節」，姚鼐提

〔註145〕紀昀《四庫全書總目提要》集部〈別集類〉二十六〈堯峰文鈔五十卷〉，頁3709。

出「神理氣味、格律聲色」，始建立系統之古文理論，又有《古文約選》、《古文辭類纂》爲學文之範本，至乾隆間，有「天下文章，其出於桐城乎？」〔註146〕之語，三者被尊爲「桐城三祖」，故馬厚文有詩云：「方學劉才姚氏識，猶如鼎足說三家。一言論定千秋鑒，後世紛紛莫漫誇。」〔註147〕論定三祖之地位，後世無以易之。於是清代古文以桐城派爲核心，師徒相授，廣布各地，「自淮以南，上泝長江，西至洞庭沅、澧之交，東盡會稽，南踰服嶺，言古文者，必宗桐城」，〔註148〕學子多「尋聲企景，項領相望」〔註149〕之局面。其旁支有張惠言、惲敬之陽湖派，及曾國藩之湘鄉派，延至清末民初，新文學運動興起，漸趨衰歇，足見桐城派古文盛行二百餘年，幾與清朝相終始，其影響之久，流播之廣，聲勢之赫，在中國文學史上誠屬罕見。總之，駢散文在清代，能駢起復興，並駕齊驅，尤其在乾嘉時，互鬥爭勝，盛況空前。

　　再就詞曲而言，清初詞壇，首推納蘭性德，有花間、南唐遺風，不受制格律，未假雕琢，直抒胸臆，樸質自然，以小令見長。嘉慶前，有陳維崧爲首，效爲蘇辛之陽羨派，及朱彝尊主導，崇尙姜張之浙西派，末流前者粗獷叫囂，後者委靡堆砌，於是俱趨衰落；嘉慶間，又有張惠言倡導於前，周濟聲援於後之常州派興起，重比興寄託，反虛詞濫調，三派先後承領清代騷壇，各有所長。清季以蔣春霖爲代表，其詞多流離之音，蒼涼激楚，自成一家。至於曲壇，又可分散曲、戲曲和傳奇三首，清人散曲以摹擬爲事，絕少新意，辭藻華美，氣韻不足，有朱彝尊之《葉兒樂府》，厲鶚之《北樂府小令》，吳錫麒之《有正味齋集南北曲》，皆以詞人之筆，發雅潔之音，較爲有名。戲曲以

〔註146〕姚鼐《惜抱軒全集》卷八〈劉海峰先生八十壽序〉，頁87。
〔註147〕馬厚文〈桐城文派論述絕句十二首〉，收於《桐城派研究論文選》，頁282，安徽黃山書社，1986年11月。
〔註148〕薛福成《庸盦全集》《康盦文外編》卷二〈寄龕文存序〉，頁228，清光緒二十四年刊本，華文書局影印。
〔註149〕王先謙《續古文類纂》序言。

吳偉業，尤侗、蔣士銓諸家較具特色。傳奇作者較多，舉其著者有李漁、洪昇、孔尚任、萬樹、周稚廉、張堅、夏倫、董裕、蔣士銓、黃變清諸家。其中可稱爲雜劇傳奇以及短劇之代表者，爲李漁、洪昇、孔尚任、蔣士銓、楊潮觀五人。作品以乾隆前最盛，尤以康熙間洪昇之《長生殿》，及孔尚任之《桃花扇》最著，被譽爲清代傳奇雙璧。而李漁則爲戲曲家之兼擅理論與創作者，撰有傳奇十六種，其中十種最著者合刻爲《笠翁十種曲》，作品一反古典堆砌之習，用淺顯通俗之曲詞，參以富於風趣之賓白，故其作品宜於扮演，合於觀心理，風靡一時。

末就小說而言，清代承明之緒，蓬勃發展，大放異彩，成果豐碩。清初屢興文字獄，凡在詩、文中犯忌者，即興獄治罪，小說被視爲淫詞邪說，亦在禁止之行，康熙二十六年（1687）二月，給事中劉楷奏請禁淫詞小說，上云：

> 淫詞小說人所樂觀，實能敗壞風俗，蠱惑人心，朕見樂觀小說者，多不成材，是不惟無益，而且有害。〔註150〕

以敗壞風俗，蠱惑人心爲由，下令嚴行禁止，康熙五十三年（1714）四月又諭禮部云：

> 近見坊間多賣小說淫辭荒唐俚鄙，殊非正理，不但誘惑愚民，即縉紳士子未免遊目而蠱心焉，所關於風俗者非細，應即通行嚴禁。〔註151〕

再度以正人心，厚風俗爲由，嚴查禁絕，并將板與書一併盡行銷毀，如仍行造作刻印者，係官革職，軍民杖一百，流三千里，市賣者杖一百、徒三年，該管官不行查出者，初次罰俸六箇月，二次罰俸一年，三次降一級調用，〔註152〕在此嚴刑峻罰政策下，文人僅能以影射、諷刺從事創作。清代短篇小說以蒲松齡之《聊齋誌異》最著，借鬼神

〔註150〕蔣良騏原纂、王先謙纂修《十二朝東華錄》康熙朝卷九〈康熙二十六年〉二月甲子，頁 341。
〔註151〕同註150，〈康熙五十三年〉夏四月乙亥，頁 685。
〔註152〕同註151。

世界影射人間生活，抒發個人感慨，寄寓良深；其次爲紀昀之《閱微
草堂筆記》。長篇小說以吳敬梓之《儒林外史》及曹雪芹之《紅樓夢》
最膾炙人口，皆能表現高超之藝術手法，在文學史上占一席之地。至
晚清，受時代環境影響，更趨繁榮，有李伯元之《官場現形記》、吳
沃堯之《二十年目睹之怪現狀》及劉鶚之《老殘遊記》及曾樸《孽海
花》等等，不勝枚舉。

　　綜上所述，可知清代之詩、文、詞、曲及小說，大盛於康熙、乾
隆年間，方苞生於斯世，有鑑於此，爲求古文之文體澄清，語言雅潔，
提出「古文中不可入語錄語，魏晉六朝人藻麗俳語，漢賦中板重字法，
詩歌中雋語，南北史佻巧語」〔註153〕作爲初學者之規範與準繩，後
人不察，每以其古文之清規律令太嚴而詆之，誠不知此乃時代環境與
文學趨勢使然也。

〔註153〕沈廷芳〈書方先生傳後〉，收於徐斐然輯《國朝廿四家文鈔》卷二
　　　　十三〈椒園文鈔〉，頁4。

第二章　家世與生平

　　清代散文以桐城派爲正宗，其初祖方苞之文，尤爲後世所推崇，然卻鮮知其能爲詩，乃因傳世之作蓋寡，以致爲文名所掩，今欲知方苞之詩文成就，務必振葉以尋根，沿波以討源，故推究其家世與生平，本章擬從先世、家族、家境及生平探索之。

第一節　先　世

　　方苞嘗言：「古之能以學行自振者，其先世必有潛德隱行。」〔註1〕故欲探討方苞之學行，必先深究其先世之「潛德隱行」，以印證其所言之「吾聞善人必有後，今子之志行端直，是乃祖之義心孝德有以開之也。」〔註2〕如此之語，豈其然哉！

一、桐城始祖至五世祖

　　方姓淵源流長，據鄭樵《通志》謂方氏周大夫方叔之後，以字爲氏。方苞之先世自休寧遷池口，〔註3〕宋、元之際，始祖方德益遷桐城縣市鳳儀坊，〔註4〕於是定居焉，據《安慶府志》云：

　　　　方德益，元末自池口徙桐，以好義稱，所居鄰學宮前，衢隘，

〔註1〕《方苞集》卷十一〈沈孝子墓誌銘〉，頁304。
〔註2〕《方苞集》卷五〈書熊氏家傳後〉，頁125。
〔註3〕馬其昶《桐城耆舊傳》卷一〈方斷事傳弟三〉，頁7，廣文書局，民國67年3月。
〔註4〕據《方苞集》〈附錄〉一〈方苞年譜〉所云，頁865。

> 割居地之半以廣之：桐溪水出龍眠，暴漲則激石，漂木不可
> 渡，議橋者難焉。德益捐金甃石，橋成堅緻，迄嘉靖末，猶
> 賴之。後子孫簪纓不絕，論者以為積善之報。〔註5〕

方苞始祖方德益，徙居桐城後，急公好義，如闢衢道，築橋樑，造福
鄉里，廣受後人之感念，後代子孫，承其餘蔭，仕宦顯貴，綿延不絕。
故方苞云：「余先世家皖桐，世宦達。」〔註6〕亦所謂《易》曰：「積
善之家必有餘慶，積不善之家必有餘殃。」《書》曰：「作善降之百祥，
作不善降之百殃。」〔註7〕誠如是也。

德益生秀實，為元彰德主簿。秀實生謙，為元望亭巡檢。謙生圓，
為元宜使。圓生法，明建文元年（1399）舉於鄉，為四川都司斷事。
其行事據康熙十四年《安慶府志》云：

> 方法，字伯通，洪武間舉人，事母程以孝聞，初程占籍起
> 家，一嫠婦獨授法以書，曰：「聖明定天下行，且偃武修文
> 矣！」故法治尚書，以儒術顯，授四川都司斷事，剛正廉
> 直，執法不撓，永樂元年，諸藩表賀，法不署名，尋詔逮
> 諸藩不附者，法與焉。登舟，謂家人曰：「至安慶告我。」
> 次望江，家人曰：「此安慶也。」法瞻望再拜曰：「得望先
> 人鄉，可矣！」自沉於江。先是法舉於鄉，典試者為方孝
> 孺，以托孤寄命大節不奪命題，無何孝孺抗節，法亦無忝
> 其門人云。〔註8〕

方法為方苞之五世祖，出方孝孺之門，官四川都使司斷事，以不拜燕
王詔，本省覊因，又以正學先生十族赴詔獄，至三江口自沉，求尸骸
不得，以衣冠葬之。其忠義死節之行，聲聞閭閻，配享江寧南門外正
學祠，事載明史正學傳，乾隆四十一年賜祀忠義祠。方苞云：「敝郡
宋元以前，無以忠義發名天壤者，自洪武己卯科，五世祖法……名載

〔註5〕清‧陳焯等纂《安慶府志》卷十一〈人物志、篤行〉，頁1235，康熙
　　　十四年刊本，成文出版社影印，民國74年3月。
〔註6〕《方苞集》卷十七〈亡妻蔡氏哀辭〉，頁504。
〔註7〕引自《方望溪遺集》序跋類〈公闈訓言序〉，頁12。
〔註8〕同註5，卷十八〈人物志‧忠節〉，頁984。

前史，邑有專祠，爲合郡鄉賢之首。」〔註9〕全祖望云：「桐城方氏爲
右族，自明初先斷事公，以遜志高弟，與于革除之難，三百年中，世
濟其美。」〔註10〕馬其昶云：「悲哉！靖難之事，正學不肯草，詔赤
十族，公以小臣，亦不肯署表死，大節不奪，殆無愧哉！」〔註11〕均
非虛譽也。

方苞對五世祖方法之忠節，十分敬仰，彌自惕勵，嘗言：「竊痛
先祖斷事公遭變砥節，骨葬江魚之腹。」「余碌碌竟世，閒居亦不自
知其非，但每拜斷事公正學祠，則身心怵然，自愧其鄙薄。」〔註12〕
諸語。曾展斷事公墓，并作詩二首，稱其「微臣知國恥，大節重科名。」
〔註13〕瞻拜之餘，無忘作爲師法之典範，故於年七十有五告歸金陵，
建宗祠名曰「教忠」，以其五世祖死節於明建文朝，故云「忠」〔註14〕
也，並立祠禁言「違者撻之，以不資其乏困爲罰。且禁不得入祠，以
斷事公不樂有此後人。」〔註15〕以此諄諄告誡子孫，謹身恪守，無辱
先人之教也。

方法之妻鄭氏，勉夫盡忠，能守婦道，名籍節烈傳，據康熙十四
年《安慶府志》云：

> 方法妻鄭氏，名崇德，七歲能誦孝經、論語，永樂靖難師
> 起，鄭嘆曰：「婦道、臣道，一也。委身事人，時艱而背之，
> 何以明貞？」法正色曰：「婦人識能爾爾。」及法被逮至皖
> 江自沉，屍不獲，鄭年二十九，取餘髮退甲笥之，迎姑程

〔註 9〕《方望溪遺集》書牘類〈與趙仁圃書〉，頁 41。

〔註 10〕全祖望《鮚埼亭集》卷十七〈前侍郎方公神道碑銘〉，頁 203，華世
出版社，民國 66 年 3 月。

〔註 11〕同註 3。

〔註 12〕二則分見同註 9，頁 43，及《方苞集集外文》卷八〈教忠祠禁〉，頁
772。

〔註 13〕《方苞集集外文》卷九，詩有〈展斷事公墓二首〉，頁 791，及《方
望溪遺集》碑傳類有〈展斷事公墓小引〉，頁 107。

〔註 14〕汪師韓《上湖分類文編》卷三〈跋方望溪教忠祠禁〉，頁 6，光緒丙
戌秋錢塘汪氏重刊於長沙。

〔註 15〕同註 12，頁 771。

侍養，撫二子懋、恕，守節四十年，郡守廣武王公，疏於朝，會鄭卒，將訣，命囊所藏夫餘髮甲納懷中以殮，時年六十九，郡邑祀之烈女祠。〔註16〕

鄭氏知書明禮，識大義，勉夫以忠貞，豈尋常婦道人家所能為耶？以一嫠婦侍姑撫二子，守節四十年，又豈獨其志節足為女子之準的哉？

常言道：「有其母必有其女。」方法之女川貞，稟承母教，亦能守貞。因生於四川，族人稱曰川老姑，初欲自沉求父屍，以曾許嫁盛氏子中止。無何，盛氏子病死，遂徹環瑱，侍母，撫二弟，卒年六十有七，邑有烈女祠，母鄭孺人為首，次貞姑。〔註17〕方苞曾展其墓，并作〈川姑墓〉詩，比之孝女曹娥，稱其「節孝兩無虧」。由此可知方法與妻女一門忠義節烈，同享盛名，故方苞云：「吾家自五世祖伯通為有明四川都使司斷事，死建文之難，為邑中忠烈之首；鄭太君暨川貞姑為節婦貞女之首。」〔註18〕對方氏後裔皆有所啓發與激勵也。

二、六世祖至曾祖

方苞之六世祖方懋，為方法之長子，其孝行載於《安慶府志》云：

方懋，字自勉，年十五，父法為蜀閩斷事，死於官，懋歸，孝母友弟，以所事父者事伯父，伯既擅其世貲，或加齮齕，懋為拱受，嘗誣以罪，臨鞫不辯，徐曰：「伯即父，安用辯？」有司以為孝直之。〔註19〕

方懋能孝母友弟，敬事長上。《孝經·開宗明義章》云：「夫孝，始於事親，中於事君，終於立身。」俗語：「忠臣出於孝門。」故其居家孝弟，為官必是忠臣，據《桐城續修縣志》云：

方懋，號三峰，成童即通經史百家之言，以國子監生除寧州州判，催徵適宜，稅給而民不病，擢湖南桃源令，疏滯決疑案，無留牘，為大吏所推重，鄰邑有疑獄至十餘年不

〔註16〕同註5，卷十二〈列女·節烈〉，頁1339。
〔註17〕《方望溪遺集》碑傳類〈展川貞姑墓小引〉，頁107。
〔註18〕《方苞集》卷八〈金陵近支二節婦傳〉，頁226。
〔註19〕同註5，卷十〈人物·馳封〉，頁1168～1169。

決，悉懸一詢，獄定，他如改白馬驛，清理沅、辰、靖三
衛屯糧，楚人至今利賴之。〔註20〕

可知方懋善承乃父之餘緒，為官能體察民生疾苦，催徵適宜，明斷疑
獄，清理屯糧，皆有治績，深受愛戴，誠是賢臣。其妻許氏，相夫教
子，宜室宜家，《桐城續修縣志》稱其「值懋見忌於伯，出徙居陋，
許佐之拮据，食貧，貞姑及姑皆早孀，許恪修婦職，生子五，內訓甚
嚴，子婦皆名家女，許旦坐閣，合諸婦各治一事畢，始就室，無敢譁。
許卒，四年後，仲子佑登進士，擢御史，贈孺人，二孫向、印俱名宦。」
〔註21〕此後子嗣繁盛，庶富且貴，皆得許氏之善教，有以助之也，故
馬其昶云：「然使不有自勉諸公之積累，即又安能歷久不替者乎？」
〔註22〕豈虛語哉？

　　方懋有五子，長琳，字廷獻，稱中一房；次廷瑞，二房；佑，字
廷輔，三房，成進士；瑜，字廷實，四房；第五子瓘，字廷璋，稱六房，
成化元年（1465）舉於鄉，於是都諫王瑞題其門曰：「桂林」，〔註23〕
而方氏之族乃大。其中五子瓘乃方苞之七世祖，瓘生圭，圭生綱，為國
子監生，綱生夢暘，為南安縣丞。

　　十世祖方夢暘，生時母夢朝陽照室，因以名。〔註24〕其事蹟據《安
慶府志》云：

　　　方夢暘，字子旦，太學生，居鄉和易，父歿，未收債者餘
　　　千金，夢暘悉焚券。有族人之僕，馳馬驚鄰家，墮地，懸
　　　鐙曳傷，而豕亦亡矣，鄰索豕，族人究傷僕，交訟不已，
　　　夢暘曰：「奈何以意外事構難？」引僕於家，藥食月餘，傷
　　　痊，出錢五百償豕。嘗渡江，舟人失金相爭，夢暘謬曰：「適
　　　吾僮得遺，必爾物。」風急，幸無譁，抵岸，分橐償之，

〔註20〕廖大聞等修、金鼎壽纂《桐城續修縣志》卷十二〈人物志・宦蹟〉，
　　　　頁407，成文出版社，民國64年臺一版。
〔註21〕同註20，卷二十〈人物志・孝慈〉，頁968。
〔註22〕同註3，卷一〈方自勉公傳第四〉，頁17。
〔註23〕同註22，頁14。
〔註24〕同註22，頁15。

已舟人得金所在，乃諭之曰：「金，微物也，倘爭而溺，奈
何？寧謬償耳！」人稱爲長者，官南安丞，有治聲。〔註25〕

由上諸事以徵知，夢暘實爲長者，可謂富且仁矣。家境豐饒，復能輕
財急義，廣施仁德，慷慨解囊，化解爭紛，常市家租佐祿，里中崇祀
鄉賢祠。方苞嘗言：「使天下知爲人祖父者，宜慎行其身以開其子孫；
而子孫能賢，亦以徵信其祖若父之善行。」〔註26〕足知方族後嗣浸昌，
世代衣冠，豈偶然哉？

十一世祖方學尹，其學行載典籍，《安慶府志》云：

方學尹，號起莘，鄉賢夢暘之子，問卿大美之父也。凝重
峭直，廉潔持身，年十六，籍諸生有聲，文詞閎麗，士林
高之，中丞趙釴曰：「以東谷君廣大，乃有起莘，方氏延昌，
寧有既哉？」子大美舉孝廉時，尹甫踰強，曰：「吾爲王祐
乎？」遂致子衿齋居謝客。宗盟紛糾，以理剖判，不令煩
有司，乃大美成進士，官司理，受封，迎養第，戒以盧公
詳慎，寧失出，毋失入，即偕劉孺人歸郡邑，大夫罕識其
面，後大美由御史晉太僕寺卿，贈如其官。〔註27〕

可知方學尹性情「峭直」，爲人「廉潔」，文詞「閎麗」，教子有方，
當子宦達，仍諄諄戒以「虛公詳慎，寧失出，毋失入。」不受崇階厚
祿，亦不以顯貴自居，偕劉孺人歸居故里，常望子能輸力竭忠，而赫
然有所樹立，可概見也，且其子大美，亦能承志受教，不負所望矣！

方苞之高祖方大美，官至太僕寺卿，名顯仕籍，宦蹟載馬其昶《桐
城耆舊傳》云：

方公諱大美，字思濟，一字黃中，萬曆十四年進士，授湖
廣常德府推官，擢御史，聞父疾，告歸，遂丁憂，服除，
起按江西，再按河南順天，遷太僕寺少卿，以母老，復告
歸，年六十喪母，躃踊如孺子。公性清正，無鍥薄之行，
在臺諫疏請御經筵裁中貴，皆不存草，及神宗實錄成，人

〔註25〕同註5，卷十一〈人物志‧篤行〉，頁1237。
〔註26〕《方苞集》卷十三〈東昌鄧嶧亭墓表〉，頁377。
〔註27〕同註5，卷十〈人物志‧貤封〉，頁1170。

始知之。巡按江西，有稅璫橫甚，公持法不阿，璫雖心憚
公，橫如故，民積憤欲殺之，矢石及寢屋，璫惶迫將自經，
公出諭民，乃得解。璫泣謝曰：「賴公長者得生，」公曰：
「昔不汝撓，正慮今日。」璫頓首，請自今一如約束。歲
旱大疫，民間親戚皆走避病者，公給醫藥親撫視之，全活
甚眾，又捐祿入為小宗，建祠堂，設義田。〔註28〕

又《安慶府志》云：

方大美，字黃中，萬曆間進士，授常德推官，多所平反，
擢御史，巡按江西，抗稅璫，飭吏治，尤好士，故事校士
皆屬學使者，大美獨以拔孤寒，羅英俊為己任，所培植甚
盛。轉按河南，其別奸造士亦如江西，時中州大旱，大美
捐俸賑災，全活萬人。還朝，糾遼璫，督大工，一時績最
卓，擢太僕寺卿，以丁憂歸，卒於家。大美仁厚公清，生
平無鍥薄之行，居家尤孝友媚睦，惠逮里閈，嘗捐祿入為
小宗，建祠堂，設義田，宗人賴之，年六十二而卒。〔註29〕

方大美承乃父之風，仁厚清正，居家孝友，仕宦廉潔，整飭吏治，提
攜後進，捐俸賑災，並建祠堂，設義田，故身後積蓄蓋寡，嘗手記田
宅之籍示諸子曰：「吾增置田三百五十畝，囊中白金千有七百，此非
吾官中物，乃朋友餽遺、汝母積勤所致。」〔註30〕蓋惟恐其子或意其
財物得之於官也。故方苞云：「吾先人雖宦族，而故鄉遺田，皆上祖
力耕而致之。」〔註31〕並慨嘆云：

太僕公仕宦四十年。當時神宗朝，巡按者三；掌河南道時，
兼攝七道御史事，所積僅如此。嗚呼！父有田宅以遺其子，
乃汲汲然自明，惟恐子之意其得於官而心鄙之也。上之教，
下之俗，所以相摩而致此者，豈一朝一夕之故哉！茲田之
在吾家，亦近二百年矣。然則欲子孫長保其田宅，亦非德

〔註28〕同註3，卷四〈方僕傳弟三十三〉，頁151～152。
〔註29〕同註5，卷十〈人物志‧仕籍〉，頁1094～1095。
〔註30〕同註28，頁152。
〔註31〕《方苞集》卷十七〈甲辰示道希兄弟〉，頁486。

與禮莫能持也。〔註32〕

大美仕宦四十年，歷任朝廷顯要，所得僅此，尚汲汲自明於子孫非爲官之得，乃平日勤儉積累，得之不易，子孫欲長保田宅，應以「德」與「禮」也。故馬其昶論曰：「世之祿仕者務居積，大抵皆爲子孫計長久耳，太僕所遺田止此，誠可謂拙宦，顧猶汲汲自明。望溪先生嘗述其事，以告後人，嗚呼！吾鄉盛時，士大夫門風如此，自今觀之，豈非所謂不近人情者邪？」〔註33〕居官清廉，謂爲拙宦；以告後人，稱爲不近人情，豈其然乎？

　　方苞對高祖之行事，尤爲樂道與推崇，曾著錄於家訓中，俾子孫式焉。於〈己亥示道希兄弟〉云：

> 上祖有官御史者，巡按江西，道桐，歸祭於宗祠。自監司以下皆來賓。主祭者，侍御之從兄也，爲庶人，不得服輿馬。侍御以驟從，僕隸擇駿者乘。侍御軼而先，急下，拱立道左，及祭畢，從兄西向立，命取杖。眾皆進曰：「吉禮成，執事者有不共，願以異日治之。」曰「過由執事者，則舍之矣。」侍御遂自弛冠服，伏地受杖。杖已，曰：「吾不予杖，是使汝負詬於鄉鄰也。且汝惟心懈，故至此。汝持使節，一路數千里待命焉，而心常外馳，能無誤人身家事乎？」侍御怡色受教，冠服禮賓。兄弟各盡懽。〔註34〕

以此激勵道希兄弟。由此得知方族之盛衰，繫乎先世之行事，可爲子孫之殷鑑也，誠如方苞所云「嗚呼！此吾宗所以勃興也。」〔註35〕

　　高祖曾建小宗祠於桐城，又置義田，並手記乃勤儉致之者。方苞師之，建大宗祠於江寧，名曰「教忠祠」，作三室，東室從高祖之志曰「合族」，祀太僕公。設祭田，供四時祭薦之費，〔註36〕並明定〈教

〔註32〕《方苞集》卷十七〈己亥四月示道希兄弟〉，頁481。
〔註33〕同註28，頁154。
〔註34〕同註32。
〔註35〕同註32。
〔註36〕《方苞集》卷十七〈己亥四月示道希兄弟〉云：「以歲入十之二供祀事，餘給子孫之不能嫁娶、葬埋及孤、嫠、老、疾者。其法一取之

忠祠規〉、〈教忠祠禁〉及〈教忠祠祭田條目〉，編入家訓中，俾後代共知其義而敬守之，以爲世法。尚且瑣瑣必敘其來源，於〈教忠祠祭田條目〉云：

> 吾家蓮池，雖有祖命以畀首續科名者，而歸贖在余未舉于鄉
> 之前，吾兄之心力瘁焉。桐城、廬江、高淳之田，余銖積寸
> 累以置之。余賣桐、廬田，以建宗祠。以蓮池賣價置江寧沙
> 洲圩田、木廠，併高淳永豐圩田爲教忠祠祭田。〔註37〕

又〈教忠祠祭田條目序〉云：

> 計所以贖蓮池，置桐廬、高淳之田，皆吾與兄心力之所瘁，
> 吾母涕淚之所寓也。〔註38〕

方家雖有祖產蓮池，但已易主，至方苞兄弟時竭力贖回，爲建宗祠，置祭田，始鬻之，以購近處之田，〔註39〕故可知宗祠與祭田，皆其兄弟「心力瘁焉」、「銖積寸累」及其母涕淚之所置也，並非得自先人之遺田，亦非服官之俸祿，且更詳實說明道：

> 教忠祠祭田二百畝在高淳縣，乃苞爲鄉貢士時所置。小宗
> 祠祭田百五十畝在江寧，苞爲秀才時陸續購得。〔註40〕

　　吳郡范氏。不謂之義田者，徒爲吾兄弟之子孫計耳，非能如古人之
　　收族也。每見士大夫家累巨萬？不聞置義田；即祭田，亦僅有而少
　　豐焉。俄而其子孫已無一瓏之植矣。」頁481。
〔註37〕《方苞集集外文》卷八〈教忠祠祭田條目〉，頁768。
〔註38〕《方苞集》卷四〈教忠祠祭田條目序〉，頁92。
〔註39〕蕭穆《敬孚類稿》卷一〈跋望溪先生與雷副憲手札〉云：「以穆所聞，
　　賣蓮花池一事，頗累盛德。今據末札，以建先斷事公祠堂，少置祭
　　點，不得已賣三百年祖業云云。是侍郎晚節頗窘，故賣池以建祠堂，
　　置祭田，當時謗談可以熄矣。」頁349。然劉聲木《萇楚齋續筆》卷
　　九云：「桐城蕭穆敬孚類稿中有云：方望溪侍郎晚年賣蓮花池之田爲
　　盛德之累云云。聲木謹案：天津王介山司馬又樸詩禮堂古文中有教
　　忠祠祭田記一篇中云：侍郎自謂始鬻吾桐城田以給，繼則棄吾蓮花
　　池及田之在廬江者以益之，以並置江寧、高淳兩邑祭田，共三百餘
　　畝云云。觀於此記，侍郎當時實因管業不便，鬻遠處田購近處田，
　　未嘗諱言，不致如蕭氏所云也。」頁578。今據方苞之〈教忠祠祭田
　　條目序〉云：「以蓮池賣價置江寧沙洲圩田、木廠。」以觀二者之説
　　法，當以劉聲木所言較爲合理。文海出版社。
〔註40〕《方苞集集外文》卷十〈與陳占咸〉，頁796。

言明此二處祭田皆於方苞未服官時所購得，亦即表明服官後未增一畝也。然以何方式獲致邪？於〈甲辰示道希兄弟〉云：

> 高淳二百畝，乃我二十年備筆墨，執友張彝歎為購置者。
> 惟用為祭田，於義為安。〔註41〕

此誠為方苞以二十年之筆墨心血，〔註42〕銖積寸累後，由執友張彝歎為之購置者，其不挪為私用，卻歸公作為祭田，並作總結云：

> 凡茲祠田，皆余孤行遠遊，疾病屯邅，敝精神于寒淺之文術以致之者，盡以歸祠。〔註43〕

觀此，可知方苞對宗祠與祭田之購置，確是備歷艱辛，日積月累以致之，顯現服官後未增一畝，以示清廉，此舉與高祖之作法如出一轍，純受其精神之感召而有所啓發也。且不厭其煩地昭戒子孫錙銖不得取為私用，明告其用途云：

> 四時祭薦而外，以周子孫窶艱、嫁娶喪葬不能自舉者，以遵吾兄臨終「異居同財」之遺命。〔註44〕

又云：

> 吾家祭田，營宅兆，供歲祀；有餘，量給不能喪葬者；有餘，以振鰥、寡、孤、獨、廢、疾不能自存者；有餘，以助貧不能受學者；有餘，春糶而秋糴之，累其贏以廣祭田。其怠於作業而貧窶者，不得告貸。〔註45〕

〔註41〕《方苞集》卷十七〈甲辰示道希兄弟〉，頁483。

〔註42〕劉聲木《萇楚齋三筆》卷三云：「惜抱尺牘中有陳碩士侍郎用光書云：望溪侍郎為人作文不受謝，爾愧未能云云。聲木謹案：海寧吳修石刊昭代名人尺牘手蹟內，有望溪侍郎與亦老道丈一書中云：令親處撰文潤筆如已交，望為擲下，緣日來正覺拮据也云云。據此則望溪侍郎當時為人作文未嘗不受謝，其不受謝者，大底在德高文重之後，姚氏所言僅據後來言之耳。」頁671。今查吳修編《昭代名人尺牘小傳》，卷十八，頁221有〈方苞小傳〉，頁237有〈方苞手蹟〉一文，此手蹟之文併收於《方望溪遺集》書牘類〈與亦老道丈書〉，頁70，內容與劉聲木所見皆同，惟於「如已交」下多一「來」字。故方苞自言「二十年備筆墨」，即其潤筆所得也。文海出版社，民國57年5月。

〔註43〕同註15。

〔註44〕同註37。

〔註45〕同註41。

明定祭田終歲所入，作爲「營宅兆」、「四時祭薦」之費，有餘則周濟生活窶艱、貧苦無依之族人，或復廣置之，誠爲子孫長遠之計也。但每見故家祭田，多爲子孫所鬻，爲防患未然，嘗請陳占咸作記，〔註46〕兼注縣冊，俾世守之，不得私摽棄，而買者亦有所顧忌，概見其用心良苦也。豈非高祖之行事所漸者然與！

除外，方苞對高祖之爲官論政至爲稱頌，嘗於序明御史馬公文集時，言及高祖居御史臺之治蹟云：

> 在朝極論時事，與夫巡按楚、豫，所設施於治所者，皆人情所難。公與吾祖當日之居臺中，號爲中正和平，不務矯激以收時譽。〔註47〕

高祖遇事直言，能收救正補益之效，博得「正中和平」之譽，於序人文集之際，每念高祖平生論著，經兵火，書皆散亡，感纂述之無由，而嘆欺文之傳，亦「有幸有不幸」，此言未嘗不悔痛自責也。

方大美有五子，體乾、承乾、應乾俱恩貢生；象乾，至副使；拱乾，少詹事。其中三子象乾乃方苞之曾祖，〔註48〕明末，因避寇亂，遷至秣陵，遂定居焉，〔註49〕僑居上元縣，居由正街，後遷土街。〔註50〕曾祖之事蹟據康熙六十年「安慶府志」云：

> 方象乾，字廣野，號聞庵，天啓閒貢生，初授黃州通判，以督糧剿寇有功，陞廣東高州府海防同知。退狼寇有功，轉廣州府同知，督師海上，有散花神女助陣之異，歷任兵

〔註46〕同註40，內云：「望賢爲作教忠祠記，而小宗祠及祭田亦附見焉。」頁797。惜此記今未得見。

〔註47〕《方苞集集外文》卷四〈明御史馬公文集序〉，頁616。

〔註48〕《方苞集集外文》卷八〈教忠祠規〉云：「太僕公子孫在金陵者兩支：副使公行三，宮詹公行五。」

〔註49〕《方苞集》卷十七〈大父馬溪府君墓誌銘〉云：「苞先世家桐城，明季，曾大父副公以避寇亂，之秣陵，遂定居焉。」又《國朝耆獻類徵初編》卷六十九〈卿貳〉廿九，頁13，熊寶泰〈祠堂記〉云：「舊祠先生所茸，自一世至始遷上元之太僕，凡十二世。」以爲始遷秣陵上元有太僕公方大美，有誤，今據方苞所言爲準。

〔註50〕同註32，頁478。

備副使，未幾謝職，流寓廣州韋村，病卒。象乾磊落負義，
施不計報，每聞人急難，輒爲排解，居官尤恢乎遊刃，用
副其才云，子幟，明經；戡，舉人。〔註51〕

曾祖居官有治績，好善樂施，馬其昶云其「嘗於左忠毅被逮時，斂千
金爲治裝，知其慷慨好施也。」〔註52〕其爲方族始遷金陵者，方苞曾
爲作墓銘，並偕父仲舒遊舊居，見一片廢墟，欲謀復先人故居，而治
其西偏舊圃爲「將園」，作奉父燕息之所，其後宅雖他屬，園亦出質。
但異日復之擬建爲教忠祠，〔註53〕蓋緬懷曾祖創業維艱，善承先人之
遺志，故選作慎終追遠之處矣！

方象乾之繼妻蘇氏，流寇犯桐，蘇自縊死；〔註54〕其妾蘇氏，
年二十八，生子戡，甫週歲，避亂於龍山，崇禎甲戌（1634）八月晦，
賊入市，蘇攜子託老婢，密紉周身衣，觸崖破額而死。〔註55〕二婦同
祀於烈節祠。

綜上所述，方苞之先世，由始祖方德益至曾祖方象乾，凡十三世，
歷代相承，皆聲聞鄉里，名垂典籍。其中史傳所稱，見諸明史者方法，
餘者除秀實、謙、圓、圭、綱外，皆名籍府縣人物志中，或列篤行者，
方德益、方夢暘；或列忠節者，方法；或列貤封者，方懋、方學尹；
或列仕籍者，方大美；或列事業者，方德乾。故方苞云：「苞先世自江
右遷桐城，仍世代衣冠，鄉人以爲葬地實然，無如子孫世守。」〔註56〕
洵屬實情。

〔註51〕清張楷纂修《安慶府志》卷十五〈人物志・事業〉，頁1494，康熙六
　　　　十年刊本，成文出版社影印，民國74年3月。
〔註52〕同註28，頁152。
〔註53〕《方苞集》，卷十七〈己亥四月示道希兄弟〉云：「道希兄弟異日必
　　　　復之爲宗祠。」頁479。又《方苞集集外文》卷十〈與陳占咸〉云：
　　　　「其地或於先曾祖副使公舊圃。」頁796。
〔註54〕同註20，卷二十〈人物志・烈婦〉，頁950。
〔註55〕同註54，頁959，並云：「與前繼妻同姓，烈婦祠亦有主，亦稱繼
　　　　配。」
〔註56〕《方望溪遺集》書牘類〈與趙仁圃〉，頁40。

方苞嘗云：「先人之門祚，實隱賴焉。」〔註57〕故先祖積累之「潛德隱行」，影響其一生之思想與行事甚鉅，使吾人知家之興必由其人，於歷述其先世，以知其淵源有自，日後方苞之所以顯達，良有以也。

第二節　家　族

　　家乃人類學習與人格塑造之所，人自幼及長，莫不受家族尊長之薰陶與默化，影響其未來之發展與成就，故方苞云：「書傳所記，奮跡自己而立功名者眾矣，而德與言則常有祖若父淵源之自焉。」又云：「余觀書傳所記，賢人君子能以德業光顯於時者，不獨祖若考之積累，亦兼稟於母德焉」。〔註58〕於是欲研究方苞之生平，必先追溯其三代，以徵其所漸者然也。

一、祖父及外祖父母

　　方苞之祖父方幟，其學行與宦蹟據《桐城續修縣志》云：

> 方幟，字漢樹，號馬溪，年十二，補縣學生，以詩、古文詞名顯於時，群推爲江上十子之首，順治丁酉科以明經貢廷試第一，授蕪湖訓導，課士以實學，孜孜不倦，四方來學者，輒館餐之，貧者給以薪米，捐俸設義學，修文廟，殫數載心力始成。會當事採柟，議易明倫堂尊經閣故材以應，幟力爭於上，官得免，旋攝繁昌，擢興化教諭，樂育後進，以年老引退，至奉其業師袁岌山、齊沈水生養死殯，買地厚葬，歲時致祭，尤爲後世所稱道，卒後門人李國宋、夏懋遠等私諡爲和靖先生，所著詩、文集數十卷行世。〔註59〕

方幟工於詩、古文詞，歷官蕪湖、興化，致力文事，敬奉業師，獎掖後進，門人私諡爲和靖先生。然而方苞與祖父聚少離多，自言「苞生

〔註57〕《方望溪遺集》書牘類〈與常熟蔣相國書〉，頁34。
〔註58〕分見《方苞集》卷七〈贈李立侯序〉，頁191；《方望溪遺集》贈序類〈朱母冷太夫人八十壽序〉，頁88。
〔註59〕廖大閒等修、金鼎壽纂《桐城續修縣志》卷十三〈人物志・宦蹟〉，頁444。

六年，大父司訓於蕪湖，吾父始歸秣陵舊居。計此生，惟大父承公事
至秣陵，苞應試皖桐，道蕪湖，得暫相依，其時可稽日可數也。」故
對祖父之行跡知之甚少，常「痛少時以家貧，迫生計，未得時依大父」，
〔註60〕僅由先輩及兄舟之口實中，略知祖父之文學與孝行，〈大父馬
溪府君墓誌銘〉云：

> 及冠後，從錢飲光、杜于皇、蒼略諸先輩遊，始知大父文
> 學爲同時江介諸公所重。大父官蕪湖；兄舟實從，凡七年。
> 每語余曰：「大父之仁也，曾王父未葬，一飯不忘。春秋時
> 享及令節良辰，未嘗不噓唏終日。」〔註61〕

祖父之文學爲時人所稱重，而孝行能謹守禮法，雖然方苞於作祖父墓
誌銘謂「大父處境順，無由爲卓絕之行，而官甚微，士皆務科舉之學，
教之所及亦淺，故不敢漫述，惟自痛咎衍之積而已。」然而已足以爲
方苞日後爲人處世的準的。祖父於康熙丁卯（1687）七月卒，年七十
三。有子三：長綏遠，次仲舒，又次珠鱗；女七人。方苞之祖母吳孺
人於父五齡時謝世，〔註62〕故未及見；庶祖母王氏。

　　方苞之外祖父吳勉，雖早棄世，未能親炙，然父仲舒入贅吳家，
母又常道外祖父之舊事，故耳熟焉。〈同知紹興府事吳公墓表〉云：

> 公諱勉，字素裘，先世閩之莆田人，明季避倭亂，移家京
> 師，入國朝，以拔貢生知同州，又知光州，遷紹興郡丞，
> 官罷，流滯江南，僑寓棠邑留稼村，往來金陵，與吾宗故
> 老塗山及黃岡二杜公遊，見先君子詩，許以吾母繼室，及
> 先君入贅，公客死踰年矣。苞兄弟三人、馮氏姊、鮑氏妹
> 皆生於外家。〔註63〕

外祖父世居於閩，歷官同州、光州及紹興，官罷寓棠邑留稼村，見其
父之詩，而以女妻之，其父出贅，留滯棠邑凡十年，故方苞生於外祖

〔註60〕《方苞集》卷十七〈太父馬溪府君墓誌銘〉，頁490。
〔註61〕同註60。
〔註62〕《方望溪遺集》書牘類〈戊申正月示道希〉云：「先君五齡失恃。」
　　　　頁71。
〔註63〕《方苞集》卷十二〈同知紹興府事吳公墓表〉，頁338。

父家。又云：

> 公少竇艱，歲祲不食者二日矣，中貴人或以文請，餽十金；
> 不應，故人聞而義之，群繼粟焉，由是知名。保定總兵賀
> 某以禮致幕下，嘗爲賀單騎入山寨諭寇出降；代治兵，凡
> 麾下將吏皆聽部勒；爲紹興司馬，遏海寇；攝蕭山令，平
> 天台山賊，功不得敘，而以忤勢家罷官。崇禎末，公父以
> 展墓，懸隔閩中，絕音耗。公在同州，聞閩邦歸順，即具
> 文大府、監司，乞解官求父，數月中固請至再三，會訃至
> 乃止。其他庸行，不可殫記。〔註64〕

可知外祖父少雖貧，爲人有志節，不受貴人所動，可謂「貧賤不能移」
也；爲官講義氣，嘗諭寇降、遏海寇、平山賊，功不可沒，卻以忤勢
家罷官，可謂「威武不能屈」也；爲子盡孝心，父陷閩中，乞請解官
尋父，堪稱孝子。凡此所知，皆由於方苞幼時多疾，其母中夜爲摩腹
及足，時道古記及外祖父母舊事以移其心，故知之甚詳。

　　外祖母林宜人，方苞受其愛憐，百般呵護，相處四年，尚能記憶，
云：

> 外祖母林宜人，苞猶及焉，篤老浣濯縫紉不自休，旬日必
> 燂湯沐苞兄弟。苞疾，摩腹及足，與母遞代。宜人卒，苞
> 四歲矣，葬以昧旦，墓距村一里而近，盡室皆往；苞忽驚
> 寤，裸跣而趨葬所，大驚吾父吾母及會葬人，猶昨日事也。
>
> 〔註65〕

外祖母刻苦耐勞，勤儉持家，對諸孫褓抱提攜，竭盡愛護，而方苞能
以區區四歲之稚齡，對幼時情景，記憶猶新，若非子孫情深，焉能致
此？

　　方苞自舉家歸金陵後，則少至外家，且諸舅之子孫移家金陵，各
餬口四方，致使外祖父母封樹無主，故「常思爲買墓田數畝，屬耕者
以守之；顧自念大父、叔父母、兄弟皆既葬而起攢，妻、嫂暴露，近

〔註64〕同註63，頁339。
〔註65〕同註64。

者數年，遠者數十年，何暇及外家之丘隴乎？」實感心有餘而力不足也，又自覺「今衰病日劇，感念往事，不容於心」，而爲外祖父作墓表，由於「不敢傳疑以溢美於所尊禮也」，對「行狀及德政碑載公質行宦績甚具，而槪弗採著」，〔註66〕僅略敍其母平日口道之事，更能顯現眞情，親切感人。

二、父　母

方苞之父仲舒，爲方幟之次子，吳孺人所出，生於明崇禎十一年（1638）十一月十六日寅時，卒於清康熙四十六年（1707）十月初四亥時，年七十。其學行據《桐城續修縣志》云：

> 方仲舒，字南董，號逸巢，幟子，上元縣歲貢生，少好讀書，耽詩酒，胸無畦畛，所著詩有棠村集、愛廬、漸律草、甲初草、卦初草，凡萬餘篇，父執杜於皇，族祖盒山，皆折行輩，與相唱和，顧不競時名，子舟、苞、林請刊集以行，不許，年七十卒，以子苞貴，贈如其官。〔註67〕

可知方仲舒乃一介詩人，常與父執輩以詩相唱和，方苞亦云：「先君子自成童，即棄時文之學，而好言詩，……弱冠，即與宗老塗山、邑人錢飮光、黃岡杜于皇遊。」〔註68〕蓋仲舒生當明末鼎革之際，素抱遺老之風，不齒仕清，棄時文而言詩，又與明末耆舊諸前輩交遊，隱藏熱切之愛國情操，效魏晉遺逸之貌，寓志於詩酒，縱情於山水，方苞〈記夢〉云：

> 先君子性豪曠，不可一日無友朋。常以寅及巳讀書，午及申爲山澤之遊，歸而飮酒。憶自六合遷金陵，同好者，前輩則杜濬于皇、杜岕蒼略，執友則王裕成公及陳先生。招呼遊談，雖風雨之夕無間。〔註69〕

其性豪曠，好讀書、嗜飮酒、喜交遊，風雨無阻，不事生產，家境窘

〔註66〕同註64。
〔註67〕同註59，卷十六〈人物志・文苑〉，頁568。
〔註68〕《方苞集集外文》卷四〈跋先君子遺詩〉，頁627。
〔註69〕《方苞集》卷十八〈記夢〉，頁522～523。

迫，〈跋先君子遺詩〉云：

> 諸先生皆耆舊，以詩相得，降行輩而爲友。諸先生名在天
> 下，當世名貴人立聲譽者，皆延頸索交；而先君子遊於酒
> 人，日與山農野老往來酬嬉，用此窶艱，衣無著，日不再
> 食。諸先生或爲諸公道之。即動色相戒曰：「公毋累我，使
> 以詩爲禽犢。」〔註70〕

當時金陵爲四方冠蓋雲集之處，其父不願攀附名貴，寧與山農野老酬
嬉，生活艱困，仍不以「詩」作干祿晉身之階，其不慕名利，性情耿
介若此。

　　方苞事父至孝，幼時隨在父側，捧盤盂、侍漱滌，長而授徒四方，
奔走衣食，以資生計。又重整家園，奉老父怡養天年，〈將園記〉云：

> 先君子好爲山澤之遊，既老不能數出，居常鬱鬱，乃謀復
> 是宅。宅已六易主，久之議始成，以甲申七月入居。因步
> 園之舊址，繞以百堵，隔居民之漱浣者，然後出池之淤以
> 實下地，而清流匯焉，堰之使方，圍其四周。池東有獨樹，
> 蔭三丈餘，甃其下，可列坐，風諰諰，雖盛夏不留蚊蠅。
> 先君子日召故人，歡飲其間。將俟其成而名之曰將園，取
> 詩人「將父」「將母」之義也。〔註71〕

方氏故居在由正街，其後定居土街，故宅出質，一片廢墟，老父綣戀
故園，方苞能解親意，善承親歡，於是謀復舊址，整頓修茸，使老父
與故友歡飲其間，並作爲燕息之所，取《詩經‧小雅》〈四牡〉：「不
遑將父」、「不遑將母」句中「將父」「將母」之義名之「將園」，故其
父嘗言：「吾體末痛，二子已覺之。吾心未動，二子已知之。」其先
意承志如此。〔註72〕

　　方仲舒之前妻姚孺人，先二女，早亡。繼室吳氏乃方苞之生母。
其母相夫教子，恪守婦道，陳鵬年〈方逸巢先生繼室吳孺人墓碣〉云：

〔註70〕同註68。
〔註71〕《方苞集》卷十四〈將園記〉，頁415。
〔註72〕戴名世《戴名世集》卷七〈方舟傳〉，頁203。

> 先生出贅，寄寓棠村凡十年，時兩家皆窖空，一婢老不任
> 事，孺人躬汲爨，撫前二女及所生子女，凡八人，櫛沐、
> 縫紉、浣濯皆手之。先生嘯歌古人，不知其身之困也。及
> 還金陵，黃岡二杜公日夕過從，楚越遺民道江介，多造其
> 廬，先生常與渥洽酣喜，孺人黽勉中饋，諸公賓從不知先
> 生之窶艱也。〔註73〕

其父出贅吳家時，外祖父吳勉已客死。家貧，其母躬自操作家務，任
勞任怨。父喜交游，家中賓客常滿座，母必竭盡所能以待客，父不知
「身之困」，而客亦不知主人之「窶艱」。方苞〈先母行略〉亦云：

> 先君子中歲尤窮空，母生苞兄弟及女兄弟凡六人。一婢老
> 不任事。縫紉、浣濯、洒掃、炊汲、皆身執之。方冬時，
> 僅敝絮一衾，有覆而無薦。旬月中，不再食者屢焉，而先
> 君子喜交游，江介耆舊過從無虛日，必具肴蔬，淹留竟日。
> 母嘗疽發於背，猶勉強供事。十餘年，無晷刻休假，而先
> 君子性嚴毅，絲粟不治，客退，必詰責不少寬假。母益篤
> 謹，無幾微見於顏面。

可見家境窮困，子女眾多，日不再食，家務瑣事，皆獨自承擔，有病
在身，尚不得少休，客留竟日，必具肴蔬以待之，其父待客返，反而
加以詰責，母卻毫無怨言，若非賢淑，焉能忍隱？無怪其父將終，惻
然對母曰：「與若共事五十年，若於我，毫髮無愧也。」

> 母性孝慈，侍父母至孝，對子女愛護備至，無所偏祖，又云：
> 乃歸先君子，不及事姑，或語及先王母，輒哽咽欲淚。前
> 母姚孺人遺女二。次姊少桀傲，母呴濡久而悔悟，勉為孝
> 敬。〔註74〕

其母出為繼室，撫前妻之二女，時長七歲，次始生未幾，鞠育深愛，
視如己出，實能任常人所難之事，方苞嘗云：「自吾有聞見，凡前子
之於母，後母之於子，一視如所生者，十不二三得焉。異母之兄弟，

〔註73〕陳鵬年《道榮堂文集》卷六下〈方逸巢先生繼室吳孺人墓碣〉，頁25，
清乾隆二十七年刊本。
〔註74〕《方苞集》卷十七〈先母行略〉，頁493～494。

篤愛而無間疑者，十不二三得焉。」﹝註75﹞則其母為「二三得焉」也，而此愛心每在子女遠遊，居家懷想之時表露無遺，〈教忠祠祭田條目序〉云：

> 吾兄弟三人，少忍饑寒，勤學問，皆喀血。弟早夭。吾與兄時抱疾而遠遊。每戒行，吾母隱愍，背人掩涕，必涉月連時；良辰令節對女婦，每當食而哽噎。﹝註76﹞

方苞兄弟因家貧，又勤學，以致皆患喀血。不幸弟早亡，兄弟二人常授徒而遠行，為人母者，倚閭而望，心神逐往，每逢佳節，思子更切。繼而，兄及姊適馮氏者復中道夭。母則默默銜悲憂，遂成心疾。六十後，患此幾二十年。每作，晝夜語不休，然皆幼所聞古嘉言懿行，及侍父母時事，無涉鄙倍者。﹝註77﹞且每當弟與兄忌日、生辰，及春、秋、伏臘令節，其母先期意色慘沮，背人掩涕，過旬猶不能平。其父則召親賓劇飲，號呶以自混。或遊郊野，沈暝然後歸，自省人事，未嘗見其父母有一日之安也。﹝註78﹞

　　母生而靜正，誠意盎然，終身無疾言遽色，平生未嘗一語詈僕婢，而能使愛畏，不敢設欺詐，〈與陳滄洲書〉云：

> 先母性惻怛，僕婢負罪，必求其情而得其所可矜。苞兒時，見婢某竊蔬材匿戶下；以告，母徐曰：「彼自需用，非竊也。」
>
> ﹝註79﹞

由待僕婢一事之寬厚，餘者可想而知，為人謙和，有悲天憫人之胸懷，設身處地為他人著想，得饒人處且饒人，不輕易斥責，有婦人之仁。無怪卒後，內御者老幼悲啼，過於子姓，不可曲止焉。

　　母性樸實，嚴守禮守，方苞嘗將其行事列入家訓中，作為約戒後世子孫之例，〈己亥四月示道希兄弟〉云：

﹝註75﹞《方苞集》卷七〈送佘西麓序〉，頁187。
﹝註76﹞《方苞集》卷四〈教忠祠祭田條目序〉，頁92。
﹝註77﹞同註74，頁494。
﹝註78﹞《方苞集》卷十七〈台拱岡墓碣〉，頁492。
﹝註79﹞《方苞集集外文》卷五〈與陳滄洲書〉，頁664。

> 吾母疾篤，天子加恩賜醫。醫者曰：「定法，必視面按脈，乃
> 復命。」余白之母。曰：「我雖老，婦人也。可使醫者面乎？」
> 余曰：「君命也。」母閉目，命褰帷，顏變者久之。既而曰：
> 「雖聖恩高厚，然繼自今，勿更使吾疾上聞矣。」〔註80〕

在古之「男女授受不親」之禮教下，母雖病篤就醫，尚斷斷於古禮之
防，乃時尚所趨也。若杜于皇之母性方嚴，生平不肯見畫師。一日，
于皇遇善手曾鯨，喜以白母，且云：「鯨老矣，寫照其宜也。」母作
色曰：「安有婦人呈頭露面，與男子注目熟視，而不知羞者？先王制
禮，男女有別，何嘗老者不在此例耶？」〔註81〕如此皆爲中國典型婦
女之表態，無可厚非。

母生於明崇禎十五年（1642）正月十五日子時，卒於康熙五十四
年（1715）十二月初九日午時，年七十四。陳鵬年銘其墓碣曰：「妻
之令，夫以成其行；母之賢，子以忘其艱。」〔註82〕歎其夫婦母子之
間皆可法也。

方苞事母以孝敬，幼時佐家務，蘇茅汲井，以治饔飧，長而隨侍
左右，晨昏定省，不忍違離，其母亦念子心切，憂勞致疾，如方苞於
康熙四十五年（1706），赴京應考時云：

> 余因念丙戌計偕：自余出，吾母內熱，語不休，雖隆寒，
> 中夜啓膻牖；或挾老婢立中庭，北向而望，凡百有三日，
> 至余抵家之夕，而後寢成寐。〔註83〕

赴京應試，純屬喜事，期能一帆風順，步入仕途，然其母卻積憂傷身，
所謂「凡欲其子遊學，取名致官，父或有之，而母必無是也。無貴賤
貧富賢愚，惟願求之即在側耳」；〔註84〕方苞深知母意，於應禮部試，
成進士第四名，屆殿試，朝論翕然，推爲第一名，聞母疾遽歸，李光

〔註80〕《方苞集》卷十七〈己亥四月示道希兄弟〉，頁480。
〔註81〕王暐《新校今世說》卷七〈賢媛門〉，頁86，世界書局。
〔註82〕同註69，頁26。
〔註83〕《方苞集》卷十三〈劉中翰孺人周氏墓表〉，頁385。
〔註84〕同註83。

地、顧書宣馳使留之不得，〔註85〕以母爲重，毅然捨棄進階良機，歸鄉奉母。又於夫人蔡氏卒後，擇繼室亦能事母爲要，李塨〈書方靈皋一節〉云：

> 庚子冬，予問醫如金陵，曾克任爲予言方靈皋內子蔡氏歿，薦紳慕其名，競聯姻，大學士熊賜履謀妻之女，謝之；時有鄭總兵巨富，倩伍解元涵芬緩頰，願以萬金爲蟣奩，使可贍九族三黨之餽問者，靈皋辭不獲。一日暮食罷，語克任曰：請姊丈後，因告之故。克任曰：非孟子之言所識窮乏者得我乎？靈皋立嘆曰：然。晨興峻辭。熊尚書一瀟，其子本，靈皋同年進士，祕謂曰：鄙人有妹，家君願使侍箕帚。靈皋曰：感甚！然寒舍家法，亡荊偕娣姒日夙興，精五飯酒漿，奉后匜二親左右，君家媛能乎？本咋舌無以應。〔註86〕

足見方苞不畏權貴，不慕財利，娶妻以婦德爲準的。故李塨云：「靈皋翹翹乎視富貴利達如淖塗，而人之文錦膏粱無克盡脫，嘗痛自刻責。」〔註87〕當《南山集》獄起，陰戒家人勿使母知以免憂，陳鵬年〈方逸巢先生繼室吳孺人墓碣〉云：

> 及仲子苞北徙，復憂菽水，而孺人意色常熙熙，苞雖老，晨昏在側，孺人猶撫摩節，視寒煖飢渴，苞心安焉，不知其身之在難也。始苞赴詔獄，即戒家人毋聲，與縣令偕入見孺人，稱以相國安溪李公薦特徵，即日登程，及孺人北上，苦無辭以對，而天子果詔入南書房，賜大宅，孺人疾，賜御醫，頒內府藥物酒醴，孺人竟死，不知苞之獄事。〔註88〕

方苞爲求免於徒增其母之憂懼，始終未告以獄事。曾築「將園」爲其父燕息之所，其父歿後，始於池之東北隅構四室，奉老母居其北，而己讀書其南。又數年，復於池東南隅爲堂，敞其中，櫺其左右，

〔註85〕《方苞集》附錄一蘇惇元輯〈方苞年譜〉，頁873；又《方苞集》卷十六〈祭顧書宣先生文〉云：「老親趣余，歸裝在途。公使來追，斬輨道隅。余不反顧，懼公見督。公以書來，詞溫意渥。」頁468。
〔註86〕李塨《恕谷後集》卷九〈書方靈皋一節〉，頁111。
〔註87〕李塨《恕谷後集》卷二〈贈張可玉序〉，頁25。
〔註88〕同註73，頁26。

而翼其西偏以臨於池。廡堂之東，上屬於四室，編籬穿徑，列植竹樹。每飯後，扶老母循廡至南堂，觀僕婢蒔花灌畦。或立池上，視月之始生，清光瑩然，不知其身在城市中也。由上諸事可推知方苞孝行之一斑。

方苞平生孝順父母，然而於父母棄世後，深至追悔未能善盡孝道，〈答劉月三書〉云：

> 連得手示，皆慮不孝子以哀致疾；此不孝子平日飾行隱情，以致久故如兄，猶未察其薄戾冥頑之實也。傳曰：「哀樂不失，乃能協於天地之性，是以長久。」故先王制禮，哭泣辟踊，所以達哀慍而安心下氣，於養生之道，非有所違。不孝子所內自恨而不容於心者，少壯無良，重微利而輕色養。計數生平，在二親之側，日月甚稀。繼又自作不典，使衰疾之母北來就養，未獲數歲之安而永棄其孤。不孝子心絕志摧，宜十百於恆人，而自忖乃不及十一，此心頑然與禽獸無別。〔註89〕

此言大有「樹欲靜而風不止，子欲養而親不待」之慨。又於雍正八年（1730）自謂大命將至，自訟以告誡子孫，〈庚戌年立秋後二日示道希兄弟〉云：

> 自痛此生虧缺人道，大父愛我最篤，而我愚蠢，每見大父以忼直簡傲為時輩或名貴人所銜，退而切諫，不能愉色婉容，致大父不樂。大父知我愧不敢前，每就問家事，或命翻古書以解我慚。我不自敬戒，身陷刑罰，使大母驚怛逾年；幸荷聖祖皇帝如天之仁，得生相見，而衰病不任車船，在途遭火恐；又自京城移海淀，眩暈嘔逆，止道旁移時；既至，困不能興。〔註90〕

自謂此生未能順承親意，使父母處在不樂與憂懼中。晚年，又自悔無及時承親之歡而有餘恨，每云：「回思少壯，徒以奔走衣食，孤行遠

〔註89〕《方苞集集外文補遺》卷一〈答劉月三書〉，頁815。

〔註90〕《方望溪遺集》書牘類〈庚戌年立秋後二日示道希兄弟〉，頁76。

游，爲父母憂，歲時伏臘，春秋佳日，奉觴御食而親色笑者，蓋無幾焉，撫心更何以自解耶？故書之以志余恨。」〔註91〕蓋念竟世栖栖，依親日甚少，深致悔恨也。

三、兄弟姊妹

方苞之兄弟三，姊妹五，凡八人。兄舟、弟林。伯姊適鮑氏，仲姊適曾氏，皆姚孺人出也。三姊適馮氏，四妹適鮑氏，季妹適謝氏，并其兄弟，皆吳孺人生也。茲分述如下：

兄舟，字百川，號錦帆，外表肥白如瓠，〔註92〕性倜儻，好讀書，六歲能爲詩，八、九歲誦左氏、太史公書，〔註93〕遇兵事，輒集錄，置袷衣中，議其所由勝敗，暇則之大澤，召群兒布勒左右爲陣，時三藩逆亂，比邑旱蝗，憂之，或廢寢食，未冠，通五經訓義，攻時文，寄籍上元，爲諸生，遂以文名天下，有《自知集》行於世。其性情，據載名世〈方舟傳〉云：

> 舟天性醇篤，孝於其親，既長不異孺慕……舟厭時俗齷齪，以名節自砥礪，謹法度，慎交遊，而留意經世之學。平生所爲經畫區處，悉中肯綮。而性恬淡，不慕富貴。〔註94〕

此言天性醇篤、恬淡，重名節，輕富貴，謹法度，慎交遊，堪稱文質彬彬之君子矣！陳鵬年〈方百川先生墓碣〉亦云：

> 先生性孤特，而內行篤修，其父逸巢先生每語人曰：記所云「視於無形，聽於無聲」者，於此子見之。〔註95〕

〔註91〕《方苞集》卷五〈題黃玉圃夢歸圖〉，頁132～133。

〔註92〕《國朝耆獻類徵初編》卷六十九〈卿貳〉二十九熊寶泰撰〈祠堂記〉云：「少時聞鄉先生言：百川先生肥白如瓠，壽三十七。」頁13，明文書局，民國75年元月。

〔註93〕《方苞集》卷十七〈兄百川墓誌銘〉云：「八、九歲誦左氏、太史公書。」頁495。《方苞集集外文》卷四〈刻百川先生遺文書後〉云：「十歲，好左氏、太史公書。」頁631。陳鵬年《道榮堂文集》卷六下〈方百川先生墓碣〉云：「六、七歲讀左氏、太史公書。」頁27。三者說法不一，今從墓誌銘之言。

〔註94〕戴名世《戴名世集》卷七〈方舟傳〉，頁203。

〔註95〕陳鵬年《道榮堂文集》卷六下〈方百川先生墓碣〉，頁27。

所謂「知子莫若父」，乃父之語，洵是知言。而舟亦篤孝，因家貧，為使父母衣食無憂，每對弟苞言：「二大人冬無絮衣。當求為邑諸生，課蒙童，以贍朝夕耳。」於是兄弟二人遂各奔走四方，以謀衣食，又云：「吾與汝得常家居，俾二大人無離憂。」〔註96〕誠善體父母之意也。

　　方舟非惟孝於親，並友於弟，僅長弟苞二歲，〔註97〕待弟不獨手足之情耳。據方苞所云：

　　　先兄於苞，自六七歲時，即同臥起，課以章句，內有保母
　　　之恩，外兼師傅之義。〔註98〕

　　自言於幼時即依兄臥起，受其照顧與教導，故有「保母之恩」，兼有「師傅之義」，其情誼非僅兄弟之情所能涵蓋，待弟林亦如是。林早亡，兄對苞曰：「吾三人生常違離，弟中道夭，吾與若送死皆有恨。弟未娶，無子女以寄吾愛。異日吾兄弟當同丘，不得以妻祔。」〔註99〕又謂：「異日汝子與吾子，相視如同生。」〔註100〕及「二支子姓下逮曾玄，始得異居同財。」〔註101〕其娣姒或有違言，每曰：「汝輩日十反脣，披髮搏膺無害。但欲吾兄弟分居異財，終不可得耳。」〔註102〕用此知是乃篤於兄弟之恆情，雖異於俗，而非有過於義也。

　　方舟嘗東遊登萊，極滄海，視日之始生，北過燕市，遘疾以還，逾歲，自知不可療。先卒之數日，自取其文稿燒之，故詩歌、古文竟無存者，獨曾為督學磁州張公〈賦絡緯〉、〈擬南樓讌集序〉〔註103〕及

〔註96〕《方苞集》卷十七〈百川先生墓誌銘〉，頁496。
〔註97〕《方苞集》卷十七〈百百川墓誌銘〉云：「兄長余二歲。」頁496；卷十八《記夢》云：「時余九齡，先兄年十一，常奉盤匜侍酒。」頁523。《方苞集》〈附錄〉一〈方苞年譜〉云：「兄舟，字百川，長先生三歲。」頁866。今從方苞所言。
〔註98〕《方苞集集外文》卷五〈與慕廬先生書〉，頁673。
〔註99〕《方苞集》卷十七〈己酉四月又示道希〉，頁488。
〔註100〕同註80，頁478。
〔註101〕《方苞集集外文》卷八〈教忠祠禁〉，頁771。
〔註102〕同註80，頁477。
〔註103〕《方苞集集外文》卷四〈刻百川先生遺文書後〉云此二篇載《江左

上長洲韓公〈廣師說〉三篇存。〔註104〕卒於康熙四十年（1701）十月二十一日，年三十七。臨卒，勉弟苞奉二親，妻子環泣，喻使退曰：「君子以齊終，吾獨宜死弟手。」〔註105〕故正命之夕，惟弟在側耳。妻張氏，子二：道希、道永；女一，適喬氏子。北平李剛主表其墓曰：「孝友江鄉之墓，文章海內之師。」〔註106〕堪稱至評，非諛墓也。

　　方苞與兄甚為友愛，終身遵守「三人同丘」之遺命，再三告誡子孫，并列入家訓中，〈己亥四月示道希兄弟〉云：

> 弟椒塗之歿也，未娶。兄泣曰：「吾弟兄三人，當共一丘，不得以妻祔。」兄疾革，嫂與道希環而泣之，兄屢斥去。正命之夕，惟余在側，未嘗以道希、道永屬。吾兄弟篤愛如此，子孫其式之。〔註107〕

將兄弟篤愛情形明告子孫，俾世式焉。方苞於兄亡後，為作墓誌銘及〈七思・兄百川先生〉以志其哀，並自感徬徨無依，無所適從，〈與慕廬先生書〉云：

> 計苞此生無日不在辛苦憂患中，然未嘗以自懟者，以有吾兄共事二親耳！天若更以他凶害加於其身，固受之怡然；乃獨使與兄中道而相捐，不已極邪！老親旦暮強為開顏，或聞中夜而啼。時見幼孤群呼笑嘻，此心蠢然如劇；步趨庭闈，形影如值；坐對書史，或觸手跡，感平時授受之意，心神慘沮，不能終卷，繞屋徬徨。自今以往，不惟世俗所謂功名，視猶泥滓；即夙昔妄意古人立言之道，而曾竭其不肖之心力者，亦棄之如遺跡矣。〔註108〕

　　文選》，惜今未見。

〔註104〕此文今見於清陳作霖等編《國朝金陵文鈔》卷三，頁 26～27，清光緒丁酉〈23〉江寧陳氏刊本；又見於王文濡編《清文匯》卷五十，頁 26，世界書局，民國 54 年 3 月。

〔註105〕同註95，頁28。

〔註106〕《上元縣志》卷十六〈文苑〉，頁 1254。然於李塨《恕谷後集》中並未見有此文。

〔註107〕同註80，頁482。

〔註108〕《方苞集集外文》卷五〈與慕廬先生書〉，頁674。

知其哀痛至極，形單影隻，萬念俱灰，睹物思人，心神慘沮，以致積憂損身，心氣淤傷，小有感觸，輒哽噎中滿，夜不能寐。〔註109〕故姚鼐云：「昔吾鄉方望溪宗伯，與兄百川先生至友愛，百川死而宗伯貴，吾鄉前輩皆告余，宗伯與人言，一及百川，未嘗不流涕也。」〔註110〕此言不虛。

　　弟初名棠君，後更名林，字椒塗，少穎悟，性警敏，雞鳴入市購米薪，日中治家事。客至，佐母供酒漿。日入誦書，夜參半不寐。家雖貧，事父母至孝，方苞嘗舉一例，〈弟椒塗墓誌銘〉云：

> 吾父喜交遊，與諸公夜飲，或漏盡乃歸。旬月中，間者僅三數日耳。弟恆令家人就寢，而己獨候門。

　　常聞中夜母為子候門，顯露父母對子女之關愛，而其弟能為父候門。旬月中僅三數日未也。若無赤誠之孝心，安能若此？方苞於〈七思・弟淑塗〉中亦云：「吾翁夜遊兮星斗闌，弟唫誦兮待更殘。迓親賓兮拂几帝，竈下煎和兮助母力。」〔註111〕足見弟能達親意，佐內事。除外，對兄亦甚友愛，又云：

> 兄赴蕪湖之後，家益困，旬月中屢不再食。或得果餌，弟託言不嗜，必使余啖之。時家無僮僕，特室在竹圃西偏，遠於內。余與弟讀書其中，每薄暮，風聲蕭然，則顧影自恐。按時，弟必來視余；或弟坐此，余治他事，間忘之矣。〔註112〕

依常理而言，家有美食，兄弟必爭先搶食，何況家貧，能得果餌甚稀，而弟每託不嗜卻讓與兄，效與「孔融讓梨」之美德；又書房於西偏，至夜，風聲蕭然，獨處其中，自生恐懼，而弟善解人意，前來陪伴，兄弟之間，體諒之情，躍然在目。惟體素羸，好讀書，善時文，質可任道，〔註113〕惜早夭，以齒牙之疾，卒於康熙二十九年（1690）三

〔註109〕《方望溪遺集》書牘類〈戊申正月示道希〉，頁73。

〔註110〕姚鼐《惜抱軒全集》卷十一〈鄭大純墓表〉，頁123。

〔註111〕《方苞集》卷十七〈七思・弟椒塗〉，頁509。

〔註112〕《方苞集》卷十七〈弟椒塗墓誌銘〉，頁497～498。

〔註113〕《方苞集集外文補遺》卷一〈喬又泓哀詞〉云：「余近宗子弟數百人，質可任道者，獨吾弟林，而竟早夭。」頁829。

月初四日，年二十一。卒前，方苞心氣悸動，父命避居野寺，未能視斂，深引爲恨，〈庚戌年立秋後二日示道希兄弟〉云：

> 三叔父將死，我以小疾避居野寺，不親殯斂。異日我死，斂用厭冠袒右臂，勿訃，勿作行狀，勿求志銘，使我負恧懷慚於地下。〔註114〕

遺令「斂時袒右臂」以自懲，并作〈七思・弟椒塗〉云：「哀吾生兮負人紀，恨於弟兮無倫比。……重愛身兮輕失義，既彌留兮忍相避。痛入天兮悔莫釋，死自罰兮終何益？」〔註115〕以志其悔。遵兄舟之遺命，卜葬於泉井之西原。銘其墓云：

> 天之於吾弟吾兄酷矣！使弟與兄死而余獨生，於余更酷矣！死而無知則已；其有知，弟與兄痛余之無依，毋視余之自痛而更酷邪！〔註116〕

觀其辭，審其情，悔痛至極，溢於言表，直可媲美韓愈〈祭十二郎文〉所云：「死而有知，其幾何離？其無知，悲不幾時，而不悲者無窮期矣！」

　　方苞於弟過世未幾，居喪不願成婚，自謂「余過時不娶，妻之父母趣之。時弟椒塗卒始七閱月，余入室而異寢者旬餘。族姻大駭，物議紛然。遂廢禮而成婚，至今恨之。」〔註117〕深感抱憾。又於離家遠行前向亡弟告別，作〈將之燕別弟攢室〉詩云：「詰互將戒徒，獨步登山岡。淚枯不能落，四顧魂飛揚。往時重暫別，而今輕遠行。豈忘岵屺詩，言此裂中腸。……所恨爾長逝，出門增恫惶。……日夕下山去，身世兩茫茫。」〔註118〕哀痛之情，令人不忍卒睹。故其姪道希於《喪禮或問・跋》云：「三叔父之喪，叔父以故缺於禮，常自恨；先君子歿，過期不復寢。」足見手足之情，非比尋常。

〔註114〕同註90。
〔註115〕同註111，頁510。
〔註116〕同註112，頁498。
〔註117〕同註80，頁479～480。
〔註118〕《方苞集集外文》卷九〈將之燕別弟攢室〉，頁789～790。

伯姊，幼名且，前母姚孺人所出。適鮑氏庶長孟虎，歸三歲喪夫，逾年，一子殤，撫姒所生女，又撫其子，皆深愛如己出。既老，相視泛泛，無所寄愛，臥疾輕年，於雍正三年（1725）三月二十九日卒，年七十。

方苞少其姊十有二年，自言幼時「家無僕婢，獨以苞屬姊。絕乳，食必啼。姊抱持，且行且食之，食竟乃止，遂以爲常。」並爲作哀辭云：「苞性劣而遇屯，於父母兄弟齗不遺恨者，而未若姊之深。苦不能悉，生不能依，疾不能養，又無子女以寄其愛。嗚呼！苞其若此心何哉？」〔註119〕〈七思・伯姊〉又云：「嗟余告歸兮姊在床，語不辨兮淚盈眶。每一見兮增悲瘵，不經旬兮不敢視。迫公程兮作死別，及半途兮姊萎絕；痛在世兮常生離，永負心兮更何說！」〔註120〕足見姊弟深情，莫可言喻。

仲姊，始生，前母姚孺人亡，由吳孺人鞠育，少桀傲，性鈍直。適曾氏沂，嫁之日，父母戒行，常以宮事不逮爲憂，久之薰然成和，及姑歿，乃時與姊夫不相中。〔註121〕卒於乾隆三年（1738），年七十六，無子，有女適林氏子元。方苞於〈七思・仲姊〉云：「嗟姊疲癃兮復踰年，地闊天長兮心目懸。念先姒兮歿賣志，惟姊存兮愛可寄，伯姊殂兮姊繼之，痛骨脈兮更無遺。有女新嫠兮生事窒，吾身後兮宜勤恤。」〔註122〕

三姊，吳孺人所出也，適馮氏綏萬。家貧，獨勤力家省，供子職，烹爨、縫紉、灑掃，執僕婢之役，門以內皆賴焉。年二十有六，姊夫始入贅。〔註123〕生活艱困，卒於康熙四十五年（1706），有子一榮，女二。

方苞自言「姊在室時，余兄弟三人更疾不瘳，凡四三年。雞初鳴，

〔註119〕　《方苞集》卷十七〈鮑氏姊哀辭〉，頁498～499。
〔註120〕　《方苞集》卷十七〈七思・伯姊〉，頁511。
〔註121〕　《方苞集》卷十三〈曾孺人楊氏墓表〉，頁386。
〔註122〕　《方苞集》卷十七〈七思・伯姊〉，頁511。
〔註123〕　《方苞集》卷十四〈泉井鄉祭田記〉，頁416～417。

余每寤，望見燈光熒然，則姊已起治藥物矣。」且在「姊先卒之數日，余往視。榮及兩女甥皆在旁，姊顧之慘然。余曰：『吾生而存，若輩無飢且寒。』」不料以《南山集》牽連被逮，「懼與姊言之終棄也，乃於逆旅夜燼燈作書寄兄子道希」，〔註124〕使以泉井鄉祭田歸馮氏，並作〈七思・三姊〉云：「弟早燼兮兄繼萎，余天涯兮身係羈。念姊仁恩兮常惻惻，心欲報兮無終極。余盛夏兮始來歸，姊初秋兮與世辭。志長賫兮更誰訴，情冤見兮惟泉路。」〔註125〕足見姊弟情篤矣。

四妹，適鮑氏子季昭，即伯姊夫孟虎之弟，妹性渾厚靜默，與其母為近。幼共饑寒，諸姊嫁後，佐母治家事。及歸，事姑飲食得節，適伯姊之終，困床席累歲，妹待尤勤。卒於雍正六年（1728）。

方苞於四妹卒後百二十有七日始聞其喪，為作哀辭云：「余竟世為羈；屬有天幸，父母兄弟及馮氏姊之喪皆會余歸期，得親含斂。惟伯姊及妹，過時然後聞。仰自伯姊以前，每有凶咎，無在側與否，必先見其魄兆，而妹獨無。豈余混混塵事中，不復能自存其清明之氣邪？仰心之精爽至是而消亡邪？」〔註126〕故為文以攄其哀也。

五妹，名寧壽，適謝氏子師錫。性簡默貞靜，妹夫多紈絝之好，不相中，時被凌暴，戒女從者勿聞於二親。方苞難後，老母起居，惟妹是依，母終，妹歸，買妾生子，忍寒饑以撫之，而不欲使人聞之，其艱貞為後人所不及，方苞稱其幾於《易》所謂「明不可息」者，乃筆之書，作〈謝季方傳〉，蓋天下後世欲明婦順者，不可不更備此規軸也。〔註127〕

由上所述，足可概見方苞之兄舟與弟林皆早逝，姊妹五人各罹艱，家雖貧，自幼皆相扶持，互關愛，手足之情甚為深厚。誠如方苞所言：「自吾弟吾兄早世，女兄弟五人各罹艱。惟馮氏姊及妹有子，

〔註124〕同註123，頁417。
〔註125〕《方苞集》卷十七〈七思・三姊〉，頁512。
〔註126〕《方苞集》卷十七〈鮑氏妹哀辭〉，頁500。
〔註127〕《方苞集》卷十七〈謝季方傳〉，頁502。

而馮氏姊中道亡，伯姊次之，今妹又次之。其存者：謝氏妹羸疾經年，弗瘳；仲姊歸曾氏者，躄而弱足。顧念死者生者，尙安用久留此衰疾羈孤之身於人世邪？」〔註128〕對人生之無常，不勝感慨系之。

四、妻嫂及子姪

嫂張氏，江寧人，年二十，歸於兄舟，以冢婦持家，與方苞之妻蔡氏，志不相得，然及蔡氏亡，嫂能撫其二女，不異於所生，時少者痘，方苞之母嘗云：「女證危，氣息觸人不可耐。世母保抱攜持，意色不厭，亦人情所難也。」〔註129〕足具婦德。其體素無疾，因諸孫盡殤，又爲姻家所累，家益落，隱憂自懟，致患膈噎，馴至大疾不起，卒於雍正五年（1727）十二月十二日，年六十。

方苞聞嫂之喪，氣結累日，蓋歎其嫂「在吾家逾四十年，未嘗一日安享」，哀其「事吾父母，日從灶上掃除也；哀其侍吾兄之疾，晝夜無寧息也。」且言自「先君歿後，我以老母鹽饎，責嫂益嚴，嫂常含怨怒，即道章亦疑余過當，不知此易所謂『過而亨』者也。兄將終，命嫂事無大小，受我節制，一如親聽命於兄。陳大義，謹細故，使相畏忌，正所以起教於微渺，故克至今，終無墮先兄之命耳。」〔註130〕足見叔嫂之情，逾於恆人。並以文律按之，婦從夫，宜附誌，而其兄有成命，嫂當別葬，又因己衰羸，恐不逮事，故豫爲墓誌銘。

妻蔡氏，名琬，字德孚，江寧隆都鎮人。年二十一來歸，凡十有六年。性木強，然稍知大義，嘗刲肱求療其姊：〔註131〕佐夫侍兄舟疾，輾轉達曙，數月如一日；或姑肝疾驟劇，正晝煩瞋不可過，命誦稗官小說以遣之，時方娠，往往氣促不能任其詞，方苞戒以少休，則曰：「苟可移大人之意，吾敢惜力邪！」足見竭力承姑之歡，孝心可

〔註128〕同註126。

〔註129〕《方苞集》卷十七〈嫂張氏墓誌銘〉，頁502。

〔註130〕同註109，頁72。

〔註131〕《方苞集》卷十三〈方日崑妻李氏墓表〉云：「往者亡妻蔡氏亦嘗刲肱求療其姊。」頁394。

感，其產未彌月，以自懟致疾，卒於康熙四十五年（1706）秋七月三日，年三十七。生男二人，皆早殤，女二人。

方苞與妻聚少離多，嘗言「自己卯以前，余客京師、河北、淮南，歸休於家，久者乃三數月耳。自庚辰至今，赴公車者三。侍先兄疾踰年，持喪踰年，而吾父自春徂秋，必出居特室，余嘗從焉。又間爲近地之遊。其入居私寢，久者乃旬月耳。余家貧多事，吾父時拂鬱，且晝嗟吁。吾母疲疴間作。吾與妻必異衾褊，竟夕無言。」無怪其妻常從容曰：「自吾歸於君，吾兩人生辰及伏臘令節、春秋佳日，君常在外。其相聚，必以事故不得入室。或蒿目相對，無歡然握手一笑而爲樂者。豈吾與君之結歡至淺邪？」〔註132〕之語。

方苞於妻亡故後，悔己於生前未加憐惜云：「余性鈍直而妻亦戇，生之日未嘗以爲賢也。既其歿，觸事感物，然後知其艱。余少讀中庸，見聖人反求者四，而妻不與焉，謂其義無貴於過曀也。乃余竟以執義之過而致悔焉。甚矣！治性與情之難也。」於是流涕爲辭以哀之曰：「惟在生而常捐，乃既死而彌憐。羌靈魂其有知，併悲喜於余言！」〔註133〕并撰〈七思・妻蔡氏〉云：「念吾妻兮若未死，寢食扶將兮尚可倚。妻早逝兮免憂煎，獨予身兮積疢愆。」〔註134〕痛悔之意，哀傷之情，溢乎言表矣。

方苞繼室除氏夫人，上元人，內閣中書徐時敏之女，無出。側室楊氏，生二子：道章、道興；一女。

長姪道希，兄舟之長子，字師范，上元縣學生。文名雄一時。〔註135〕性淳一，兒時，果珍在前，不予不求索。年十七，入縣學，課試必高等，以家禍，遂棄舉業，力持門戶。乾隆元年（1736），詔舉孝廉方正。四年多，旅見，上有褒語，命仍應制科。性友愛，

〔註132〕《方苞集》卷十七〈亡妻蔡氏哀辭〉，頁504。

〔註133〕同註132，頁505。

〔註134〕《方苞集》卷十七〈七思・妻蔡氏〉，頁513。

〔註135〕《續纂江寧府志》卷十四之三〈人物〉，頁212，成文出版社，民國59年5月。

會弟道永被誣，聞之氣噎，及聞弟受刑，自日未中以至於昏，大慟，遂沉篤，及事白，而道希疾不可振矣。其兄弟之情，篤愛若此，實乃受父與季父身教之所漸漬也。乾隆六年（1741）正月十八日卒於京師，年五十有四。妻岳氏，四川涪州人，工部主事岳康之女，有賢行，卒於雍正九年（1731）八月十四日，年四十有六。〔註 136〕子仁，生於康熙五十三年（1714）三月，聰明淳篤，秀出於眾，通四書、毛詩，以雍正元年（1723）八月殤，年十歲，方苞慨嘆云：「造物者既不欲假以生，而特賦以清明醇懿之性質，何為其然哉？」〔註 137〕女二人。娶其妻妹為繼室，無子，以弟道永之長子惟敬為嗣。

　　方苞憶及道希生前諸事云：「始成童，喪余妻，啼號如失怙恃，大母及余設辭多方，不能曲解也。」「余初被逮，偕縣令蘇君以特召白吾母。及邀寬法，老母北上，終不知余之在難，以道希能巧變以安大母也。時弟妹皆幼，內憂外患，獨身當之，遂得危疾，連年累歲。吾母卒後，入省余者再，疾皆動。每切戒毋更至。及終母喪，迫欲依余，余發家書，必申前論。」及「自先兄與余依古禮經定齋喪次，余雖在外，遇期、功，道希必率諸弟出次。」頗能體諒長輩心意，故深得方苞之愛護，謂「余子女五人，愛道希或過於同生。在余側不異為孺子時，余視之亦如孺子。平生無一言一動，使余心隱然不適者。」而道希「茲來盡室以行，蓋將送余之終，而余乃視其棺斂。其妻子又以道永之禍，窘急遄歸。余惡能無恨哉？然於道希繾綣依余之心，則可以無恨矣。」〔註 138〕方苞以道希之亡，哭之慟，兼旬夜不能寐，為作〈七思・兄子道希〉云：「縈家累兮依所親，冀桑榆兮志少伸。駭驚風兮折雁翮，氣噎塞兮橫胸臆。兄心摧兮弟叢棘，弟未死兮兄幽隔。」〔註 139〕

〔註 136〕《方苞集》卷十七〈兄子弟道希婦岳氏墓誌銘〉，頁 507。
〔註 137〕《方苞集》卷十七〈兄孫仁壙銘〉，頁 508。
〔註 138〕《方苞集》卷十七〈兄子道希墓誌銘〉，頁 505～506。
〔註 139〕《方苞集》卷十七〈七思・兄子道希〉，頁 514。

李鍇作〈死生期〉序云：「老人邁難，傳恭力扞禦之。久之，弟師歐復被誣，傳恭竟以憂卒。」〔註140〕皆足見叔姪深情之一斑。

　　次姪道永，兄舟之次子。方苞以兄高才而不壽，推恩於姪道永，得官順天府通判。〔註141〕因僕隸設詐得財，事發，朋謀誣污主人以自脫，遂受刑，厥後大小司寇親訊，半得昭雪。〔註142〕

　　長子道章，字用闇，取昌黎「痛定思痛」語，自號定思。〔註143〕生於康熙四十一年（1702）正月三十日，方苞側室楊氏出。以父《南山集》案編旗，遂補八旗博士弟子，遇赦歸，始入太學，雍正壬子（1732）秋舉順天鄉試，然方苞以直言得罪津要，不安其位，而道章亦復耿耿爲諸公所畏忌，故相尤惡之，於是以一孝廉待試公車，卒不得成進士。其性忼直，落落寡合，苟不當其意，相對默然，令人廢沮。生平惡衣食，忍艱苦，敦品勵學，無忝家訓，亦能承家學，所爲古文，雅有家法，不輕以示人，竟無一傳者，故全祖望云：「上之不得比於原父之仲馬，次之不得比於道原之羲仲，遂將泯滅，其可慟也。」〔註144〕方苞所爲密章祕牘，唯道章得見，願異日能整頓之，不幸先父一年卒，卒於乾隆十三年（1748）十月十六日，年四十有六。妻鹿氏，〔註145〕生七子；超、惟一、惟醇、惟稼、惟寅、惟和、惟俊。超，乾隆九年（1744）秋九月舉江南鄉試，爲英山教諭。

　　方苞教子甚嚴，曾與李塨易子而教，又聞道章之闈墨，誤用經書而爲師諤廷先生改刻流播，責之云：「是子也，愚而自用，卑幼而自尊，其顯過則不聽於師，而隱慝則不告於父，一舉而四惡備焉。此僕所以隱痛而不忍言也。」使過此以往，終不能悛，則亦將「舉古放逐

<hr />

〔註140〕李鍇《睫巢集》卷六〈死生期〉，頁27，民國9年吳興劉氏嘉業堂刊本。
〔註141〕全祖望《鮚埼亭集》卷十七〈前侍郎桐城方公神道碑銘〉，頁203。
〔註142〕同註138，頁505。
〔註143〕同註59，卷十七〈人物志・文苑〉頁586。
〔註144〕同註41，卷二十〈方定思誌銘〉，頁248。
〔註145〕《方望溪遺集》書牘類〈爲子道章求婚鹿氏啓〉，頁79。

之禮」，﹝註146﹞庶其困而悔乎！

次子道興，字行之，號信芳，生於康熙五十九年（1720）十二月二日，側室楊氏出。安慶府學廩膳生，雍正九年（1731）娶張潮州拗齋之女為婦，﹝註147﹞其婦卒於乾隆九年（1744）八月晦，﹝註148﹞生四子：惟清、惟恂、惟憝、惟憲。

長女示，夫人蔡氏生也，適盧江舉人宋嗣莢，在父室，多苦其性執拗，既嫁，則能順於舅姑，致忠養。甫納徵，會父方苞以《南山集》序牽連被逮，宗禍方興，倉皇危難中，泣涕而歸於宋氏。康熙五十八年（1719），夫嗣莢客死江西，年二十有五。女以冢婦持門戶，遇事多斷行，其鄉人皆曰：「方氏非忼直，不能立孤。」乾隆三年（1738）歸寧，兼送子輝祖鄉試，遘疾死父家。又數年，子耀祖暴疾死﹝註149﹞

次女勤，夫人蔡氏生也，適上元生員鮑孔學。

三女，側室楊氏出也，適金壇王金範，官蒲臺縣丞。

綜上所述，得知方苞敬事雙親，友於兄弟姊妹，嚴督其子。然或有評云：「人之倫五，方君獨二而又半焉。既與於進士，而不廷對，是無君臣也。自始婚，日夕嗃嗃，終世羈旅，而家居多就外寢，是無夫婦也。一子形甚羸，而扑擊之甚痛，蓋父子之倫，亦缺其半焉。」方苞聞之惕然云：「其然！是不知余之恨於父母兄弟朋友也，久矣夫余之有欺德也。吾父剛直寡諧，常面詰人過。大吏有索交而不能拒者，與之言，時多傲慢，余每切諫。先君子甚鄙余，而竟為曲止，然不怡者久之。先君子素無疾，及將終，遘疾若膈噎。是不肖子悻直自遂，而不能順親之驗也。余北徙，歲從駕塞上。繼室之父母無狀，吾母憂憤成疾。小妹及家人常覆匿。至彌留，始自言之。是余之處心，無以信

﹝註146﹞《方苞集集外文補遺》卷一〈與陳中丞書〉，頁813。
﹝註147﹞《方苞集》卷十二〈潮州知府張君墓表〉云：「將行，請以小妹妻余少子，時雍正九年季秋也。……道興之親迎也，沃絳間父老多稱拗齋質行經學。」頁352。
﹝註148﹞《方苞集集外文》卷八〈教忠祠禁〉，頁773。
﹝註149﹞《方苞集》卷八〈盧江宋氏二貞婦傳〉，頁228。

於妹與家人，而戕吾母也。弟林疾將革。余以小疾，避居野寺不與斂，是愛其身而偕垂死之弟也。計數師友，則厚於而恨焉者多矣。若某所疵，則有說焉。始之不俟廷對也，以母疾。再以父喪，既而及於難矣。責妻以禮，教子以義，不忍棄於惡也。相提而論，於亡妻小有過焉。後婦有罪，牽於親朋之俗議，不能決絕。平生隱慝，顧影自慚，心摧而志絕，無逾此者。書以自訟，俾吾子孫知教不行於妻子，則父母隱受其戕賊而不自知。且於父母兄弟，日自勉而常慊於禮；於妻子，日自省而常瀆於恩也。」〔註150〕觀此，洵如孔子所謂；「能見其過而內自訟」者，故顧琮云：「以余所見，惟斯人而已。」〔註151〕絕非溢美之辭也。

　　茲列方氏歷代世系表於下：

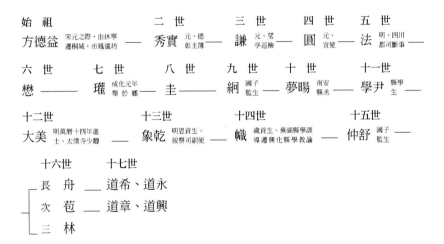

第三節　家　境

　　孟子曰：「天將降大任於是人也，必先苦其心志，勞其筋骨，餓其體膚，空乏其身，行拂亂其所為，所以動心忍性，曾益其所不能。」

〔註150〕《方苞集集外文》卷八〈自訟〉，頁774。
〔註151〕《方苞集》附錄三〈原集三序〉，頁907。

〔註 152〕故人之生，全出於憂患。用此之言，衡諸方苞，適爲其境遇
之寫照。

方苞少時家境甚爲清苦，常處於飢寒交迫之困窘中，其自言生活
境況，〈與萬季野先生書〉云：

> 僕先世雖宦達，以亂離焚剽，去其鄉縣，轉徙六棠荒谷之
> 間，生而飢寒，雜牧豎朝夕蘇茅汲井，以治饔飧，未能專
> 一幼學，優游浸潤於先王之遺經。〔註153〕

先世雖爲仕宦之家，因屢經戰亂，由家鄉桐城輾轉移至六棠，家道中
落，生活艱困，故常助家事，拾柴、汲水、烹飪等雜務，以致未能專
志於學。復因乃父不治絲粟，子女眾多，食指浩繁，嘗憶及幼時慘狀，
〈弟椒塗墓誌銘〉云：

> 自遷金陵，弟與兄幵女兄弟數人皆瘡痏，數歲不瘳，而貧
> 無衣。有壞木委西階下。每冬月，候曦光過檐下，輒大喜，
> 相呼列坐木上，漸移就暄，至東牆下。日西夕，牽連入室，
> 意常慘然。〔註154〕

自棠邑遷金陵，家益窶艱，俗云：「屋漏偏逢連夜雨，水急又遇打頭風。」
值此窘境，兄弟姊妹皆生瘡痏，無錢就醫，任其蔓延，數年不癒。且
方冬時，僅敝衣絮衾，有覆無薦，又無炭薪，〔註155〕或無複襦屨穿，
行雪中，兩指恆見跡，〔註156〕何以禦寒？何以過冬？乃相偕呼引至屋
檐下，待冬陽照射，效法「野人獻曝」，列坐取暖，直至夕陽西下，始
復入室，其淒慘之狀，畢現無遺。尤有甚者，方苞自言：

> 余自毀齒及成童，先君子尤窮空。冬無絲，日不再食，旬
> 月中必再三遷。〔註157〕

〔註152〕朱熹《四書集註》《孟子·告子篇》，頁 306，漢京文化事業，民國
　　　　72 年 11 月初版。
〔註153〕《方苞集》卷六〈與萬季野先生書〉，頁 174。
〔註154〕《方苞集》卷十七〈弟椒塗墓誌銘〉，頁 497。
〔註155〕《方苞集》卷十六〈婢音哀辭〉云：「余家貧，多無炭薪。」頁 467。
〔註156〕雷鋐《經笥堂文鈔》卷下〈方望溪先生行狀〉，頁 32，嘉慶六十年
　　　　刻本。
〔註157〕《方苞集》卷十四〈泉井鄉祭田記〉，頁 416。

又云：

> 自遷江寧，業盡落，賓祭而外，累月踰時，家人無肉食者，
> 蔬食或不充。〔註158〕

因其父受分祖產，多取瘠田，〔註159〕又不治生事，以致方苞童稚時，
非但多無綿絮禦寒，又三餐不繼，日不再食，更遑論蔬肴矣！甚至每
逢祭祖拜掃，尤爲捉襟見拙，愧對祖先，又云：

> 寒宗雖巨族，而遷江寧者清門。先君子中歲屢艱，糊口四
> 方。苞兄弟幼孩，每至春秋拜掃，先母典敝衣，以錢三四
> 百命家僕持清香展墓，不能具肴蔬。〔註160〕

家雖貧，省吃儉用尚能度日，然於祭掃祖墓則不能免，當此之際，其
母典當衣物，四處張羅，尚「不能具肴蔬」，僅能「持清香展墓」，以
表孝心而已，其窘狀可不言而喻。俗云：「貧賤夫妻百事哀」、「巧婦
難爲無米炊」，因家貧復多事，故其父時拂鬱，且晝嗟吁，其母疲痾
間作。〔註161〕如此困境，延至方苞年二十三，始能備饔飧，〔註162〕
日食始能再，然兄弟對家境之窘態，逆來順受，毫無怨言，更益勵學，
相勉爲孝弟，〈書高密單生追述考妣遺事後〉云：

> 念幼隨先君子播遷隱閔，先兄恔余曰：「此二親之窮於命
> 也，而於我與若之身心，則大有造焉。在昔堯、舜、禹、
> 湯、文、武、周公，皆遭父子君臣兄弟之變，而孔、孟亦
> 少孤。蓋惟遭變，然後可以見其極，故使聖人身之，以爲
> 萬世之標準焉。」〔註163〕

以困頓憂患之遭遇謂有益於身心，以爲「大有造焉」，並舉昔時聖賢
之例以自慰勉，期盼「惟遭變，然後可以見其極」，誠如孟子之言「生

〔註158〕《方苞集》卷十七〈亡妻蔡氏哀辭〉，頁504。
〔註159〕《方苞集》卷十七〈己亥四月示道希兄弟〉云：「先君受分，多取
　　　　瘠產。」頁482。
〔註160〕《方望溪遺集》書牘類〈與德濟齋書〉，頁49。
〔註161〕同註158。
〔註162〕同註157，頁417。
〔註163〕《方苞集》卷五〈書高密單生追述考妣遺事後〉，頁131。

於憂患，死於安樂」者也，亦猶古之所謂「膏梁中無子弟，藜藿中有完人。」故方苞云：「古之能以文章振發於世者，多出於賤貧、羈旅、憔悴之人。」〔註164〕反求諸身，豈其然乎？

第四節　生　平

方苞，字鳳九，一字靈皋，晚年自號望溪，學者稱望溪先生，江南安慶府桐城縣〈今安徽省桐城縣〉人。生於清康熙七年（1668），卒於乾隆十四年（1749），享年八十有二。一生歷仕康、雍、乾三朝，官至禮部侍郎。平生事蹟，在其文集、年譜、傳狀、碑誌及散見他書，載之甚詳，茲就所記，加以鈎勒，撮其凡要，爲求清晰瞭然，擬分四期，述之如次：

一、學習成長期

方苞於康熙七年夏四月十五日生於六合〈今江蘇省六合縣〉之留稼邨。〔註165〕自幼聰穎，四歲即展露文學端倪，據雷鋐〈方望溪先生行狀〉云：

> 年四歲，逸巢公嘗以雞鳴時起如廁，適大霧，以「雞聲隔霧」命屬對，即應曰：「龍氣成雲」。〔註166〕

方苞之父仲舒爲詩人，望子心切，隨機教學，值大霧則教子對句，以區區四歲之稚齡，能應對如流，不負所望，誠屬難得。且性好讀書，家貧，無錢延師，於是學於父兄。〔註167〕五歲，由父口授經文章句，〔註168〕

〔註164〕《方苞集集外文》卷五〈與謝雲墅書〉，頁652。

〔註165〕《方苞集》附錄一蘇惇元輯〈方苞年譜〉，頁865，劉季高校點，上海古籍出版社，1983年5月第一版。

〔註166〕雷鋐《經笥堂文鈔》卷下〈方望溪先生行狀〉，頁32。

〔註167〕《方苞集》卷七〈贈介菴上人序〉云：「余學於父兄，未嘗有師。」頁204。

〔註168〕《方苞集》卷十七〈台拱岡墓碣〉云：「五歲課章句，稍長治經書、古文，吾父口授指畫焉。」頁491。

六歲時，祖父爲蕪湖縣學訓導，遂舉家自六合遷歸秣陵舊居。〔註169〕
時家藏舊板《史記》，方苞與兄二人常潛觀，蘇惇元輯〈方苞年譜〉云：

> 祖有舊板史記，父固藏篋中。兄百川時年十歲。百川偕先
> 生俟父出，輒啓篋而潛觀之，故先生所得於史記者，多百
> 川發其端緒云。〔註170〕

此爲祖傳典籍，其父珍藏於篋中，兄弟嗜書若渴，待父外出，時時潛
取讀之，則爲日後方苞喜好史記之發端。十歲，從兄百川徧誦經書，
自言：

> 幸童稚時，先君子口授經文；少長，先兄爲講注疏大全，擇
> 其是而辨其疑。凡易之體象，春秋之義例，詩之諷喻，尚書、
> 周官、禮記之訓詁，先儒所已云者，皆粗能記憶。〔註171〕

兄爲講授經書，擇其是，辨其疑，相與博究，遂能徧觀，復能記憶。
然而好景不常，兄於次年侍祖父往蕪湖，方苞再隨父學習，由於期望
頗高，督促誦讀甚嚴，〔註172〕故於童年時，舉凡易、詩、書、禮記、
左傳皆能成誦。有感於獨學而無友，則孤陋而寡聞，又因誦讀書史，
竊慕古之豪傑賢士，於是隨兄求友於閭巷之間，〈張彝歎稿序〉云：

> 余年十四五，從先兄百川與里中及近縣朋友往還，問其人
> 可與久要者，則稱古塘、彝歎二君子。……其後，兄與余
> 俱年長，奔走四方，朋游中相親信者漸廣，而不相見則思
> 之深，相見久而不能捨去者，未有如此兩人也。〔註173〕

得交張彝歎和劉古塘二友，志趣相近，議論則相抵，文章則相駁，如
此交相問難，相得益彰。十九歲時，乃父企盼方苞學能見效，攜持歸

〔註169〕　《方苞集》卷七〈大父馬溪府君墓誌銘〉云：「苞生六年，大父司
　　　　　訓於蕪湖，吾父始歸秣陵舊居。」頁490；同集卷十三〈吳處士妻
　　　　　傅氏墓表〉云：「余生六年，先君子歸金陵。」頁387。
〔註170〕　同註165，頁866。
〔註171〕　《方苞集》卷六〈與呂宗華書〉，頁159。
〔註172〕　《方苞集》卷十四〈泉井鄉祭田記〉云：「先兄侍王父於蕪湖，兩
　　　　　妹尚幼，同之者實兩姊及弟椒塗，而先君子課余及弟誦讀甚嚴。」
　　　　　頁416。
〔註173〕　《方苞集集外文》卷四〈張彝歎稿序〉，頁619。

鄉安慶應試，得朱字綠和劉北固二友，〔註174〕術業相近，相與論辨質疑，皆成莫逆之交，至老不渝。返過樅陽時，又獲錢澄之折輩相見，勖以專治經書古文，〔註175〕對其日後之經學與文章，頗多啓發。

　　方苞自出生至十九歲，爲學習成長之期，期間得於父兄之教導尤多，援以經、史、百氏之書，督課甚嚴，故未成童皆能背誦；又得諸友朋之砥礪切磋，及前輩之勖勉指引，爲日後從事經書、古文之發展，奠下穩健之根基。

二、應試授徒期

　　方苞年二十，循覽五經注疏大全，以諸色筆別之，用功少者亦三四周〔註176〕二十二歲，康熙二十八年（1689）四月，始得歲試第一，補桐城縣學弟子員，受知於學使宛平高公素侯，七月，高公招入使院。次年秋，應鄉試，雖房考將樂廖公蓮山及新鄉暢公素庵，交論力薦，但卒無成。〔註177〕十一月，以弟椒塗卒，服未終，父母趣之，始娶夫人蔡氏。〔註178〕年二十有四，隨高公至京師，館於高公所，並軫其飢寒，開以德義，〔註179〕方苞曾作〈市裘歌呈高素侯先生〉云：

〔註174〕《方苞集》卷八〈四君子傳并序〉云：「余弱冠，從先兄百川求友，得邑子同寓金陵者曰劉古塘，於高淳得張彝歎；歸試於皖，得古塘之兄北固，於宿松得朱字綠。」頁216；同集卷十二〈朱字綠墓表〉云：「康熙丙寅，歸試于皖，先君子攜持以行，儕輩間籍籍言宿松朱生；因從先君子訪字綠於逆旅，辭氣果不類世俗人；將返金陵，遂定交；字綠父事先君子，而余兄事字綠。」頁345。

〔註175〕《方苞集》卷十二〈田間先生墓表〉云：「苞未冠，先君子攜持應試於皖，反過樅陽，宿家僕草舍中。晨光始通，先生扶杖叩門而入，……杜公流寓金陵，朝夕至吾家，自爲兒童捧盤盂以侍漱滌，即教以屏俗學，專治經書古文，與先生所勖不約而同。」頁337。

〔註176〕同註165，頁868。

〔註177〕同註176。

〔註178〕《方苞集》卷十七〈己亥四月示道希兄弟〉云：「余過時不娶，妻之父母趣之。時弟椒塗卒始七閱月，余入室而異寢者旬餘。族姻大駭，物議紛然。遂廢禮而成婚，至今恨之。」頁479～480。

〔註179〕《方苞集集外文》卷四〈書高素侯先生手札後二則〉云：「辛未，從遊京師，先生軫其飢寒，開以得德義。」按「辛未」即康熙三十

西山黃雲鬱疊疊，堀埊冬聲動地起。江東布衣初入燕，盧
館空囊氣銷委。故裘禿落不蔽骭。短袖納風中肌理。吾師
賜裘裘乃重，意內已若無三冬。涉月層冰疊飛雪，依然項
背冷如鐵，吾師分賜金，入市問賈客，一裘頗豐溫，又不
失寬窄。更衣緩步過朋游，歸來四體皆和柔。無褐無衣紛
布路，男呻女唧誰爲謀？故裘吾翁十年著，與我遠游壯行
橐。近聞斷雪棹寒江，多恐無裘意蕭索。附書江東言我煖。
吾翁無裘意亦滿。〔註180〕

方苞於康熙三十年（1691）秋，初入京師，僅攜老父著過之十年故裘，
無法禦寒，高公愛才，賜裘又賜金，故作此詩呈之，以抒感恩之情。
遊太學，廣交結友，得宛平王崑繩、無錫劉言潔、青陽徐詒孫三人，
又由詒孫介交戴名世，〈送宋潛虛南歸序〉云：

余從事朋游間，頗得數人，其倜儻自負，而不肯苟同于流
俗者，則或庵王生、潛虛宋生。：：而潛虛與余生同鄉，
志同趨，以余客游四方，相慕用而不得見者且十年餘，而
于京師得之。〔註181〕

戴名世〈徐詒孫遺稿序〉亦云：

詒孫最善方靈皋，靈皋與余同縣，最親愛者也，詒孫介靈
皋以交於余，而靈皋介余以交於言潔。此數人者，持論斷
斷，務以古人相砥礪，一時太學諸生皆號此數人爲「狂士」。
〔註182〕

方苞與戴名世既爲同鄉，志趣相投，彼此互慕已十餘年，於京師始得
相識，進而相知，數人倜儻自負，不同流俗，且「持論斷斷，務以古
人相砥礪」，時人竟以「狂士」視之。方苞又獲京師李光地、韓菼、
萬斯同諸名公之見重，爭相汲引，對日後治學與從政皆有莫大助益。

年，方苞二十四歲。
〔註180〕《方望溪遺集》詩賦類〈市裘歌呈高素侯先生〉，頁124，徐天祥、
　　　陳蕾點校，安徽省黃山書社，1990年12月第一版。
〔註181〕《方望溪遺集》贈序類〈送宋潛虛南歸序〉，頁80。
〔註182〕戴名世《戴名世集》卷三〈徐詒孫遺稿序〉，頁55，王樹民編校，
　　　北京中華書局，1986年2月第一版。

是時，與姜西溟、王崑繩論行身祈嚮，據方苞門人王兆符云：

　　歲辛未，先君子與吾師及西溟姜先生同客京師，論行身祈
　　嚮。西溟先生曰：「吾輩生元、明以後，孰是如千里平壤，
　　拔起萬仞高峰者乎？」先君子曰：「經緯如諸葛武侯、李伯
　　紀、王伯安，功業如郭汾陽、李西平、于忠肅，文章如蒙
　　莊、司馬子長，庶幾似之。」吾師曰：「此天之所爲，非人
　　所能自任也。學行繼程、朱之後，文章介韓、歐之間，孰
　　是能仰而企者？」西溟曰：「斯言也其信！吾固知莊、馬之
　　可慕，而心困力屈，終邈乎其不可即也。」先君子見朋好
　　生徒，時時稱道之。兆符兒時即耳熟焉。〔註183〕

方苞年二十四，〔註184〕即立定以「學行繼程、朱之後，文章介韓、
歐之間」爲行身祈嚮，隨即得前輩及友朋之稱道，此後其一生之行事
與論文皆以此爲準的。爾後數年，皆在京師涿鹿（今河北省涿縣）、
寶應（今江蘇省寶應縣）等地設館授徒，〔註185〕期間曾請劉言潔代

〔註183〕《方苞集》附錄三各家序跋，王兆符撰〈原集三序〉頁906～907。
〔註184〕按辛未年爲康熙三十年，方苞二十四歲，年譜則列於二十五歲，有
　　　　誤。
〔註185〕《方苞集》卷十七〈亡妻蔡氏哀辭〉云：「自己卯以前，余客京師、
　　　　河北、淮南，歸休於家，久者乃三數月耳。」頁504，按「己卯」
　　　　即康熙三十八年；《方苞集集外文》卷四〈朱字綠文稿序〉云：「其
　　　　後壬申，余授徒京師。」頁622，按「壬申」即康熙三十一年；又
　　　　同卷〈書時文稿歲章四義後〉云：「壬申冬，言潔還錫山，……既
　　　　歸後，余客涿鹿。」頁634。《方苞集》卷七〈贈魏方甸序〉云：「惟
　　　　乙亥客涿鹿。」頁186，按「乙亥」即康熙三十四年。又同集卷八
　　　　〈二貞婦傳〉亦云：「康熙乙亥，余客涿州，館於滕氏。」頁230；
　　　　又同集卷十〈王生墓誌銘〉云：「兆符從余遊，在丙子之春。余在
　　　　京師，館於汪氏。」頁254，按「丙子」即康熙三十五年；又同集
　　　　卷十二〈詹事府少詹事兼翰林院侍講學士查公墓表〉云：「丙子，
　　　　館於汪氏。」又同集卷七〈送吳東巖序〉云「丙子後，介于招余授
　　　　經於寶應。」頁202；《方望溪遺集》碑傳類〈聞見錄節婦〉云：「憶
　　　　康熙丁丑戊寅，余館給事家。」頁110，按「丁丑戊寅」即康熙三
　　　　十六、七年，「給事家」即寶應劉給事；《方苞集集外文》卷四〈喬
　　　　紫淵詩序〉云：「丁丑夏，授經白田。」頁610。由上可知方苞於康
　　　　熙三十年始至京師後，三十一年起授徒於京師，是年冬起至涿鹿滕
　　　　氏，直至三十五年又回京師館於汪氏，三十六、七年又授經於寶應

招學子，〈與劉言潔書〉云：

> 僕先世有遺田二百畝，在桐山之陽，歲入與佃者共之，故
> 不足給衣食。使能身負耒耜，藝麻菽，畜雞豚，便可贍朝
> 夕之養，伏隩潛深，而疲痾疊嬰，筋骨脆委，不能任力作；
> 獨行遠遊，乞食自活，窘若傭隸，有終身不息之役。聞子
> 之鄉有先民遺風，子弟敦樸；儻爲招學子數人，稍有所資，
> 以釋家累；且息于近地，漸可爲歸山之謀。君子成人之美，
> 況吾兄愛我甚厚，當不以爲後圖。〔註186〕

自言難有先世遺田，然歲入「不足給衣食」，且以己之體弱，又「不
能任力作」，故遠遊四方，廣招學子，以授徒糊口，時方苞正授經
涿鹿，遠離家鄉，此書盼劉氏在其鄉無錫，代爲招攬學子，得資「以
釋家累」，且距家較近，可作「歸山之謀」。在此期間曾兩度應順天
鄉試，〔註187〕皆未及第，遂罷南歸，至康熙三十八年（1699），年
三十二，始舉江南鄉試第一。次年，至京師，試禮部，不第南歸，
值兄百川疾篤，臥病年餘，常於雞鳴時起，治藥物以進，〔註188〕
及兄卒，執喪過禮，哀慟無比。三十六歲再試禮部，仍不第，於京
師始交李塨，相與論格物。〔註189〕南歸後，移居金陵由正街故宅
之「將園」。康熙四十五年至京師，再應禮部試，果成進士第四名，
聞母病，未及殿試，〔註190〕匆匆遽歸侍母。方苞日後追憶此段生

館於喬氏、劉氏，故云三十八年以前授徒於京師、涿鹿、寶應之間。
〔註186〕《方苞集集外文》卷五〈與劉言潔書〉，頁669。
〔註187〕《方苞集》卷七〈送吳東巖序〉云：「憶癸酉、丙子間，余試京兆。」
　　　　頁202，按「癸酉、丙子」爲康熙三十二年及三十五年，方苞兩度
　　　　應順天鄉試。
〔註188〕《方苞集》卷十七〈亡妻蔡氏哀辭〉云：「先兄之疾也，雞初鳴，
　　　　余起治藥物。」頁504。
〔註189〕李塨《恕谷後集》卷四〈與方靈皋書〉云：「憶癸未春，聚於王崑
　　　　繩長安寓所，門下執拙著大學辨業相提誨，塨因謬陳格物之義，聖
　　　　學之大旨，門下稱是，深相結而別。」頁36。叢書集成新編第七十
　　　　六冊，新文豐出版社。
〔註190〕《方望溪遺集》奏議類〈遵例自陳不職懇賜罷斥箚子〉云：「康熙
　　　　四十五年會試中式，以母病歸，未與殿試。」頁23。

活云：

> 生而飢寒，雜牧豎朝夕蘇茅汲井，以治饔飧，未能專一幼
> 學，優游浸潤於先王之遺經。及少長，則已操筆墨，奔走
> 四方，以謀衣食。或與童蒙鉤章畫句，嗷謀嚶嚶；或應事
> 與俗下人語言，終日昏昏，憊精苦神。其得掃除塵事，發
> 書翻覆者，日不及一二時。〔註191〕

此則爲其人生前半歷程之寫照。幼年生活艱苦，勤奮自勵；及長，授
徒四方，奔謀衣食，其間二次歲試，四度鄉試，三試禮部，屢挫屢奮，
未嘗氣妥，年三十九，終成進士第四，聞母疾，不顧李光地之勸阻而
遽歸，以母爲重，捨殿試良機，返鄉侍母，未能步入仕途。是年七月
夫人蔡氏卒，次年秋娶繼室徐氏，冬十月父亦卒，方苞以母老疾，酌
禮經築室宅之西偏以奉事焉，而不入中門。〔註192〕

三、仕宦生涯期

康熙五十年（1711），戴名世《南山集》案發，〔註193〕爲方苞一
生際遇之轉捩點，時年四十四，正居家奉母，因《南山集》板藏於家，
〔註194〕且爲之作序，〔註195〕受牽連被捕入獄，據熊寶泰〈祠堂記〉云：

〔註191〕《方苞集》卷六〈與萬季野先生書〉，頁174。
〔註192〕同註176，頁874。
〔註193〕戴名世《南山集》案爲清初一大文字獄，當時視爲禁忌，記載甚
少，其起因、經過及影響，民國以來研究者漸多，尤以近人何冠彪
著《戴名世研究》下篇〈南山集案〉，頁251～310，香港大學中文
系文史叢書，1987年2月出版，研究最爲詳盡，故在此不再贅述。
〔註194〕全祖望《鮚埼亭集》外編卷二十二〈江浙兩大獄記〉，頁962，華世
出版社，民國66年3月。
〔註195〕鄧實輯《古學彙刊》第一集雜記類〈記桐城方戴兩家書案〉云：「據
方苞供：『我不合與戴名世作序收板，罪該萬死』等語。」頁1312，
力行書局。可知方苞曾爲戴名世《南山集》作序，惟此序《方苞集》
未收，見於《戴名世集》附錄三〈南山集偶鈔序跋〉，頁451～452。
又李塨《恕谷後集》卷二〈甲午如京記事〉云：「靈皋曰：『田有文不
謹，予責之，後遂背予梓南山集，予序亦渠作，不知也。』」頁29。《方
苞集》附錄一蘇惇元輯〈方苞年譜〉承其說云：「其序文實非先生作
也。」頁874。然檢索方苞文集中有數十餘篇言及「余以南山集牽連
赴詔獄」之言，足證其曾作序文，而方苞前後說辭不一，以致常遭後

余嘗考南山之獄，沈傳及先生文集俱不詳載。南山集者，桐城戴憂庵名世集名，宿松朱杜溪書序比之南獄，故名南山。余最不喜人作文以其地之名山川比人，令人爲壽序、詩文序者，往往如是。杜溪有文名，南山集已禁，序不可得而見，觀其者，固已知其落尋常結習矣！宛平人尤雲鵬、雲鶚寄居江寧，從憂庵學文，富於貲，遂刻之。雲鶚爲隆都蔡氏婿，與先生爲僚婿，先生又故與憂庵相善，因亦爲之作序，流傳都下，集中有與余生書，引方樓岡學士孝標滇黔紀聞語有違悖，憂庵與武進趙恭毅公申喬次子侯赤侍讀熊詔爲同年生，尚書發其事。時康熙辛卯，先生以中式舉人，家居奉母，部遣筆帖氏王祿至、蘇巡撫、張清恪公伯行、令臬司焦映壽、蘇州知府孟光宗、江寧知府劉涵密逮先生及尤氏兄弟，見清恪年譜。其日則爲十月二十六日，見高淳張彝歎自超送先生詩註，其詩曰：「古有文章禍，今傷離別神。」神韻亦絕佳也。先生赦歸後，歷官卿貳，文章、事業海內共知，惟被逮事迄今九十餘年，鮮有知者，厚堂年且七十不及知，況後生於厚堂者哉？余是以詳記之。〔註196〕

人之指責，如梁啓超云：「越愛出鋒頭的人，品格越不可問，……今試舉數人爲例……一方苞，他是一位『大理學家』，又是一位『大文豪』，他曾替戴南山做了一篇文集的序，南山著了文字獄，他硬賴說那篇序是南山冒他名的。」見於梁啓超《中國近三百年學術史》頁104，收在《飲冰室合集》第十七冊，上海中華書局。又如近人何冠彪評李塨〈甲午如京記事〉中方苞言云：「這不過是方苞不仁不友的謊言，……由於這些證據當時並不公開，所以方苞能夠撒賴；但到了今天，在鐵案如山的情況下，他道岸貌然的假道學面具就不戳而自破了。可惜有些人卻誤信方苞，使名世蒙受不白之冤，實在令人痛惜。」頁226；又云：「上述是方苞不仁不義的謊言。」頁344，見於《戴名世研究》。又史易文〈戴名世的悲劇〉一文中亦云：「戴氏若地下有知，必將爲有這樣的朋友和這樣的怨言而寒心。」頁146～147，明道文藝185期，民國80年8月。魏際昌《桐城古文學派小史》云：「這自然要算方苞的『白玉之玷』了。」頁30，河北教育出版社，1988年4月。此確爲方苞令後人指陳之處，良有以也。

〔註196〕李桓輯《國朝耆獻類徵初編》卷六十九卿貳二十九〈方苞〉附熊寶泰撰〈祠堂記〉，頁478～479，收於周駿富輯《清代傳記叢刊》第一四三冊，明文書局。按文中「焦映壽」，據《方苞集》卷十〈白

可知戴名世《南山集》爲尤雲鶚、雲鶚出貲所刻，雲鶚與方苞皆爲隆都蔡氏之婿，二人爲僚婿，即今所謂連襟，而方苞又與戴名世相善，而爲作序，《南山集》案發，方苞於十月二十六日被逮入獄，張彝歎以「古有文章禍，今傷離別神。」送之。方苞亦自云：

> 康熙辛卯冬十月，余以南山集牽連被逮。江寧蘇侯奉檄至余家，時吾母老疾多悸。侯偕余入見，具言天子有詔，入內廷校勘，馳傳不得頃刻留。是日，下縣獄。〔註197〕

江寧蘇侯即蘇壎，偕方苞拜別其母以「天子有詔，入內廷校勘」爲由，即刻入縣獄，十一月方苞又被押至京師刑部獄，〔註198〕在獄中二年，無畏命在旦夕，猶潛心讀書，著述不已，完成《禮記析疑》及《喪禮或問》二書，〈送王篛林南歸序〉云：

> 余以南山集牽連繫刑部獄，而篛林赴公車，間一二日必入視余。每朝餐罷，負手步階除，則篛林推戶而入矣。至則解衣盤薄，諮經諏史，旁若無人。同繫者或厭苦，諷余曰：「君縱忘此地爲圜土，身負死刑，奈旁觀者姍笑何？」然篛林至，則不能遽歸，余亦不能畏訾訾而閉所欲言也。〔註199〕

蘇惇元輯〈方苞年譜〉亦云：

> 在獄中切究陳氏禮記集說，著禮記析疑。方爰書上時，同繫者皆惶懼，先生閱禮經自若。同繫者厭之，投其書於地，曰：「命在須臾矣！」先生曰：「朝聞道，夕死可也。」〔註200〕

方苞繫刑部，獄具論死，處之坦然，與友王篛林「諮經諏史，旁若無

玫玉墓誌銘〉云：「辛卯冬，余以南山集牽連被逮；時制府噶禮，廉使焦映漢俱凤憎余，欲因事以螫。」頁274，故應爲「焦映漢」。又從文中見張彝歎送方苞之詩云：「古有文章禍」實指「今」之諱言，更足證方苞曾作〈南山集序〉。此記作於清嘉慶八年（1803），上距《南山集》案發「辛卯」康熙五十年（1711），僅九十二年，此文向來研究《南山集》獄者未曾引用，故特錄之。

〔註197〕 《方苞集集外文》卷六〈結感錄〉，頁713。
〔註198〕 同註197，云：「宋夢蛟字德輝，無爲州人。余被逮，戚友謀偕行者。……君以辛卯十有一月，偕余至京師。」頁715。
〔註199〕 《方苞集》卷七〈送王篛林南歸序〉，頁184。
〔註200〕 《方苞集》附錄一蘇惇元輯〈方苞年譜〉，頁875。

人」，同繫者諷之，竟以孔子之語相駁，置生死於度外，足見其勤奮治學精神之一斑。其後幸獲康熙之矜，〔註201〕及李光地極力營救，方得寬宥免治，據方苞〈安溪李相國逸事〉云：

> 戴名世以南山集下獄，上震怒。吏議身磔族夷，集中掛名者皆死。他日上言：「自汪霦死，無能古文者。」公曰：「惟戴名世案內方苞能。」叩其次，即以名世對。左右聞者無不代公股栗，而上亦不以此罪公。〔註202〕

基於李光地冒死進言方苞能爲古文，深獲皇帝賞識，於是得於康熙五十二年（1713）二月出刑部獄，隸籍漢軍。三月二十二日，康熙硃書：「戴名世案內方苞，學問天下莫不聞。」下武英殿總管和素，翼日，偕方苞至暢春園。召入南書房，命撰〈湖南洞苗歸化碑〉文；越日，命著〈黃鐘爲萬事根本論〉；越日，命作〈時和年豐慶祝賦〉。〔註203〕每奏進，康熙輒嘉賞再三，曰：「此即翰林中老輩兼旬就之，不能過也。」命以白衣入直南書房。〔註204〕

方苞於《南山集》案遇赦後，從此步入仕途，在宦海中浮沉三十年，據〈遵例自陳不職懇賜罷斥箚子〉云：

> 康熙四十五年會試中式，以母病歸，未與殿試。緣事牽連罹罪，康熙五十二年二月，蒙聖祖仁皇帝赦宥，召入南書房行走；本年九月，命編對御制樂律算諸書；康熙六十一年六月，命爲武英殿修書總裁。雍正九年十二月，蒙聖恩特頒諭旨，擢授左春坊左中允；雍正十年五月，升授翰林院侍講；七月，升授翰林院侍講學士；雍正十一年四月，

〔註201〕《方苞集》卷七〈送張又渠守揚州序〉云：「儀封張清恪公廉察江蘇，……方公與制府相持，會余以南山集牽連赴詔獄。制府遂劾公久閒余於官舍，不知所著何書，而先帝之矜余，實自此始。」頁194～195。

〔註202〕《方苞集集外文》卷六〈安溪李相國逸事〉，頁687。

〔註203〕《方苞集》卷十八〈兩朝聖恩恭記〉，頁515。其中〈湖南洞苗歸化碑〉文，雷鋐《經笥堂文鈔》卷下〈下望溪先生行狀〉中作〈湖南平苗碑〉文，頁32。按方苞文集中未收此三篇。

〔註204〕同註200，頁875。

升授內閣學士兼禮部侍郎，臣以足疾具折懇辭，奉旨仍在
修書處行走，不必辦理內閣事務；六月，欽點教習庶吉士；
八月，奉旨充一統志總裁；雍正十三年正月，奉旨充編選
皇清文穎副總裁。〔註205〕

自陳從康熙五十二年（1713）二月蒙康熙赦宥起十年間，入直南書房，
爲皇帝之文學侍臣，編校樂、律、曆、算諸書；自康熙六十一年（1722）
六月起十年，命爲武英殿修書總裁、擢授左春坊左中允；擁正十年起，
又升授翰林院侍講、內閣學士兼禮部侍郎、教習庶吉士、充一統志總
裁及充編選皇清文穎副總裁等職。乾隆元年（1736）充三禮義疏副總
裁，命再入南書房；二年（1737）六月，擢禮部右侍郎，七月教習庶
吉士，十二月方苞復以老病請解侍郎任，許之，仍帶原銜食俸，教習
庶吉士；四年（1739）二月，命武英殿重刊十三經廿一史，充經史管
總裁，五月受劾落職，據《清史列傳》云：

五月諭曰：方苞在皇祖時因南山集一案，身罹重罪，蒙恩
曲加寬宥，令其入旗，在修書處行走效力；及皇考即位，
特沛殊恩，准其出旗，仍還本籍，又漸次錄用，授職翰林，
晉階內閣學士。朕嗣位之初，念其稍有文名，諭令侍直南
書房，且陞授禮部侍郎之職，伊若具有良心，定當痛改前
愆，矢愼矢公，力圖報效，乃伊在九卿班內，假公濟私，
黨同伐異，其不安靜之錮疾，到老不改，眾所共知，適值
伊以衰病請改侍郎職任，朕俞允之，仍帶原銜食俸。上年
冬月，因伊條奏事件，偶爾召見一次，伊出外，即私告於
人，曾在朕前薦魏廷珍，而參任蘭枝，以致外間人言藉藉，
經朕訪聞，令大學士傳旨訓飭，伊奏對支吾，朕復加寬容，
未曾深究，近訪聞得伊住魏廷珍之屋，魏廷珍未奉旨起用
之先，伊即移居城外，將屋讓還，以示魏廷珍即日被召之
意；又庶吉士散館屆期，伊已將人數奏聞內閣，定期考試
矣，伊復於前一日，將新到吳喬齡一名補請一體考試，朕

〔註205〕《方望溪遺集》奏議類〈遵例自陳不職懇賜罷斥箚子〉，頁 23～
24。

> 心即疑之，今訪聞得伊所居之屋，即吳喬齡之產，甚覺華
> 煥，伊受託爲之代請，似此數事，則其平日之營私，可以
> 概見。方苞深負國恩，著將侍郎職銜，及一切行走之處，
> 悉行革去，專在三禮館修書，效力贖罪。〔註206〕

乾隆皇帝詰責方苞在九卿班內，「假公濟私，黨同伐異」，如方苞居魏
廷珍第，薦起用魏廷珍；住吳喬齡宅，補請與試，謂有所私，遂削侍
郎銜，乃命在三禮館修書。越三年，進《周禮義疏》，乾隆留閱兼旬，
即命發刻，一無所更，〔註207〕乾隆七年（1742）以衰病乞休，大學
士等代奏恩賞侍講銜，准其回籍，以四月出都，返歸故里。

　　方苞自康熙五十二年（1713），年四十六，以白衣入直南書房，
步入宦途，至乾隆七年（1742），年七十五，告老歸里，凡三十年，
深受三乾皇帝之倚重與拔擢，如〈方苞年譜〉云：

> 聖祖命與諸皇子遊，自誠親王以下，皆呼之曰先生。時誠
> 親王爲監修；王性嚴，承事者多獲訶責；先生侃侃不阿，
> 遇事持正爭執。王敬之，乃延爲王子師。先生置王子座東
> 向，己南面坐，始就講。〔註208〕

康熙皇帝命與諸皇子遊，向來嚴察之誠親王亦敬重之，延爲王子
師，且南面坐講。雍正皇帝時，赦許歸籍，並曰：「朕以方苞故，
具知此事。其合族及案內肆赦，皆由此。其功德不細。」〔註209〕
雍正二年（1724）給假一年歸葬，以三月二十四日抵京師，上憐弱
足，特命內侍二人，扶翼至養心殿，垂問疾所由及近狀，且曰：「汝
昔得罪　中有隱情。朕得汝之情，故寬貸汝，是汝受恩於先帝，視
朕有加焉。」〔註210〕並賜茶芽二器。乾隆皇帝繼位，憐其老病，

〔註206〕清國史館原編《清史列傳》卷十九〈方苞〉傳，頁273～274，收於
　　　　《清代傳記叢刊》第九八冊，明文書局。
〔註207〕徐斐然輯《國朝廿四家文鈔》卷二十三沈廷芳《椒園文鈔》〈方望
　　　　溪先生傳〉，頁3，民國12年，上海掃葉房發行。
〔註208〕同註200，頁876。
〔註209〕同註203，頁516。
〔註210〕《方苞集》卷十八〈聖訓恭紀〉，頁517。

命太醫時往診視，又詔免隨班行走，﹝註211﹞許數日一赴部，平決大事，時奉獨對，一切大除授并大政，往往諮之，﹝註212﹞所重若此，可護「愚慈備加，至優至渥」，﹝註213﹞故方苞嘗言：「臣夙負罪愆，荷聖祖仁皇帝矜容之德、特達又知，又荷世宗憲皇帝宥及全宗，擢居今職；又荷皇上再召入南書房。」﹝註214﹞又言：「此乃三聖如天之德，世世子孫毀家忘身，而未足以報者也。」﹝註215﹞

　　方苞自惟受三朝恩厚，起罪疾餘，洊列卿貳，皆僅以文學報，既在部得與廷議，﹝註216﹞乃於雍正十三年十一月上疏〈請定徵收地丁銀兩之期箚子〉，言田文鏡所定地丁錢糧四月完半之害，主張恢復清初八月開徵，歲終全完，或次年五月奏銷以前，皆完賦之日；又上〈請定常平倉穀糶糴之法箚子〉，言常平倉穀定例存七糶三，有司奉行失宜，必穀既貴始詳上司定價，未奉批不敢擅開，請嗣後各州縣遇穀偶貴，即酌定官價，一面開糶，一面詳報；又上〈請復河南漕運舊制箚子〉，請復舊制，河以南祥符等五十州縣，應徵糧十三萬六千七百有奇，中隔黃河，厥土墳壤，牛車淖陷，逢陰雨，雇夫盤運，價且十倍，宜永定遠水州縣，折銀交部。以上三疏俱下部議行。﹝註217﹞乾隆元年（1736）三月，上〈請備荒政兼修地治箚子〉，言賑荒當令地治者，視民眾寡得，擅發倉粟，勿拘存七糶三常制，請因荒歲聚民修城，濬溝池、謹封樹，以制盜賊之遁藏；﹝註218﹞二年（1737），上〈請矯除積習興起人才箚子〉，主張純清吏治，起用人才，揭示官場結黨營私，趨炎附勢，官官相護，蒙上欺下等弊端，請上宜勤心以察之，依類以求之，按實積久以磨礱之，信賞必罰以勸懲之；九月，又上〈論九卿會議事宜箚子〉，陳九卿會議

﹝註211﹞ 同註206，頁271。
﹝註212﹞ 全祖望《鮚埼亭集》卷十七〈前侍郎桐城方公神道碑銘〉，頁202。
﹝註213﹞ 《方苞集集外文》卷二〈謝授禮部侍郎箚子〉，頁577。
﹝註214﹞ 《方苞集集外文》卷一〈請備荒政兼修地治箚子〉頁545。
﹝註215﹞ 《方苞集》卷四〈教忠祠祭田條目序〉，頁92。
﹝註216﹞ 同註207。
﹝註217﹞ 以上三箚子均見《方苞集集外文》卷一，頁536～538、540。
﹝註218﹞ 同註217，頁542。

二事：一九卿中有異議者，宜並列上聞，以俟聖裁；一詹事科道宜乃與
九卿一體會議，所議不符，亦隨九卿議並奏，〔註219〕疏下總理事務王
大臣等議駁；〔註220〕又上〈請正孔氏家廟祀典箚子〉，陳補祀先聖前母
施氏祀典，及上〈請以湯斌從祀文廟及熊賜履郭琇入賢良祠箚子〉，皆
格於廷議；〔註221〕又嘗陳酒誥之戒，欲禁酒，而復古人大酺之制，以
爲民節用；又言淡巴菰出外番，近日中原遍種之，耗沃土以資無益之產，
宜禁之，其言頗近於迂闊，益爲九列中口實。〔註222〕凡此章數十上，
俱蒙批報，而同列多厭苦之，遂以足疾辭部務。〔註223〕然乾隆終思之，
一日，吏部推用祭酒，沉吟曰：「是官應使方苞爲之，方稱其任。」而
旁無應者。〔註224〕

　　綜觀方苞在雍正後期及乾隆年間，官內閣學士兼禮部侍郎等職，
屢上奏章，本「以爲不世之恩，當思所以不世之報」，而日益不諧於
眾；又自謂宦情素絕，非有心於仕進，每得一推擢，必固辭，而三朝
之遭遇，實爲殊絕，不得不求報稱，豈知勢有所不能也。〔註225〕乾
隆四年罷職後，曾嘆曰：「老生以迂戇獲戾，宜也。吾兒道章數以此
諫，然吾受恩重，敢自容安悅哉！」〔註226〕門生雷鋐曰：「嗚呼！先
生歷事三朝，皆受特達之知，臻耄耋，猶得以餘年從容嵒壑，論次經
史，非其忠誠直諒，爲聖主所優禮而能如是乎？」〔註227〕

　　總之，方苞自《南山集》案遇赦後，過三十年仕宦生涯，歷仕三
朝，欲報知遇之恩，滿懷抱負，竭盡忠誠，無奈事與願違，晚年爲同
列所不容，終以衰病乞休告歸，在此以全祖望方〈侍郎靈皋得請南歸〉

〔註219〕以上二箚子均見《方苞集集外文》卷二，頁557、574。
〔註220〕同註206，頁272。
〔註221〕同註200，頁884。
〔註222〕同註212，頁202～203。
〔註223〕同註207。
〔註224〕同註212。
〔註225〕同註212，頁202～203。
〔註226〕同註207，〈書方先生傳後〉，頁4。
〔註227〕同註166，頁34。

作結，詩云：

> 正色立朝原不易，乞休得請更何求。早知積惆終難遂，從
> 此餘生且自由。碩果固應邀護惜，晨星誰為解勾留。歸家
> 茸得平生業，儒苑文林志可酬。〔註228〕

四、告老還鄉期

　　方苞於乾隆七年（1742），年七十五，四月初十〔註229〕登程，告歸鄉里，杜門著書，不接賓客。時江南總督尹文端繼善，踵門求見者三，皆以疾辭；博野尹元孚視學江南，蒞江寧，待諸生入闈，乃徒步，操几席杖屨，造清涼山下潭亭，執弟子禮，北面再拜，方苞辭不獲，越日，元孚又來，方苞畏人疑詫，乃掃墓繁昌，入九華山避之。〔註230〕

　　方苞嘗云：「余生山水之鄉，幼而樂之。顧終身栖栖，比邑連郡數百里間，眾所熟遊，未得一遇目。每當舟車奔走，遙望林泉，中心輒惘惘然。」〔註231〕如今告歸家園，回憶平生悲憂危蹙，未有從容山水間，身心中一無繫累如往歲之遊者，〔註232〕乃於乾隆八年（1743），尋醫浙東，抵嵊縣，而有天姥山、雁蕩山之遊；〔註233〕又至秦淮華嚴禪院觀湖；〔註234〕十二年（1747），又有金、焦之遊，〔註235〕以了卻

〔註228〕全祖望《鮚埼亭詩集》卷一〈方侍郎靈皋得請南歸〉，頁1464。

〔註229〕尹會一《健餘先生尺牘》卷三附〈望溪先生書〉云：「今僕得告歸，定於四月初十內登程。」頁25。叢書集成新編第89冊，新文豐出版社。按此文為方苞文集所未收。又方苞於乾隆七年壬戌告老還鄉，沈廷芳〈書方先生傳後〉云：「辛酉先生歸老。」頁4，按辛酉為乾隆六年；而雷鋐〈方望溪先生行狀〉云：「壬戌春，先生衰病乞休。」頁34，按壬戌為乾隆七年，應以此為準。

〔註230〕《方苞集》附錄一蘇惇元輯〈方苞年譜〉，頁886～887。

〔註231〕《方苞集集外文補遺》卷一〈書諸公贈黃尊古詩後〉，頁808。

〔註232〕《方苞集》卷十四〈重建泗州鶴林寺記〉，頁433。

〔註233〕《方苞集》卷十四中有〈題天姥寺壁〉及〈遊雁蕩記〉二記，頁426～427。

〔註234〕雷鋐《經笥堂文鈔》卷上〈觀湖記〉云：「乾隆八年，省吾師望溪先生於秣陵，隨行為秦淮之遊，館其族子盅若家，端陽後二日，泛小舟，命出水關，曰『華嚴禪院有湖焉，每臨眺未嘗不曠然也。』」頁63。

平生宿願。

告歸後，自嘆餘生無幾，於是積極營建宗祠於清涼山麓，以繼乃父未竟之志，〈與德濟齋書〉云：

> 先君子欲建專祠於金陵，命苞就先曾祖副使公舊圍故位定植。先君子既歿，始克作門堂三間，而苞及於難。出獄，復荷三朝聖主知遇，列位於朝。越三十有四年，復歸舊鄉，嘆餘生無幾，必當終先君子之志事。擬作三室，中室祀斷事公，西堂祠祀遷桐始祖德益公以下三祖，東室祀太僕公。太僕公起家爲大夫，曾爲小宗祠於桐，子孫典守者竟摽棄之。疑於門堂書額曰「教忠」，從斷事公之志也；東室曰「合族」，從太僕公之志也。〔註236〕

從其父之志事，建宗祠於金陵，分三室，中室祀斷事公方法，從其志曰「教忠」；西室祀始祖德益公以下三祖；東室祀太僕公方大美，從其志曰「合族」，爲防子孫摽棄，曾請陳占咸、德濟齋二人作〈教忠祠記〉，但今未見有此記。六十年後，熊寶泰作〈祠堂記〉云：

> 嘉慶癸亥，余自潛山移家上元，與皐靈先生孫厚堂交，因謁先生祠堂於龍盤里，即沈椒園皋使廷芳爲先生作傳中之教忠祠也。祠二：舊祠先生所葺，自一世至始遷上元之太僕，凡十二世；新祠百川先生長子師范徵君希文所葺，自十三世徵君曾祖以下，而百川舟、靈皐苞、椒塗林三先生共一室，蓋先生兄弟葬亦合墓在沙墻，余亦曾展視也。子孫祀祖立祠堂非古禮，然相沿已久，所謂禮從俗耳！……雖然先生居土街，子孫能世守其宅，祠堂則傾頹已甚矣！厚堂力不能修，相與太息，久之而出。〔註237〕

〔註235〕《方苞集》卷十四〈重建潤州鶴林寺記〉云：「乾隆丁卯，余年八十。首夏，生趣余爲金、焦之遊，留僕被寺中。」頁432。

〔註236〕《方望溪遺集》書牘類〈與德濟齋書〉，頁47。

〔註237〕同註236，頁477～480。按文中言「始遷上元之太僕」據《方望溪遺集》書牘類〈與德濟齋書〉云：「副使公始遷金陵。」頁48，故應作「副使公」才對，嘉慶癸亥即嘉慶八年（1803），上距方苞營建〈教忠祠〉時乾隆七年（1742），有六十一年之久，故言熊寶泰

目睹祠堂尙在，後代能世守其宅，惜年久失修，「傾頹已甚」，子孫亦無力整葺，惟有望之太息而已，此誠方苞始料所未及也。又自訂〈教忠祠規〉、〈教忠祠禁〉，〔註238〕俾子孫遵循，按之行事，汪師韓〈跋方望溪先生教忠祠禁〉云：

> 望溪先生年七十有五告歸金陵，建宗祠曰「教忠」，以其五世祖四川都司斷事諱法者，死節於明建文朝，故云「忠」也。既參酌古禮以定祠規；又援周官以鄉三物教萬民，以鄉八刑糾之，閭胥掌觥、撻罰之事，立爲祠禁。所禁條例至約，獨於喪禮不御內，加詳其言。……條約成書，見者怪之，身後其子孫亦不能行，然其詞豈不至今閱之懍懍哉？〔註239〕

此言方苞建「教忠祠」後，參酌「古禮」以定祠規，又援「周官」以立祠禁，於「喪禮」不御內，言之特詳，見者怪之，子孫又不能遵行，徒呼奈何！

方苞又遵其父之遺命，設置祭田，使能以其餘周濟全族貧困寠艱無依者，〈與德濟齋書〉云：

> 先君子每撫心泣血，命苞兄弟他年必置祭田。先兄早世，苞置圩田二百畝于高淳縣，山田百五十餘畝于江寧縣，皆在康熙辛巳以前。爲諸生時，則學使者宛平高公；始舉于鄉，則韓城張大司寇、太原張少宰三先生之助爲多。〔註240〕

可知方苞遵父之遺志，將爲諸生、舉於鄉時，受宛平高公、韓城張大司寇及太原張少宰諸先生之助，陸續購置之圩田及山田，盡捐爲祭田，且明言乃己於「康熙辛巳以前」所置，即康熙四十年，方苞三十四歲前，爲諸生時，與兄百川授徒四方，辛苦積蓄所得，以示爲官清廉，一介不取，此亦受高祖方大美之感召也。〔註241〕且爲防患後代

〈祠堂記〉作於六十年之後。
〔註238〕此二文收於《方苞集集外文》卷八，頁763～767，及771～773。
〔註239〕汪歸韓《上湖分類文編》卷三〈跋方望溪先生教忠祠禁〉，頁6。乾隆間刻本。
〔註240〕同註236，頁49。
〔註241〕詳見第二章第一節先世方大美。

子孫變賣，特請陳占咸與德濟齋二人作〈教忠祠記〉時，附見祭田之事，〈與陳占咸〉云：

> 望賢爲作〈教忠祠記〉，而小宗及祭田亦附見焉。每見故家祭田，多爲子孫所鬻，而敝族并及宗祠。若得大府名碩爲記其事，則不肖者妄念不生，而買者亦有所顧忌。〔註242〕

又〈與德濟齋書〉云：

> 每見故家子孫多賣祭田，而寒族并及宗祠。望先生于教忠祠末附見祭田數語，蓋見于一代名賢兩江師保之文，則子孫不肖者妄念不生，而買者亦有所顧忌，而不敢輕受矣。〔註243〕

以高祖方大美曾建小宗祠於桐城，並置義田，皆爲後代子孫所變賣爲鑑，請名人碩士爲記，必附祭田之事，以防子孫變賣，並杜買者輕受，而且自訂〈教忠祠祭田條目〉，作〈教忠祠祭田條目序〉，〔註244〕瑣瑣敘其來源，諄諄告誡子孫錙銖不得私用，以其餘續置祭田，批縣注冊存案，以恪子孫世守之，可謂設想周全，頗有遠慮。雖未見二記，但有王介山〈教忠祠祭田記〉，敘之甚詳。〔註245〕延至方苞年八十，親見宗祠、祭田之粗具，祠成之日，會祀於金陵者五十有七人，誠如方苞所言：「此又吾祖宗陰相，哀籲於皇穹，而得自天之佑也。」〔註246〕

告歸後，除繼其父未竟之志事外，方苞年屆耄期，猶嗜學不倦，治儀禮十易稿，讀書日有課程，〔註247〕坐城北湄園中，矻矻不置。〔註248〕又感念歸隱龍潭，往昔共學之友，凋零殆盡，復見世風日

〔註242〕《方苞集集外文》卷十，〈與陳占咸〉，頁797。

〔註243〕同註240。

〔註244〕二文分見於《方苞集集外文》卷八〈教忠祠祭田條目〉，頁767～770；及《方苞集》卷四〈教忠祠祭田條目序〉，頁91～92。

〔註245〕此文未見，但劉聲木《萇楚齋續筆》卷九云：「天津王介山司馬又樸詩禮堂古文中有〈教忠祠祭田記〉一篇中，言侍郎自謂始鬻吾桐城田以給，繼則棄吾蓮池及田之在廬江者，以益之，以並置江寧高淳兩邑祭田共三百餘畝云云。」頁4，世界書局。

〔註246〕《方苞集》卷四〈教忠祠祭田條目序〉，頁92。

〔註247〕雷鋐《經笥堂文鈔》卷下〈方望溪先生行狀〉，頁34。

〔註248〕全祖望《鮚埼亭集》卷十七〈前侍郎桐城方公神道碑銘〉，頁205，

下，禮教不行，欲設「敦崇堂」，以祀其四友，〈與黃培山書〉云：

告歸五年，求一好經書識名義者，與之共學，意未見其
人。……愚爲先忠烈斷事公建專祠，左廂有小屋三間，將
以「敦崇」名堂，痛世教之衰皆由人心偷苟，不知敦厚以
崇禮。必能行三年期功之喪，復寢之期一如禮經，有無與
兄弟共之，不私妻子，始粗具「敦崇」之意，而比類以成
其行。亡友四人，曰劉捷古塘、張自超彝嘆、王源崑繩、
李塨剛主，爲「敦崇堂四友」。〔註249〕

此言告歸五年，方苞年八十，治《儀禮析疑》，未得志同道合之友共同
研討，故欲將「四友」祀於宗祠左廂小屋三間，以「敦崇堂」爲名，
作爲延師聚教貧者之處，〔註250〕並請族姪方觀承書楹聯，〔註251〕蓋傷
世人不知「敦厚以崇禮」之意。此四友，除李塨外，餘皆列名於方苞
〈四君子傳〉中，劉、張爲志趨之近者，王、李爲術業之近者，〔註252〕
均爲久且深之友也。

方苞於乾隆十四年（1749）八月十八日甲午，卒於上元里第，疾
革，子孫在側，數舉右手以示之，蓋以弟椒塗亡時抱歉，嘗戒子以斂
時必袒右臂，子孫遂遵遺命以斂焉，〔註253〕據〈庚戌年立秋后二日
示道希兄弟〉云：

又云：「晚年七治儀禮。」然雷狀及沈傳皆作「治儀禮十易稿。」《方
望溪遺集》書牘類〈答陳榕門書〉云：「弟雖衰病，九治儀禮，益
灼見聖人之心，頗以忘憂。」頁64。
〔註249〕《方望溪遺集》書牘類〈與黃培山書〉，頁65。
〔註250〕《方苞集集外文》卷八〈教忠祠祭田條目〉，云：「延師于『敦崇堂』，
以聚教貧者，飲食、膏火公給。」頁769。
〔註251〕《方苞集集外文》卷十〈與族子觀承〉云：「愚於祠堂之左，老屋
數間，名曰敦崇堂，有楹聯欲姪書。」頁802。
〔註252〕李塨和王源皆致力於顏元之學，在《方苞學》卷八〈四君子傳〉序
文中云：「術業之近者，則崑繩、字綠、北固也。」頁216，則李塨
亦應屬之，況方苞常與李塨往來討論，如李塨《恕谷後集》卷三〈甲
午如京記事〉，頁29，及卷四〈與方靈皋書〉，頁36，皆是也。
〔註253〕同註230，頁888。雷狀云：「數舉左手以示之，……斂必袒左臂。」
頁35，有誤，應「右臂」爲是。

三叔父將死，我以小疾避居野寺，不親殯斂。異日我死，
斂用厭冠袒右臂，勿訃，勿作行狀，勿求志銘，使我負隱
懷慚于地下。〔註254〕

由於弟椒塗卒前數日，心氣悸動，遵父命避居野寺，〔註255〕未親殯
斂，故「袒右臂」以自懲，並依亡兄之命，三人同埋，子孫遵之，其
後葬於江寧縣建業三圖沙場村龍塘辰戌兼巽乾向，與兄百川弟椒塗同
丘。〔註256〕

　　綜上所述，可知方苞少而窮困，長而遊食四方，又因《南山集》
牽連入獄兩年，幸獲遇赦，白衣入仕，在宦海浮沉三十年，終以立朝
寡諧而告歸，專致於營建宗祠、祭田及著述，直可謂「賦命坎屯，竟
世在悲憂窮蹙中」，〔註257〕嘗有言：「竊觀古之能自樹立者，必視窮達
險易死生爲一貫，然後能擔負名教，不中道而自弛。」〔註258〕又云：
「自古名賢未有不經蹭折者，正可因此淬礪身心，進德修業。」〔註259〕
擬諸方苞自身，亦甚貼切。

　　方苞一生讀書勤奮，著述不綴，三讀《通志堂經解》，十治《儀
禮》，校定樂、律、曆、算諸書，讀書可謂勤且博也，故劉大櫆云：「當

〔註254〕《方望溪遺集》書牘類〈庚戌年立秋后二日示道希兄弟〉，頁76。
〔註255〕《方苞集》卷十七〈弟椒塗墓誌銘〉，頁498；又同卷〈七思‧弟椒
　　　　塗〉云：「弟卒前六日，余外臂忽蹙縮入腹內。爲醫者所嚇，避居
　　　　野寺。……余庚戌立秋前二日，疾病作。遺令：斂時袒右臂。」頁
　　　　510。按「庚戌」即雍正八年，此文作「立秋前」，而註254作「立
　　　　秋後」，蓋〈七思〉作乾隆六年四月望前二日，道永識云：「先君子
　　　　同產八人。乾隆三年，姑適曾氏者歿，惟叔父、小姑尚存。叔母早
　　　　世，叔父感傷，欲倣楚辭作〈七思〉，念意聯辭，輒氣結而中止。
　　　　今年正月，兄卒於京邸。叔父哭之慟，兼旬夜不能寐，始爲兄成一
　　　　章。浹月中次第屬草，命永編錄。」頁514，可知〈七思〉作於後，
　　　　由庚戌（1730）至乾隆六年（1741），相隔十一年，或不復記憶，
　　　　故「前」與「後」有出入，當以「立秋前」爲準。
〔註256〕同註230，頁889。
〔註257〕同註251，頁805。
〔註258〕《方望溪遺集》書牘類〈答劉任邱書〉，頁65。
〔註259〕《方望溪遺集》書牘類〈與鄂長郎書〉，頁59。

公少日，備歷崎嶇，匪敢玩愒，愈勇讀書。其治三禮，半在囚拘。死而後已，其生不虛。」〔註260〕著述甚多，傳世之作有《周官集註》十二卷、《周官析疑》三十六卷、《考工記析疑》四卷、《周官辨》一卷、《儀禮析疑》十七卷、《禮記析疑》四十六卷、《喪禮或問》一卷、《春秋通論》四卷、《春秋直解》十二卷、《春秋比事目錄》四卷、《詩義補正》八卷、《左傳義法舉要》一卷、《史記註補正》一卷、《刪定管子、荀子》、各一卷《離騷經正義》一卷、戴鈞衡輯《望溪先生文集》十八卷·《集外文》十卷，《集外文補遺》二卷、劉聲木輯《望溪文集再續補遺》四卷、《望溪文集三續補遺》四卷、編《欽定四書文》四十一卷、《古文約選》等等，故全祖望云：「古今宿儒，有經術者，或未必兼文章；有文章者，或未必本經術，所以申毛服鄭之於遷固，各有溝澮，唯是經術文章之兼固難，而其用之足爲斯世斯民之重，則難之尤難者，前侍郎桐城方公，庶幾不媿於此。」良有以也。〔註261〕

〔註260〕劉大櫆《海峰文集》補遺〈祭望溪先生文〉，頁7，清光緒十四年桐城吳大有堂仿聚珍板木活字印本。

〔註261〕同註248，頁201。

第三章　方苞之詩

　　朱庭珍《筱園詩話》云：「本朝古文家，惟竹垞精於詩，……靈
皋方氏，則終身不能作矣。」〔註1〕延君壽《老生常談》亦云：「古文
更難於詩，不可輕易捉筆。古人兼工者已少，……方望溪不爲詩。」
〔註2〕如此陳陳相因，輾轉相承，後世咸謂方苞不能詩，以爲一人之
精力聰明有限，豈能兼工。蓋其以古文稱世，文名顯赫，因而所爲之
詩，少受矚目。世人邈知，以致長久湮沒，竟誤認不爲詩，甚至不能
詩矣。方苞之父仲舒嘗言：「古之以文傳者，未或見其詩，以詩鳴者
亦然。」〔註3〕故古來治詩文著，或以詩顯，或以文古，兩者未能得
兼，鮮能同享盛名，以此證之方苞，總爲文名太盛，故詩爲之掩耳。
今檢索方苞文集，但見詩作豁然在目，收於《方苞集集外文》卷九，
存詩十五首，及《方望溪遺集》詩賦類，存詩二十首，斷句二則，凡
三十五首及斷句二則。〔註4〕復有諸篇詩序之文，故欲深究其文學成

〔註1〕郭紹虞編選《清詩話續編》內朱庭珍《筱園詩話》卷二，頁 2351。
　　　木鐸出版社。
〔註2〕同註1內延君壽《老生常談》，頁 1795。
〔註3〕《方苞集》卷七〈贈宋西豇序〉，頁 198。
〔註4〕據徐世昌編《清詩匯》卷五十七，頁 9，收錄一首〈陶淵明〉，與劉
　　　聲木輯《方望溪文集再續補遺》卷四〈詠古〉二之一雷同，但頷、
　　　頸兩聯文字稍有出入，茲錄如下：劉本作「觀其愍春蠶，自待儔禹
　　　稷，日夕芸東皋，憂勤猶運覽。」徐本作「觀其詠春蠶，自視儕禹

就與地位，則吾人對其詩歌理論與詩歌創作，皆不容忽視也。

第一節　詩歌師承

　　詩乃言志趣、道性情之具也。有清一代，採高壓、懷柔之策。文人思想屢受箝制，致使明末遺老寓情於詩。方苞生於清初，常隨乃父出入諸前輩中，對其詩作，理當涉獵，又故鄉桐城，詩人輩出，〔註5〕時尚所趨，深受時代與地域之薰陶，嘗試為詩，然欲追溯其詩歌之師承，擬從家學與先輩探索之。

一、稟受家學

　　就方苞先世中，知有詩作者五世祖方法，官四川都司斷事，於永樂初，諸藩表賀，以不署名被逮，舟次望江縣華陽鎮，自沉於江，作〈絕命詞〉二首云：

> 休嗟臣被逮，是報主恩時。不草歸降表，聊吟絕命詞。
> 生當殉國難，死豈論官卑。千載波濤裡，無慚正學師。
> 聞道望江縣，知為故國濱。衣冠拜邱隴，爪髮寄家人。
> 魂定從高帝，心將愧叛臣。相知當賀我，不用淚沾襟。

〔註6〕

觀此二時，正氣凜然，忠義感人，清陳田云：「伯通，侯城弟子，所作

　　穋，東皋日荷鋤，憂勤同運覽。」世界書局，民國52年5月。
〔註5〕據《安徽通志藝文考稿》集部三十一總集類二．頁1，著錄清潘江輯《龍眠風雅集》六十四卷，選錄桐城詩人四百人之詩，又《龍眠風雅續集》二十八卷，選錄桐城詩人一百五十六人之詩；集部三十二總集類三，頁9，著錄清徐璈輯《桐舊集》四十二卷，自明初至道光二十年，錄詩七千七百餘首，作者一千二百餘人；頁9，著錄清方于穀輯《桐城方氏詩輯》六十七卷附《奉莊詩鈔》八卷《續鈔》六卷，都百三十人，詩五千零二十二首。厥後又有《樅陽詩選》、《古桐鄉詩選》及近人刁抱石編《桐城近代名家詩選》等詩選集，由此可知，桐城詩風鼎盛，詩人輩出。
〔註6〕方宗誠《栢堂遺書後編》卷五〈方斷事公絕命詞跋〉，頁3。另姚永樸《舊聞隨筆》卷四〈鄉先輩遺事〉，頁1，亦錄此二詩，惟其二末聯作「相知應賀我，不用淚霑巾。」

能絕命辭云：千載波濤裡，無慚正學師。可謂沆瀣一氣矣。」〔註7〕方世舉云：「余家傳詩法多宗老杜。明初，先斷事殉建文之難，有絕命詞五律二首，所謂『死豈論官卑』者，已是杜初達行在之沉痛。」〔註8〕惜潘河督錫恩所刻《乾坤正氣集》與顧嗣立所編《乾坤正氣詩集》皆未收錄，十一世祖方學尹，文辭閎麗，士林高之。高祖方大美好爲七律，全得杜甫秋興八首之鴻壯采。〔註9〕餘者概不得而知。

就方苞家族言，祖父方幟，爲教諭，工詩、古文詞，被推爲「江上十子」之首，著有詩文集數十卷。方苞於〈大父馬溪府君墓誌銘〉云：

> 及冠後，從錢飲光、杜于皇、蒼略諸先輩遊，始知大父文
> 學爲同時江介諸公所重。〔註10〕

在明末遺老中，錢飲光及杜于皇、杜蒼略兄弟，皆爲名重一時之詩人，對祖父之詩名，必能瞭然，由此亦可略見其盛名，爲時人所推重之一斑。方苞雖未得時依祖，然兄方舟嘗與祖父相聚七載，耳濡目染，獲益非淺，亦可間接稟受祖父之教也。

方苞嘗言：「古之學，父子相繼而成者多矣。」〔註11〕就詩而言，其父方仲舒乃一介詩人，自幼即好詩，有詩集數種，於〈跋先君子遺詩〉云：

> 先君子自成童，即棄時文之學，而好言詩。少時耕牧樅陽、
> 黃華，有江上初集；既而遷於六合，有棠樹集；康熙甲寅
> 還金陵舊居，有愛盧集；庚午後有漸律草；辛巳後有卦初
> 集，計三千首有奇。〔註12〕

少時即有詩集草成，其後每至一處，或每隔一時，陸續又有數種，幾

〔註7〕清陳田撰《明詩記事》乙籤卷一，頁621，鼎文書局，民國60年9月。

〔註8〕同註1，內方世舉《蘭叢詩話》，頁772。

〔註9〕同註8。

〔註10〕《方苞集》卷十七〈大父馬溪府君墓誌銘〉，頁490。

〔註11〕《方苞集》卷十二〈李世得墓表〉，頁350。

〔註12〕《方苞集集外文》卷四〈跋先君子遺詩〉，頁627。

達三千餘首。〔註13〕乃因常與明末遺老諸先輩遊，詩藝日進，又云：

> 先君子弱冠，即與宗老塗山、邑人錢飲光、黃岡杜于皇遊。
> 諸先生皆耆舊，以詩相得，降行輩而爲友。〔註14〕

宗老塗山即方文，字爾止，工詩，爲方苞之族祖。此三人與方苞之祖父同輩，詩名在天下，當世名貴人立聲譽者，皆延頸索交，父仲舒與之常有贈答詩作，相互請益，並得外祖父吳勉之賞識，許以入贅。故時有廣陵人鄧孝威，〔註15〕嘗於杜于皇所見其詩，以入詩觀二集。然其父再致書，必毀所刻而後止。晚年，方苞亦曾向父請錄諸集爲副，弗許，並以俗諺「人懼名，豕懼壯」戒之。〔註16〕於父既歿四年，方苞以《南山集》牽連被逮，下江寧縣獄，制府命有司夜半搜書籍，江寧蘇侯夕至，諭婢僕「凡寫本皆雜燒」，而諸集遂無遺。日後方苞感念乃父生平精神日力之所寄，因己之故而盡化爲灰燼焉，深志悔痛，乃廣蒐其遺詩，由姊夫曾退谷口熟五言律五百六十三首，斷句二百四十五聯，又於里人篋藏壁揭者得各體九十八首，校錄鋟諸板，名爲《逸巢焚餘稿》，請戴名世爲之序，並自爲之跋，著錄於《安徽通志藝文稿考》。〔註17〕茲錄其詩句如下，以略見詩風之一斑：

> ……兩代遭逢成漢魏，半生踪跡各西東。今朝共醉非容易，故國風雲在眼中。有鳥集西林，朱衣秘其里。東西網羅人，夷然不屑此。倏忽乘風飛，仰羨徒相視。斯豈苟免情，實具深藏埋。〔註18〕

〔註13〕光緒三年重修本《安徽通志》卷二二二〈人物志、文苑〉，頁19，著錄安慶府以諸文名者：方仲舒，歲貢，著棠村集、愛廬軒律草、甲新草、卦初草。另《桐城續修縣志》卷十六〈人物志、文苑〉，頁568，著錄詩有棠村集、愛廬、漸律草、卦初草，凡萬餘篇。今據方苞所言爲準。華文書局，民國56年8月。

〔註14〕同註12。

〔註15〕《安徽通志藝文考稿》集部十五別集類十四，頁12，作泰州鄧漢儀，今據方苞〈跋先君子遺詩〉所言爲準。

〔註16〕同註12。

〔註17〕同註15。

〔註18〕此二段詩存於方仲舒《逸巢焚餘稿》中，因無緣見此書，轉錄自新

觀此二段詩句，頗富民族意識，身處滿清統治之下，欲借酒澆愁，然卻「今朝共醉非容易」，滿眼皆爲「故國風雲」：又對清廷「東西網羅人」，採「夷然不屑此」之態度，見鳥「倏忽乘風飛」，有「仰羨徒相視」之嘆，故常懷「實具深藏埋」之心，堪稱爲隱逸詩人。徐璈輯《桐舊集》選錄其詩二十五首。故戴名世云：「先生工爲有韻之言，跌宕淋漓，雄渾悲壯，有古詩人之風。」〔註19〕洵爲至評。

　　方仲舒少好老莊書，與黃岡杜濬、杜芥，同縣錢澄之、族祖父方文唱和論詩，謂當於讀書中求詩，時時手一編不置，然不競時名，〔註20〕故論詩之道，必多讀書，方能求其工，不若常人所謂於詩中求詩，曾言：

> 詩之爲道，無異於文章之事也。今夫能文者，必讀書之深而後見道也明，取材也富，其於事變乃知之也悉，其於情僞乃察之也周，而後舉筆爲文，有以牢籠物態而包孕古今。詩之爲道，亦若是而已矣。吾未見夫讀書者之不能爲詩也，吾未見夫不讀書者之能爲詩也。世之人不於讀書之中求詩，而第於詩中求詩，其詩豈能工哉。〔註21〕

意謂爲詩之道與爲文之道，其理皆同，先決要件必讀書之深，始能「見道也明」、「取材也富」，於事變方能「知之也悉」，於情僞方能「察之也周」，而創作出「牢籠物態而包孕古今」之詩，亦即平日多積學以儲寶，方能下筆如有神，可知讀書之作用大矣。此種詩論，超越前人所謂「熟讀唐詩三百首，不會作詩也會吟」之觀念，於詩中求詩，則盡是拾人牙慧，無法自創一格；然於讀書中求詩，則能翻陳出新，自製佳句，此眞知灼見，獨到之識，莫非深知詩之道者，豈能吐出眞諦哉？故戴名世又云：「六經三史不開卷而能舉其辭，此

　　　文豐出版社印行之《中國古典文學研究論叢》內劉季高〈談桐城派的方劉姚〉一文，頁267。

〔註19〕戴名世《戴名世集》卷二〈方逸巢先生詩序〉，頁30。

〔註20〕同註15。

〔註21〕同註19。

先生之詩之所自出也」。〔註22〕蓋能身體力行，手不釋卷，方能達此境地。

　　曹丕〈典論論文〉云：「文章乃經國之大業，不朽之盛事。」欲求作品能留傳後世，永垂不朽，必大量創作，廣爲刊行，方苞之父仲舒卻持相異之論點，以爲「凡文章如候蟲時鳥，當其時不能自已耳！百世千秋之後，雖韓、杜作者，以爲出於其時不知誰何之人，獨有辨乎？」〔註23〕然而所持之論點爲何？方苞憶及云：

　　家君有言：「孔子論詩曰：『可以興，可以觀，可以群，可以怨。』漢、魏以來，作者非一，情無貞淫，事無大小，體無奇正，辭無難易，其傳於後者，必於是微有合者也。」
　　〔註24〕

取孔子論詩所言之「興、觀、群、怨」作爲準繩，觀古來作者，不論其作品之「情」、「事」、「體」、「辭」若何，其所以能傳之久遠者，必是有合於此論，持此觀點，能切中時弊，亦能對後人有所啓迪。

　　方苞自幼在其父之詩風薰陶下，心領神會，秉承家法，繼其志事，雷鋐於〈方望溪先生苞行狀〉云：

　　年四歲，逸巢公嘗以雞鳴時起如廁，適大霧，以「雞聲隔霧」命屬對，即應曰：「龍氣成雲」。〔註25〕

童稚時，於屬對即能順答如流，乃得之天賦之遺傳，有以致之也。其兄方舟以文名，不以詩顯，方苞六、七歲時，與兄同臥起，內有褓母之恩，外兼師傅之義。且於十四歲依祖父官蕪湖七年，隨侍課學署，承受教誨，故文學造詣甚深，然不輕以視人，深自晦匿，方苞於〈刻百川先生遺文書後〉云：

　　先兄六歲能爲詩，⋯⋯與朋游往還酬贈亦間爲詩歌古文，常錄爲四冊，貯錦篋中。苞請觀，未出也。曾出以示溧水

〔註22〕同註19。
〔註23〕同註12。
〔註24〕《方苞集集外文》卷四〈喬紫淵詩序〉，頁611。
〔註25〕雷鋐《經笥堂文鈔》卷下〈方望溪先生行狀〉，頁33。

武商平、高淳張彝歎，旋復收匿，蓋恐苞與二三同學復刊
布之。〔註26〕

兄方舟六歲即能爲詩，與朋友往返亦間有酬贈之詩作，然卻不願刊布
行世，自匿於篋中，如其父不喜暴露於世，蓋遵父之戒也。病困之時，
自取其稿，焚而燒之，竟至世無存者。方苞自謂每遠遊歸，常出所爲
詩歌古文及詁經之言相質，〔註27〕以資切磋，可知方苞之詩，常受其
兄之指引也。

二、效慕先輩

方苞生長於詩人之家，自幼秉襲家學，受詩風之浸潤，欲承其事，
且又得隨父侍諸前輩，尤慕效之。嘗自言：

> 苞童時，侍先君子與錢飲光、杜于皇諸先生，以詩相唱和，
> 慕其鏗鏘，欲竊效焉。〔註28〕

錢飲光與杜于皇皆大父行也，得親炙之，亦師亦友，慕其詩韻鏗鏘，
興起效尤之心。錢飲光乃錢秉鐙，字飲光，歸越後，更名爲澄之，號
田間，桐城人，著有《田間詩學》、《田間易學》、《莊屈合詁》及文集
行於世。方苞於〈田間先生墓表〉，自敘始識之情景言：

> 苞未冠，先君子攜持應試於皖，反過樅陽，宿家僕草舍中。
> 晨光始通，先生扶杖叩門而入，先君子驚問。曰：「聞君二
> 子皆吾輩人，欲一觀所祈嚮，恐交臂而失之耳！」先君子
> 呼余出拜，先生答拜，先君子跪而相支柱，爲不寧者久之。
> 因從先生過陳山人觀頤，信宿其石巖。自是先生遊吳、越，
> 必維舟江干，招余兄弟晤語，連夕乃去。〔註29〕

錢飲光當方苞返鄉應試回程途中，惟恐失之交臂，錯過相識之機緣，
無視於自身行動不便，於清晨扶杖叩門，折輩求見，欲觀其祈嚮，遂
得以識之。自是常偕出遊，連夕晤談，蓋深受其思想與詩風之啓發也。

〔註26〕《方苞集集外文》卷四〈刻百川先生遺文書後〉，頁631。
〔註27〕同註26。
〔註28〕《方苞集》卷四〈鷹青山人詩序〉，頁102。
〔註29〕《方苞集》卷十二〈田間先生墓表〉，頁336。

　　杜茶村乃杜濬，字茶村，湖廣黃岡人，避亂居金陵，名馳遐邇，詩每出，遠近皆爭傳誦之，著有《變雅堂文集》五卷、《茶村詩》三卷、《變雅堂詩鈔》八卷、《變雅堂遺集》二十卷。時與方家過從甚密，形同家人，其〈杜茶村先生墓碣〉云：

> 先生居北山，去先君子居五里而近，以詩相得，旦晚過從，非甚雨疾風無間。先君子構特室，從橫不及尋丈，置床衽几硯。先生至，則嘯咏其中，苞與兄百川奉壺觴。常提攜開以問學。先生偶致雞豚魚菽，必召先君子率苞兄弟往會食，其接如家人。〔註30〕

杜茶村寓居金陵，距方家甚近，又以詩相得，朝夕相處，風雨無阻，偶得美食，輒召相分享，往來無間，視如家人。方苞與兄百川常隨侍在側，敬奉壺觴，並常受提攜啓迪，以問學相勖勉，故能耳濡目染，得其詩旨。

　　總之，方苞在家學之秉承與先輩之啓迪，雙管齊下，詩之環境可謂得天獨厚，若能循此發展，則不可限量，卓然特立，成一家之詩也。

第二節　絕意不爲詩

　　方苞因稟受家學與效慕先輩，於詩之造詣理應甚高，然卻出乎意料而另闢蹊徑，爲文所掩，非但傳世之作無多，且常自言「絕意不爲詩」，追究其因如下：

一、藝之精者不兩能

　　父仲舒終身隱於詩，既未能適時鼓勵其子繼其志事，見子有意效慕之時，卻再三剖析作詩之難，而告誡其不可爲詩，方苞曾追述云：

> 先君子戒曰：「毋以爲也！是雖小道，然其本於性質，別於遭遇，而達以學誦者，非盡志以終世，不能企其成；及其成也，則高下淺深純駁，各肖其人，而不可以相易；豈惟、陶、謝、李、杜嶭然於古昔者哉！即吾所及見宗老塗山及

〔註30〕《方苞集》卷十三〈杜茶村先生墓碣〉，頁400。

錢、杜諸公，千里之外，或口誦其詩，而可知作者必某也。
外此，則此人之詩，可以為彼，以徧於人人，雖合堂同席，
分韻聯句，掩其姓字，即不辨其誰何，漫為不知何人之詩，
而耗少壯有用之心力，非躬自薄乎？」苞用是遂絕意於詩。
〔註31〕

首先堅決告誡不可為詩，以為詩雖小道，若欲具有獨特之風格，能超
越前人之詩，誠屬不易。必在自身之「性質」、「遭遇」及「盡志以終
世」之配合，方能企其有成；然欲達爐火純青，各肖其人之境界，更
是難見。並以己所見時下之詩人所為，常混雜而不知何人所作之詩，
惟仰慕宗老塗山及錢飲光、杜茶村諸友之詩，能畢肖其人。故勸其切
勿「耗少壯有用之心力」，言下之意，勸勿專心致力於詩，留得有用
之心力，另圖發展，以企其能大成。又〈喬紫淵詩序〉云：

余兒時見家君與錢飲光、杜于皇諸先生以詩相切劇，每成
一篇，必互相致；或閱月踰時，更索其稿以歸而更定焉。
余慕其鏗鏘，欲竊效之，而家君戒曰：「汝誦經書、古文未
成熟，安暇及此？且為此，非苟易也。」〔註32〕

幼時見父常與錢飲光、杜于皇諸先輩以詩相切磋，並互酬贈，故躍躍
欲試，效法為詩，其父又勸勉多讀經書、古文，並以「非苟易」相戒，
惟有多讀書以充足內涵方為上策，即其詩論所謂「於讀書之中求詩」，
故方苞受其父之時時告誡而絕意不為詩矣。

二、莫以詩自瑕

方苞在其父殷切告誡下，阻其勿以為詩，卻未能全然減退創作之
意念，亦偶為之，並攜以謁前輩，請求評騭，卻再度受諸位之勸導，
嘗自云：

年二十，客遊京師，偶為律詩二章。數日，涇陽劉陂千忽
相視而嘻曰：「吾有所見子詩。信子之云乎：『藝未成而襮
之，後自悔焉，而莫可追也。』子行清文茂，內外完好，

〔註31〕《方苞集》卷四〈鷹青山人詩序〉，頁102。
〔註32〕《方苞集集外文》卷四〈喬紫淵詩序〉，頁610。

何故以詩自瑕？吾為子毀之矣！」余自是絕意不為詩，或
以詩屬序，則為述此，而以不知謝焉。〔註33〕

方苞年少時，亦常作詩，曾攜所為律詩二章至京師，受劉陂千之勸導，
以為其行清文茂，內外完好，誡之勿「以詩自瑕」，並代其「毀之」，
故自此絕意不為詩。又姚鼐於〈劉海峰先生傳〉云：

方侍郎少時，嘗作詩以觀海寧查侍郎慎行，查侍郎曰：君
詩不能佳，徒奪為文力，不如專為文。方侍郎從之，終身
未嘗作詩。〔註34〕

此亦言少嘗作詩，並攜之請查慎行品評。查慎行，字悔餘，本名嗣璉，
字夏重，晚號初白老人，海寧人，受詩法于錢秉鐙，有《敬業堂詩集》
五十五卷。〔註35〕謂其詩不佳，不如專心致力於文，若繼續為之，將
奪文力，故遵之而終身未嘗作詩。方苞於〈翰林院編修查君墓誌銘〉
云：「余始入京師，查氏負才名者數人。而君尤獲重語。」〔註36〕蓋
指此時也。又謂己入南書房時，夙畏風欵，常著緇布小冠。諸內侍多
竊笑，或曰：「往時查翰林慎行性質頗類此，而冠飾亦同。」〔註37〕
因此益有意於其為人，知之甚詳。袁枚《隨園詩話》亦云：

相傳康熙間，京師三前輩主持風雅，士多趨其門。王阮亭
多譽，汪鈍翁多毀，劉公戩持平。方望溪先生以詩投汪，
汪斥之。次以詩投王，王亦不譽。乃投劉，劉笑曰：「人各
有性之所近，子以後專作文不作詩可也。」方以故終身不
作詩。〔註38〕

〔註33〕同註32。
〔註34〕姚鼐《惜抱軒全集》卷五〈劉海峰先生傳〉，頁 237，世界書局，民
國 73 年 7 月。
〔註35〕鄧之誠《清詩紀事初編》卷七〈查慎行〉條，頁 808，鼎文書局，民
國 60 年 9 月。
〔註36〕《方苞集》卷十〈翰林院編修查君墓誌銘〉，頁 275。
〔註37〕同註36。
〔註38〕袁枚《隨園詩話》卷四第四十六條，頁 118，漢京文化事業，民國
73 年 2 月。又李慈銘《越縵堂讀書記》八文學〈劉海峰文學、詩集〉
條，同治癸亥（1863）二月初六云：「隨園詩話作劉公戩語。簡齋固
多妄說，然其敘此事，謂望溪先謁汪鈍翁，鈍翁斥之；復謁王阮亭，

謂方苞曾攜詩謁京師三前輩，皆不爲所譽，惟獨劉公戩勸其專致力於文，勿再作詩，蓋或爲詩，或爲文，應依己性之所近爲之，故接納其勸導而終身不作詩矣。

三、揚長避短

方苞屢受乃父之告誡與前輩之勸導，輒言「絕意不爲詩」，並衡諸己之性情與才質，故畏其難而不敢試焉，於《蔣詹事牡丹詩序》云：

> 余性好誦古人之詩，而未嘗自爲之。蓋自漢、魏到今，詩之變窮，其美盡矣。其體製大備，而不能創也。其徑塗各出，而不能闢也。自賦景歷情以及人事之叢細，物態之妍媚；凡吾所矜爲心得者，前之作者已先具焉。故驚奇鑿險，不則于古，則弔詭而不雅；循聲按律，與古皆似，則習見而不鮮，以此知詩之難爲也。〔註39〕

自言生性即「好誦古人之詩」，然何以不自爲之？乃因詩自漢魏傳衍至清，變化無窮，臻美至盡，見其「體製大備」、「徑塗各出」，自付既「不能創」，又「不能闢」，無法跨越前賢，獨創一格，另闢蹊徑，若再鑽研，亦盡是人云亦云，撾拾陳言而已；且見己心有得之「賦景歷情」、「人事之叢細」、「物態之妍媚」，前人皆已詳具，若欲作「驚奇鑿險，不則於古」之狀，則入「弔詭而不雅」之境；若欲「循聲按律，與古皆似」之形，則爲「習見而不鮮」之窠臼，如此則知「詩之難爲」，故每有「苦不能爲詩」〔註40〕之歎。

由上之因，可知方苞自言「絕意不爲詩」，蓋因藝之精者不兩能，莫以詩自瑕及揚長避短，遂絕意於詩。然而未必就此與詩絕緣，在與友朋相聚應酬之際，亦嘗作詩，顧嗣立《寒廳詩話》云：

> 丙子春，寓宣武門外三忠祠，小屋數間，蕭疏可愛，因顏之曰小秀野。時海寧查德尹嗣瑮、嘉善柯南陔煜、桐城劉

阮亭亦不之譽；乃謂公戩云云，則較有本末，或足爲據。」頁748。
〔註39〕《方苞集集外文》卷四〈蔣詹事牡丹詩序〉，頁607。
〔註40〕《方望溪遺集》序跋類〈劉梧岡詩序〉云：「余平生好爲山澤之遊，而苦不能爲詩。」頁11，黃山書社，民國79年12月。

北固煇祖、方靈臯苞、江浦劉大山巖、泰州宮友鹿鴻歷、
武進錢亮功名世、徐學人永寧、嘉定張漢瞻雲章、常熟蔣
揚孫廷錫、大興王崑繩源、方共樞辰，俱集京師，乃舉逢
十之集，率以賦詩飲酒爲樂。倩禹鴻臚尚基之鼎繪小秀野
圖，余自題四絕句，和者百餘人。〔註41〕

時爲康熙三十五年（1969），方苞年二十九，居京師，館於汪氏。〔註
42〕與友朋聚於「小秀野」，相率飲酒賦詩，和者百餘人，方苞與焉。
又曾與徐蝶園、郭青岩、劉大山、錢亮工、顧用方游藥地庵分韻賦
詩；〔註43〕年二十四，隨宛平高公素侯如京師，館於高公所，〔註44〕
高公賜金市裘，於是作〈市裘歌呈高素侯先生〉。〔註45〕延至晚年，
仍有詩作，如〈賃居孫氏水亭〉云：「畏途歷盡得安居，白首歸來萬
卷書」；〔註46〕及作〈輓李餘三方伯三首〉，〔註47〕李餘三，名學裕，
爲安徽布政使，卒於乾隆十年（1745），〔註48〕時方苞年七十八；又
〈別葉爾翔〉詩云：「八十苦無食，千秋豈暇謀？」〔註49〕及〈斷句〉
亦云：「衰年尤在惜分陰。」〔註50〕由此觀之，當其情動於衷，欲吐
爲快之時，亦偶爲之，故雖「心知其難，又嘗欲得期月之閒一力取
焉，以試其可入與否？」〔註51〕茲推究其每言不爲詩，以致傳世之
作無多之故於下：

〔註41〕丁福保訂《清詩話》第一冊顧嗣立《寒廳詩話》，頁 10，明倫出版社。
〔註42〕《方苞集》〈附錄〉一〈年譜〉，頁 871。
〔註43〕《方望溪遺集》詩賦類中有〈九日徐蝶園招同郭青岩劉大山錢亮工
　　　顧用方游藥地庵分韻二首〉，頁 126。
〔註44〕同註 42，頁 871。
〔註45〕同註 43，頁 124。
〔註46〕同註 43，頁 127。
〔註47〕《方苞集集外文》卷九，頁 791。
〔註48〕《方苞集》卷十〈安徽布政使李公墓誌銘〉云：「公卒於乾隆十年十
　　　月望後五日，享年五十有五。」頁 287。
〔註49〕同註 47，頁 792。
〔註50〕同註 43，頁 128。
〔註51〕同註 39。

一、為請序之託辭

　　方苞之文，早年已名動京師，年二十四，遊太學，李光地見其文，歎曰：「韓、歐復出，北宋後無此作也。」韓菼謂：「廬陵無此深厚，南豐無此雄直，豈非昌黎後一人乎！」〔註52〕是時屢以詩文集詩序者，不乏其人，因己夙有作序之戒，〔註53〕故常以「絕意不為詩」之言，或「以不知謝焉」，作為請序者推托之謙辭。

二、未能專力於詩

　　所謂「知子莫若父」，方苞尚文之端倪，為父者知之最深，況父亦為一介詩人，瞭解其子之性向與擅長，因才施教，就勢利導，告誡其不可為詩，勸其多誦讀經書及古文，當知其不適為詩人，以免耗少壯有用之心力；且查慎行更一語中的指陳，謂「君詩不能佳，徒奪為文之力，不如專為古文。」方苞聽其言，如其行，遂未專力於詩，無企於成，故言「絕意不為詩」，然此並非意味全然不作詩，僅未專注於詩，不刻意為詩而已。

三、常毀之或不自收

　　方苞之詩作，至今存世無多，恐或常毀之，或不自收，有以致之。年二十，嘗攜律詩二章謁劉陂千，隨即為其所毀，況方苞自言：「藝未成而襮之，後自悔焉，而莫可追也。」〔註54〕故常自認不佳而毀之。或隨作隨棄而不自收，見其生前門人王兆符、程崟所編之《望溪文集》，並未收錄詩篇，今所見《方苞集集外文》卷九存詩十五首，據戴鈞衡云：

　　　　蓋詩非先生所長，生平不多作，海內學者罕傳之。予刻先

〔註52〕同註42，頁869。
〔註53〕《方苞集》卷四〈青要集序〉云：「公之子耀曾，余同年友也，而公尤善余，屬序其詩有年所矣。余夙有戒，屢固辭焉。」頁101；卷七〈贈宋西疆序〉云：「余夙有作序之戒。」頁198；《方苞集集外文》卷五〈與劉大山書〉云：「僕不為詩文之序已數年矣。」頁679；同卷〈與喬紫淵書〉云：「僕生平不喜為人序詩。」
〔註54〕同註32。

－109－

　　生遺文，其裔孫恩露錄家藏詩稿十五首見寄，義正辭雅。

　　附刊之，俾學者見所未見，亦快事也。〔註55〕

可知其詩生前不欲暴之，亦不自收，僅詩稿十五首藏於家，方世舉《蘭叢詩話》亦云：「除家傳詩法多宗老杜。……望溪兄、宜田姪實確守之，兄以文勝而詩居功半，今藏於家；姪則表見於世矣。」〔註56〕明言方苞雖以文勝，然詩亦「居功半」，詩稿藏於家，而未見於世。又據喬億《劍谿說詩》云：

　　望谿方公謂先君子曰：「君詩胡不自收拾？古文詩字工，

　　後世人知之，時文廢，雖震川、荊川之文，知為底物！」

　　　　〔註57〕

此則方苞語之下，作者喬億自注云：「壬戌六月二十七夜，方公至自燕山，共家君露坐時語，伯氏皆億暨姪棐、橿、封皆侍。」此年為雍正七年（1742），方苞年七十五，勸其父將已作之詩收拾編輯成冊，俾成流傳，字句之工巧，後世自有論斷。又云：

　　方公早歲敩世父庶常公學齋詩，謂毋以詩自瑕，晚年乃勸

　　先君子編詩。蓋積學久，閱世深，知古今人自有差等，詩

　　不與也。況詩可以觀，謹重之人，有放蕩其詞者乎？文中

　　子曰「文士之行可見」，信夫。〔註58〕

此言方苞嘗勸學齋「毋以詩自瑕」，猶如早年劉陂千勸己，同出一轍，晚年又勸其父編詩，蓋「積學久，閱世深」後，不再認為會以詩自瑕，將留待後世人以見己之行，故言下之意，似悔己早歲以詩自瑕而不收拾之意，乃勸友人編詩，故《方望溪遺集》中輯詩二十首，斷句二則，原本散見於各處，〔註59〕經後人窮搜博訪，不遺餘力，方得遺珠如許

〔註55〕《方苞集集外文》卷九，詩之前言，鈞衡識。頁788。
〔註56〕郭紹虞編選《清詩話續編》內方世舉《蘭叢詩話》，頁772。
〔註57〕同註56喬億《劍谿說詩》卷下，頁1112。
〔註58〕同註57。
〔註59〕如《方望溪遺集》詩賦類〈賁居孫氏水亭〉，直本題下注：「見上元朱緒曾編國朝金陵詩徵卷四十三。」又如〈和趙夢白讀史斷句〉，直本題下注：「見長樂謝章鋌枚如稗販雜錄。」等等。

而已，其餘自毀散佚之詩，又不知凡幾。無怪方苞晚年勸人編詩，以免徒增後人搜羅之困難矣。

綜上所述，方苞早年受父親及前輩之勸誡，又衡諸自身之性情與才力，故每言「絕意不爲詩」或「絕意於詩」，然而此意乃因己未全力專志於詩，復不受時輩之稱許，惟恐暴露後，以詩自瑕而毀之，或不自收而散佚，致使後人咸以不能詩、不作詩視之，故今所能見之詩三十五首，實爲文苑遺珍，對吾人全面研究方苞之文學造詣，直可謂彌足珍貴，如獲至寶矣！

第三節　詩歌理論

方苞嘗云：「余於詩雖未之能也，而其得失則頗能別焉。」〔註60〕足見於詩之道頗爲自許。其詩雖不多，然時人素好其文，慕名請序者甚夥。〔註61〕觀其文集中爲時人詩集所作之序，約十餘篇之多，〔註62〕

〔註60〕《方苞集集外文》卷四〈喬紫淵詩序〉，頁611。

〔註61〕如《方苞集集外文》卷四〈寧晉公詩序〉云：「辛未、壬申間，余在京師，……是時，京師人多乞余文者，余時時勉應之。」頁617。按辛未、壬申間爲康熙三十、三十一年；同卷〈喬紫淵詩序〉云：「丁丑夏，授絀白田，喬君紫淵請序其詩，三數而未已也。」頁61。按丁丑夏爲康熙三十六年；《方苞集集外文補遺》卷一〈書諸公贈黃尊古詩後〉云：「雍正六年孟冬，寶應劉篁村持一軸一帙過余曰：『黃君尊古，奇士也，年今七十矣。少學繪畫，嘗獨身行萬里，徧覽海內山川面勢，以發其奇。名公卿賢士皆樂與之遊，爭爲文與詩以張之。獨自念與先生並世而未得面，必丐一言而歸老焉。』頁808。《方苞集》卷四〈青要集序〉云：「青要山在新安東北隅，澗樵呂公讀書其中，因以名詩集。公之子耀曾，余同年友也，而公尤善余，屬序其詩有年所矣。余夙有戒，屬固辭焉。公將歸，謂余曰：『子之戒，苦眾人之攪擾耳。吾兩人皆衰老，姑序以慰吾心，而出之於身後，若何？』頁101，按時雍正八年，凡此皆足證慕名請序者之多。

〔註62〕如《方苞集》卷四〈青要集序〉，頁101；〈鷹青山人詩序〉，頁102。《方苞集集外文》卷四〈徐司空詩集序〉，頁605；〈考槃集序〉，頁606；〈蔣詹事牡丹詩序〉，頁607；〈喬紫淵詩序〉，頁610；〈隱拙齋詩集序〉，頁611；〈寧晉公詩序〉，頁617；〈跋先君子遺詩〉，頁627。《方苞集集外文補遺》卷一〈書諸公贈黃尊古詩後〉，頁808。《方望

且作序態度甚是嚴謹，〔註63〕絕無溢美虛辭，亦不作浮泛應酬語。茲就中論詩之道，細加抽繹，可得要點如下：

一、吟詠性情

詩大序云：「詩者，志之所之也。在心為志，發言為詩，情動於中，而形於言。」劉勰文心雕龍明詩篇云：「詩者，持也，持人情性。」蓋詩乃吾人情志之抒發，舉凡寫景、敘事、說理，皆為吾人心志鎔鑄之表露。方苞承此說，〈徐司空詩集序〉云：

> 詩之用，主於吟詠性情，……蓋古之忠臣、孝子、勞人、思婦，其境足以發其言。〔註64〕

首揭詩之作用為「吟詠性情」，因人稟七情，觸外物而動感，感於物而吟詠，然而「本於性質，別於遭遇」，由於人之性質互異，境遇各殊，故所詠之詩亦多不雷同。若詩中缺性情，則失之古板，流為擬古之作。由此觀之，詩為性情之吟詠，故古之忠臣表達忠貞愛國之情操，孝子感念父母之劬勞，勞人紓解工作之疲累，怨婦思念遠方之情人，皆隨各人之性情，將自身之感觸吟詠而出。其父仲舒亦云：「凡文章如候蟲時鳥，當其時不能自已耳！」〔註65〕故知文章出於「不能自已」，為情感表達之需，於詩亦然。

二、厚人倫美教化

詩大序又云：「正得失，動天地，感鬼神，莫近於詩。先王以是經夫婦，成孝敬，厚人倫，美教化，移風俗。」故詩復隱含有補於世道人心之教化效用，方苞亦持此論，〈徐司空詩集序〉云：

> ……而其效足以厚人倫、美教化。……其言足以感動人之善心，故先王著為教焉。魏、晉以降，其作者窮極工麗，

溪遺集》序跋類〈劉梧岡詩序〉，頁 10；〈徐蝶園詩集序〉，頁 11。凡十二篇之多。

〔註63〕《方苞集集外文》卷四〈寧晉公詩序〉云：「凡吾為文，遲速未可以期，待吾意之適，而後得就焉。」頁 617。

〔註64〕《方苞集集外文》卷四〈徐司空詩序集〉，頁 605。

〔註65〕《方苞集集外文》卷四〈跋先君子遺詩〉，頁 627。

清揚幽眇，而昌黎韓子一以爲亂雜而無章。蓋發之非性情
之正，導欲增悲，而不足以感動人之善心故也。唐之作者
眾矣，獨杜甫氏爲之宗。其于君臣、父子、夫婦、昆弟、
朋友之間，流連悱惻，有讀之使人氣厚者。其於詩之本義，
蓋合矣乎？〔註66〕

此言詩雖「發乎情」，但必「感動人之善心」，方合於先王「止乎禮義」
之詩教也。因詩爲性情之抒發，眞情之流露，性情正者之詩，必自持
於正；而情正之詩，又能感動人之性情，使歸於正。然而魏、晉以後
之詩，尙唯美，競辭藻，極盡巧麗，皆非發於性情之正，故不足以導
正人之善心，更遑論教化之效矣。故方苞謂「唐之作者眾矣，獨杜甫
氏爲之宗。」因其詩有「讀之使人氣厚者」，蓋合於詩之本義，達於
詩教。因此極稱徐司空之詩，謂：「即境以抒指，因物以達情，悲憂
恬愉，皆發於性情之正，而意言之外，常有沖然以和者。」〔註67〕又
譽呂謙恆之詩「格調不襲宋以後，吟詠性情，即境指事，惻惻感人，
實得古之詩教之本義。」〔註68〕

三、則古創新

　　方苞又主張爲詩應尙古，然卻非拘泥於古，在因襲古風之中，亦
應自有創新，〈蔣詹事牡丹詩序〉云：

余性好誦古人之詩，……蓋自漢、魏到今，詩之變窮，其
美盡矣。……自賦景歷情以及人事之叢細，物態之妍
媸；……前之作者已先具焉。故驚奇鑿險，不則于古，則
弔詭而不雅；循聲按律，與古皆似，則習見而不鮮。〔註69〕

自言對古人之詩，非僅喜好，而且反覆誦讀，含英咀華，深入探究其
旨趣，故能將漢、魏至清之歷代詩作，瞭然於心，舉凡賦景、歷情、
人事及物態之描繪，前人皆已窮變美盡，因此，作詩若「不則于古」，

〔註66〕同註64。
〔註67〕同註64。
〔註68〕《方苞集》卷四〈青要集序〉，頁101。
〔註69〕《方苞集集外文》卷四〈蔣詹事牡丹詩序〉，頁607。

則流於弔詭不雅，有標新立異之嫌；若「與古皆似」，則流於習見而不鮮，盡是人云亦云之陳言。換言之，即應「則于古」，但卻不可「與古皆似」，在繼承前賢中，又能創新，另闢蹊徑，獨樹一格。故評蔣詹事牡丹詩云：「發而讀之，犂然有當于余心。……能則于古而與之不相似也。是變窮美盡而復有所入者也。故其意義多前人所未及，而一物之微，詠之至于百篇之多，而莫有自相因襲者焉。」〔註70〕又評渭師范公〈考槃集〉云：「公詩格律必依于古，而意思閒遠，翛然自得。」〔註71〕又贊揚劉梧岡詩云：「其格調熔冶于古人，而胸中塊壘時郁然流露于語言之外。」〔註72〕此皆有當於其則古創新之詩論也。

四、門戶可別

自古至今，詩人輩出，所詠之詩篇，無可計數，然掩其姓字，則不詳其誰何，更不知何人之詩，故方苞〈鷹青山人詩序〉云：

> 自鄱口四方，歷吳、越、齊、魯以至都下，海內以詩自鳴者多聚焉。就其能者，或偏得古人之氣韻，苦橅其格調，視眾人亦若有異焉，然雜置其倫輩中，亦莫辨誰何。其門戶可別者，僅兩三人。〔註73〕

此言以己之經歷所見，當時以詩「自鳴者」，如王士禎之「神韻說」，沈德潛之「格調說」，於復古潮流中，各立門戶，然而「偏得古人之氣韻」，僅知泥古，「苦橅其格調」，非但無法創新，甚至置於倫輩中莫辨，故其論詩，以古繩之，須能則古創新，與倫輩相較，又能達至門戶可別之境，方為上乘之作，否則百世千秋之後，雖韓、杜作者，以為出於其時不知誰何之人，獨有辨乎〔註74〕？因此極稱石東村之詩「不待終篇，而知非他人作也。」〔註75〕

〔註70〕同註69。
〔註71〕《方苞集集外文》卷四〈考槃集序〉，頁606。
〔註72〕《方望溪遺集》序跋類〈劉梧岡詩序〉，頁10。
〔註73〕《方苞集》卷四〈鷹青山人詩序〉，頁102。
〔註74〕同註65。
〔註75〕同註73。

五、詩如其人

孟子曰：「誦其詩，讀其書，不知其人可乎？」詩乃吟詠性情，然而人之性情迥異，其詩將各肖其人，不可移易，方屬佳構，方苞〈徐司空詩集序〉云：

> 蓋公生平，夷險一節，務自刻砥，以盡其道，而無怨尤，故其詩象之如此。……異世以下，誦公之詩，而得其所以為人；忠孝之心，可以油然而生矣！〔註76〕

詩乃作者平生際遇與心境之縮影，亦即詩人情感之抒發，心路之投影，若徐司空以忠孝大節，著聞海內，其詩則隱含「忠孝之心」，故以此立論，衡諸渭師范公，稱「『譬諸草木，枝葉必類本。』觀公之行身有方，視仕宦如脫屣，則其詩之不類于眾人，有以也夫！」〔註77〕又贊徐蝶園詩云：「觀其前，無哀怨之音，暨其後，無歡愉之言，而仁孝忠誠時溢于筆墨之外，蓋其性行亦于斯可見矣。傳曰『譬諸草木，枝葉必類本。』此之謂也。」〔註78〕故方苞所為之諸詩序，常備述作者平生志事，以示後之讀其詩者，能益勵其初志，蓋深信詩如其人，良有以也。

綜上所述，方苞之詩論，就內容言，須吟詠性情、厚人倫美教化，側重詩之有補於世道人心之效；就創作言，揭示則古創新、門戶可別、詩如其人之論，側重詩之有獨特風格之見。在清代復古潮流之詩壇上，能有此不同之持論，亦自應有其地位與影響。

第四節　詩歌內容探究

方苞之詩，現存有戴鈞衡輯《望溪先生集外文》卷九，十五首，及《方望溪遺集》詩賦類，二十首、斷句二則，凡三十五首、斷句二則。茲就其題材分為詠史、悼亡、行旅、酬贈、應制、遊覽、詠懷、其他及題詞等數類進行探究，藉以瞭解其詩作之梗概。

〔註76〕同註64。

〔註77〕同註71。

〔註78〕同註72。

一、詠史詩

詠史詩乃就歷史事件或人物爲歌詠題材，以抒發作者觀感或評論之詩篇。方苞之詩作中有〈擬子卿寄李都尉〉、〈明妃〉、〈嚴子陵〉、〈孔明躬耕詠懷〉、〈詠古二首〉、〈裴晉公〉、及〈和趙夢白讀史斷句〉，計七首屬之，另有斷句一則似亦屬詠史。其所詠皆以歷史人物爲主，有蘇武與李陵、王昭君、嚴光、諸葛亮、陶潛、韓愈、裴度等諸人，試看〈擬子卿寄李都尉〉：

> 汎汜委驚湍，限限任所觸。大冶自鎔金，焉能順其欲。羈鴻隱朔漠，飛翔翼常縮。獨鶴棲瑤林，長鳴念谿谷。不聞鸞鳳音，時恐鷹鸇伏。百年會有盡，沈憂日夜續。寸心遙相望，萬里見幽獨。

子卿指蘇武，李都尉指李陵，二人皆漢武帝時人。蘇武，杜陵人。武帝天漢元年（前 100），以中郎將使持節到匈奴，單于迫其降，不屈，幽置大窖中，齧雪與旃毛不死，匈奴以爲神，徙之北海牧羊，留匈奴十九年，至昭帝始元六年（前 81）乃得歸，拜爲典屬國。李陵，字少卿，隴西成紀人，李廣之孫，武帝時拜爲騎都尉，天漢二年（前99），率步卒五千人伐匈奴，矢盡援絕，遂降，單于立爲右校王，在匈奴二十餘年，病卒。〔註79〕蘇武與李陵，在漢時俱爲侍中，同滯匈奴時，李陵曾勸蘇武投降，爲蘇武堅拒，迨蘇武得歸漢，李陵置酒與訣，二人交情甚篤。

本詩代蘇武擬作以寄李陵，旨在感嘆遭遇，並訴離情。首四句取驚湍行舟、大冶鎔金二喻發端，抒發感慨，以奠全詩之基調；五至八句分述二人現況，李陵留胡，雖有鴻鵠之志，亦難施展，而己南歸，將不忘舊友，常念對方；惟不免慨嘆周遭環境險惡，君子難求，小人常伏；最末四句感嘆人生悲苦，並傾訴離情，雖千里遙隔，但能設想概見李陵獨居北方之寂寥景象，有訴不盡相思之情。此詩爲五言古

〔註79〕有關蘇武傳及李陵傳之史料，參見班固《漢書》卷五十四〈李廣蘇建傳第二十四〉，頁 2450～2468，鼎文書局，民國 72 年 10 月。

詩，善用比興筆法，首以水、金二喻，次就飛禽鴻、鶴、鸞鳳、鷹鷦為比，末以萬里相思回應題旨，含義深沉，情感悲涼。

蘇武與李陵，一是歷盡艱辛、忠貞不屈之使節，一是兵盡援絕、無奈降敵之武將，處境雖異，同羈匈奴，又有贈答詩文傳世，〔註80〕二人事蹟每易引發後代詩人之感慨，而發諸吟詠，如王維〈李陵詠〉：「深衷欲有報，投軀未能死。引領望子卿，非君誰相理？」對李陵之遭遇深表同情與了解；李白〈蘇武〉，則直敘蘇武悲苦之境遇，與李陵相別時「泣把李陵衣，相看淚成血」之悽愴；劉灣〈李陵別蘇武〉，詳述李陵兵敗降敵，忍辱偷生，欲報國恩之心跡，與蘇武訣別時「發聲天地哀，執手肺腸絕」〔註81〕之愁苦，以上二首均感嘆二人之事蹟與遭遇，並寄予深切同情。方苞此詩命意則異於前人，乃就別後處境與相思著眼，尤以「百年會有盡，沈憂日夜續。寸心遙相望，萬里見憂獨」，更凸顯蘇李情誼之篤厚，讀之令人惻然。再舉〈明妃〉：

> 漢帝惜豔色，明妃出後宮。曲中留哀怨，橫塞詩人胸。蔦
> 蘿隨蔓引，性本異貞松。眾口不瑕疵，多憐所遇窮。若使
> 太孫見，安知非女戎？昭陽為禍水，豈讓傾城容？

明妃為漢元帝宮人王嬙，字昭君，南郡秭歸人。出塞和親，入匈奴，妻呼韓邪單于，號寧胡閼氏；呼韓邪死，子復株絫若鞮單于立，復妻之，卒葬匈奴。〔註82〕晉時避司馬召諱，改為明君，亦稱明妃。〔註83〕

〔註80〕見於梁蕭統編《文選》卷二九雜詩上，有〈李少卿與蘇武三首〉；卷四一書上，有〈李少卿答蘇武書一首〉，此書其真偽問題向來頗有爭論，今人多傾向於認定偽作，華正書局，民國71年11月。

〔註81〕王維〈李陵詠〉見於《全唐詩》卷一二五，第二冊，頁1251；李白〈蘇武〉見《全唐詩》卷一八一，第三冊，頁1847；劉灣〈李陵別蘇武〉見《全唐詩》卷一九六，第二冊，頁2012。文史哲出版社。

〔註82〕有關王昭君之史料，可參見班固《漢書》卷九〈元帝紀第九〉頁297，及卷九十四下〈匈奴傳第六十四下〉頁3807；范曄《後漢書》卷八十九〈南匈奴列傳第九十九〉，頁2941，鼎文書局。葛洪《西京雜記》〈畫工棄市〉，蔡邕《琴操》卷六〈怨曠思維歌〉等。

〔註83〕梁蕭統編《文選》卷二十七石季倫〈王昭君詞一首〉序言：「王明君者，本是王昭君，以觸文帝諱改為。」頁393。

　　本詩論昭君名節，並貶之爲女戎、禍水之類，一反前人之見。起四句言昭君出塞和親，曲中哀怨，觸發後代詩人共鳴而訴諸吟誦；次四句言昭君名節可議，喻爲「蔦蘿隨蔓引，性本異貞松」，後人但憐其遭遇，未加指責；末四句設言昭君留置後宮，則若非「女戎」，亦爲「禍水」，將以其美色貽害社稷。

　　此詩爲五言古詩，運用譬喻與典故，凸顯主題，以「蔦蘿」喻昭君，以「貞松」喻女人節操；結以成帝寵愛趙飛燕之典故比諸昭君若留後宮亦然，運用兩反詰語氣貶斥昭君，推翻陳見，別出新意。

　　昭君出塞和親，身世堪憐，自漢以來，歷代歌詠不絕，約有數百首之多，然各代騷人墨客，因時代與觀點不同，對同一題材所詠之主題互異，可分辭漢、跨鞍、和親、望鄉、客死、哀紅顏、斬畫工等類。〔註84〕如李白〈王昭君〉：「生乏黃金枉圖畫，死留青冢使人嗟。」對悲劇命運之慨嘆；杜甫〈詠懷古跡五首〉之三：「千載琵琶作胡語，分明怨恨曲中論。」抒發怨恨之情；白居易〈昭君怨〉：「自是君恩薄如紙，不須一向恨丹青。」〔註85〕爲受屈抒憤，其他不勝枚舉，但均不出「怨」之範圍。方苞此詩卻一反常說，獨發議論，勇於翻案，清謝章鋌評之曰：

> 其詠明妃云：蔦蘿隨蔓引，性本異貞松。若使太孫見，安知非女戎。夫明妃爲漢和親，當時邊臣重臣皆當爲之減色，今乃貶其非貞松，又料其爲禍水，深文鍛鍊，不亦厚誣古人乎？太眞固不無可議，忽連明妃而抵之渾水之中，牆茨、新臺等語，翁夢旂之附會師說，尤可笑也。〔註86〕

〔註84〕見邱燮友〈歷代王昭君詩歌在主題上的轉變〉一文，收於陳鵬翔主編《主題學研究論文集》，頁368，東大圖書公司，民國72年11月。

〔註85〕以上三首詩均見於《全唐詩》，卷一六三李白〈王昭君〉，第三冊，頁1691；卷二三○杜甫〈詠懷古跡五首〉之三，第四冊，頁2511；卷二十三白居易〈昭君怨〉，第一冊，頁297。

〔註86〕謝章鋌《賭棋山莊筆記》稗販雜錄卷一〈望溪遺詩〉頁2492，文海出版社。又周作人承其說，〈談方姚文〉云：「今查望溪集外文卷九有詩十五首，詠明妃即在其內，蓋其徒以爲有合於載道之義，故存

王昭君和親，後世詩人各就其所處之社會現象、時代背景、詩風趨向
之不同，依史事而發爲詩歌，必然各有其情思理趣。〔註87〕而方苞從
「厚人倫，美教化」之觀點論詩，斥其既爲漢元帝宮女，遠嫁匈奴，
又爲兩代單于之妻，其說誠不辨匈奴之風俗，昭君身不由己也。〔註88〕
方苞未加詳察，以此諷之，似有未當。歷代文人多憐昭君身世，未嘗
以貞節指責，甚至極力保全其名節，〔註89〕是故「眾口不瑕疵」，同情
其犧牲，肯定其功績，似較合人情。

又如〈嚴子陵〉：

> 君臣本朋友，隨世分污隆。先生三季後，獨慕巢由蹤。眞
> 主出儒素，千秋難再逢。故人同臥榻，匪直風雲從。孤高
> 一身遠，大猷千古空。豈伊交尚淺？將毋道未充！臥龍如
> 際此，焉敢伏隆中。

之歟。谿刻之說原是道家本色，罵王昭君的話也即是若輩傳統的女
人觀，不足深怪。唯孔子說女子與小人難養，因爲近之則不遜，遠
之則怨，具體的只說不好對付罷了，後來道學家更激烈卻認定女人
是浪而壞的東西，方云非貞松，是禍水，是也。這是一種變質者的
心理，郭鼎堂寫孟子輿的故事，曾經這樣的加以調笑，我覺得孟君
當不至於此，古人的精神應該還健全些，若方望溪之爲此種人物則
可無疑，有詩爲證也。中國人士什九多妻，據德國學者記錄云佔男
子全數的六十餘，（我們要知道這全書裡包含老頭子與小孩在內），
可謂盛矣，而其思想大都不能出方君的窠臼，此不單是一矛盾，亦
實中國民族之危機也。」《周作人全集》第三冊，頁249，藍燈文化
事業公司。

〔註87〕同註84，邱燮友云：「王昭君和親，烏孫公主遠嫁、蔡琰入胡後被贖
回，都是漢代發生的史事，爲古今詩人所愛詠的資料，但在主題上
的變化，十分細微而有趣。大抵後世就其所處的社會現象、時代背
景、詩風趨向，就史事而發爲詩歌，各有其情思理趣，爲世人所樂
於傳誦。」頁375。

〔註88〕范曄《後漢書》卷八十九〈南匈奴傳第七十九〉云：「及呼韓邪死，
其前閼氏子代立，欲妻之，昭君上書求歸，成帝勅令從胡俗，遂復
爲後單于閼氏焉。」頁2941，鼎文書局，民國70年4月。

〔註89〕黃綮琇〈王昭君故事的演變〉云：「昭君的故事雖然發生在一千九百幾
十年前，而且傳說又如此的多，但是，如我上文那樣以時代去找尋，
我們可以找到昭君故事的演變是有連續性的，這連續性的唯一的原因
是一般人都想替她保全名節。」見於《主題學研究論文集》，頁94。

嚴子陵即嚴光，字子陵，名遵，東漢會稽餘姚人。少有高名，與光武帝劉秀同遊學。及光武即位，乃變名姓，歸隱富春山，以耕釣為樂，後人名其釣處為嚴陵瀨。年八十，終於家。〔註90〕

　本詩旨在論賢君當政，良機不可失，以貶斥嚴光隱居之非。前半述嚴光與光武帝之交情，首二句直言二人「本朋友」之情誼，次四句分述各人行事，一是效慕巢父、許由，以耕釣為樂之隱者，一是千載難逢，有儒者素行之賢君，「故人」二句凸顯交情之深厚，據《後漢書‧嚴光傳》云：「復引光入，論道舊故，相對累日。……因共偃臥，光以足加帝腹上。明日，太史奏客星犯御坐甚急。帝笑曰：『朕故人嚴子陵共臥耳。〔註91〕』」同榻共眠，友情親密，非僅尋常君臣遇合而已。後半論嚴光不該隱居不仕，以此情誼，復逢賢君，豈可因成就自身「孤高」之志，而任「大猷」轉成「千古空」耶！此豈二人「交尚淺」？非也，毋乃嚴光「道未充」耳！末二句以諸葛亮比之嚴光，必不以穩居為高，貶責嚴光不仕之非也。

　此詩為五言古詩，前半直據本傳運筆，後半以議論揭示題旨，「豈伊交尚淺，將毋道未充！」一反詰，一論斷，意寓其中。末以諸葛亮作喻，一則羨慕嚴光得遇賢君，一則指責嚴光隱居不仕，錯失良機，委婉而含蓄。此詩方苞採旁觀立場，以評論語氣論斷古人行事之是非，依齊益壽先生之分法，可歸為「史論型」〔註92〕詠史詩。

　嚴光為東漢隱士，孤高自潔，不趨炎附勢，不慕榮華利祿，素能觸動後世詩人心靈，而吟詠其事蹟，贊頌其為人，仰慕其高節，如方干〈題嚴子陵祠〉：「物色旁求至漢庭，一宵同寢見交情。先生不入雲臺像，贏得桐江萬古名。」杜荀鶴〈經嚴陵釣臺〉：「蒼翠雲峰開俗眼，

〔註90〕有關嚴光之史料，可詳見范曄《後漢書》卷八十三逸民列傳第七十三〈嚴光傳〉，頁 2763～2764，鼎文書局。
〔註91〕同註90。
〔註92〕齊益壽〈談六朝詠史詩的類型〉，中華文化復興月刊第十卷第四期，頁 11、12，民國 66 年 4 月。

泓澄煙水浸塵心。唯將道業爲芳餌，釣得高名直至今。」〔註93〕均就
正面詠讚其高風亮節之人品。方苞此詩，自出機杼，別出新意，翻前
人一味讚美之案，反對嚴光消極隱居不仕，提出積極之入世觀。清謝
章鋌評之曰：

> 其詠嚴子陵云：豈伊交尚淺？將無道未充！臥龍當此際，
> 焉敢伏隆中。夫子陵之不出，即少與諸君比肩事主，今老
> 而爲客所不能也之意，其始原是負氣，然其心實未嘗忘天
> 下，彼蓋見西漢之末，新莽之時，人倫道盡，揚雄、劉歆
> 之徒接踵於世，思以其高風峻節，力挽頹俗，足加帝腹，
> 羊裘垂釣，皆有意爲之，非長傲以鳴高也。惟光武深知其
> 意，曰相助爲理，曰狂奴故態，蓋兩心相照久矣。觀其對
> 侯霸數語，此豈山林枯槁者之言哉？卒之風氣一轉，名節
> 相望，黨錮之傳，照耀千古，非子陵提倡之力歟！望溪乃
> 以武侯相律，而疑其道之不充，何足以知古人哉？〔註94〕

夫漢光武帝對嚴光知之最深，據《後漢書》逸民列傳〈嚴光傳〉
得知，光武帝即位後，思其賢，遣人四處尋訪，見一男子披羊裘釣
澤中，即知爲嚴光，乃備安車玄纁聘之，三反而後至，舍於北軍，
太官朝夕進膳，待之甚厚。光武帝曾親駕其館，嚴光卻臥不起，眠
不應，良久，乃曰：「昔唐堯著德，巢父洗耳。士故有志，何至相迫
乎？」復引嚴光入，論道舊故，相對累日，因共偃臥，並以諫議大
夫授之，足見二人交情非比尋常，既爲密友，又可爲君臣，若能攜
手合作，戮力國事，後世將傳爲美談，無奈嚴光不肯屈就，歸耕家
園，垂釣爲樂，蓋光武帝深知其志，故不敢以仕屈之。〔註95〕謝氏

〔註93〕二詩分見《全唐詩》第十冊，卷六五三，頁 7505，及卷六九三，頁
　　　　7981。
〔註94〕同註86，頁 2941～2492。然其中引方苞之詩字句有誤，如「無」應
　　　　作「毋」，「當此際」應作「如際此」爲是。
〔註95〕《方苞集》卷五〈書曹太學傳後〉云：「蓋一代之風教，常視乎開國之
　　　　君。漢光武帝不敢以仕屈嚴光，……即是二者，固足以振一代之士氣，
　　　　而使之不苟於自待矣。然二君之能此，則有本焉。光武微時，嘗從師
　　　　受經，……所以啓沃其心，而使知風教之爲重也素矣。」頁 126。

謂嚴光不出，「其始原是負氣，然其心實未嘗忘天下，彼蓋見西漢之末，新莽之時，人倫道盡，揚雄、劉歆之徒接踵於世，思以其高風峻節，力挽頹俗。」此說與宋黃庭堅〈題伯時畫嚴陵釣灘〉：「平生久要劉文叔，不肯爲渠作三公。能令漢家重九鼎，桐江波上一絲風。」〔註96〕之意相通，將嚴光之高風亮節與東漢重氣節相聯，爲支擎東漢國運之主力，〔註97〕故謝氏云：「卒之風氣一轉，名節相望，黨錮之傳，照耀千古，非子陵提倡之力歟！」持之有故，言之成理。觀乎方、謝二人對嚴光隱居不仕之心跡持論不同，謝氏謂嚴光隱居不仕，乃爲力挽頹俗，成就東漢重氣節之風氣，故將嚴光視爲重氣節之典範；而方苞本詩譏嚴光「道未充」，並以諸葛亮比之，論交情，先主與諸葛亮遇合僅限於君臣，而光武帝與嚴光又增「朋友」情分，豈可罔顧情誼，失之交臂，況光武帝爲一代開國之賢君，豈可錯失良機，隱居不仕耶？此乃就積極入世觀論之，由此可知，二人視嚴光之爲人取向不同，故有相左之見也。

　　方苞〈嚴子陵〉詩末云：「臥龍如際此，焉敢伏隆中」，以諸葛亮作喻，斥責嚴光隱居不仕之非，然則，諸葛亮於〈出師表〉云：「臣本布衣，躬耕於南陽，苟全性命於亂世，不求聞達於諸侯。」〔註98〕自言曾隱居隴畝，是否亦不仕？試看〈孔明躬耕詠懷〉：

　　　　堯禹坐茅茨，憂民瘼心腑。由光偷樂人，安能茹茲苦？
　　　　萬物正熙熙，春陽冒九土。天與解其弢，深耕待禾黍。

全詩言諸葛亮積極入世之心跡。首四句取上古堯、禹和許由、務光作

〔註96〕黃庭堅《山谷全集》卷九〈題伯時畫嚴陵釣灘〉，頁2後半，中華書局四部備要集部。

〔註97〕廖振富《唐代詠史詩之發展與特質》第八章第二節云：「嚴光是唐人詠史常見的題材，本詩指黃庭堅〈題伯時畫嚴陵釣灘〉之妙在於避開正面頌贊其人品高潔之濫調，而將他的高風與東漢重氣節相聯繫，認爲此風一脈相傳是支擎東漢國力的主力，既是睿識，又不乏雋永之味。」頁323，台灣師範大學國文研究所碩士論文，民國78年5月。

〔註98〕陳壽《三國志》卷三十五蜀書〈諸葛亮傳第五〉，頁920，鼎文書局，民國70年12月。

對比，堯、禹憂國憂民，以致「瘁心腑」，許由、務光隱居不仕，貶之為「偷樂人」；末四句表明用世之心，躬耕隱居，以俟良機，積極入世。

　　本詩以「堯、禹」與「由、光」之對比作襯說，一則讚美前者，而以後者為非；再則將諸葛亮之夙志比之堯禹之「憂民瘁心腑」，深意自明。試將此詩與〈嚴子陵〉並讀，可知諸葛亮躬耕僅是俟「機」而作，非真以隱居為志；嚴光卻「機」至而任之流失。誠屬不該。二詩合觀，則方苞積極用世之思想與詩作之命意，尤為顯明。

　　諸葛亮為一賢相，歷代詩人頌其盛名，欽其才智，推其功業，藉以寄託遺恨，抒發感慨，詩篇無數，吟詠不絕。但多從與先主君臣遇合運筆，如李白〈讀諸葛武侯傳書懷贈長安崔少府叔封昆季〉：「魚水三顧合，風雲四海生。武侯立岷蜀，壯志吞咸京。」杜甫〈諸葛廟〉：「君臣當共濟，賢聖亦同時。」竇常〈謁諸葛武侯廟〉：「永安宮外有祠堂，魚水恩深祚不長。」〔註99〕或就推崇事功著墨，如杜甫〈八陣圖〉：「功蓋三分國，名成八陣圖。」及〈詠懷古跡五首〉之五：「諸葛大名垂宇宙，宗臣遺像肅清高。」或著眼於壯志未酬，徒留憾恨，如杜甫〈蜀相〉：「出師未捷身先死，長使英雄淚滿襟。」李商隱〈籌筆驛〉：「徒令上將揮神筆，終見降王走傳車。管樂有才真不忝，關張無命欲何如？」〔註100〕為數殊多，不煩遍舉。方苞此詩不襲前賢，自闢蹊徑，獨攝取諸葛亮躬耕隆中一幕為題材，未刻意摩寫其精神，僅以古人作襯說，一褒一貶，寓意自現，取徑新奇，別樹一幟，不失為佳構。

　　方苞詩作呈現積極入世觀，除前二詩外，亦可於詠陶潛詩再得印證，且看〈詠古二首〉之一：

〔註99〕三詩均見《全唐詩》，李白第三冊，卷一六八，頁1735；杜甫見第四冊，卷二二九，頁2506；竇常見第四冊，卷二七一，頁3032。

〔註100〕以上引詩均見《全唐詩》，杜甫見第四冊，卷二三○，頁2510；及卷二二六，頁2431；李商隱詩見第八冊，卷五三九，頁6161。

陶潛經世人，心不關沮溺。觀其慇春蠶，自待儔禹稷。

日夕芸東皋，憂勤猶運甓。春風沂水情，孔顏宜命席。

本詩直言陶潛懷有濟世之志。起首騰空論斷陶潛爲「經世人」，心志異於「沮溺」，出語驚人，不同凡響。以下各句鎔裁陶潛詩文入詩，如「心不關沮溺」據〈庚戌九月中於西田穫早稻〉：「遙遙沮溺心，千載乃相關。」；「觀其慇春蠶」據〈桃花源記并詩〉：「春蠶收長絲，秋熟靡王稅。」；「自待儔禹稷」據〈勸農〉：「誰其贍之？實賴哲人伊何？時惟后稷；贍之伊何？實曰播植。舜既躬耕，禹亦稼穡，遠若周典，八政始食。」；「日夕芸東皋」據〈歸去來兮辭〉：「懷良晨以孤往，或植杖而耘耔。登東皋以舒嘯，臨清流而賦詩。」；「春風沂水情」據〈時運〉：「邁邁時運，穆穆良朝。襲我春服，薄言東郊。……延目中流，悠想清沂。童冠齊業，閒詠以歸。」〔註101〕等改造而來，末以「春風沂水情，孔顏宜命席」回應題旨。本詩運用典故，如「禹稷」躬稼而有天下；〔註102〕「運甓」勵志勤奮以致力中原，〔註103〕皆暗喻有俟機而起，用世之心。

陶潛歸隱田園，躬耕自資，賦詩自娛，安貧樂道，素有「田園詩人」之美稱。後世贊頌其爲人，追慕其詩風者，不計其數，後代詩人如李白、杜甫和白居易等皆有贊頌之詩句；王維、孟浩然、柳宗元亦受其詩風之薰陶；更有起而效尤者，如白居易〈訪陶公舊宅拜序〉云：

〔註101〕 《陶淵明集》卷三〈庚戌歲九月中於西田穫早稻〉，頁84；卷六〈桃花源記并詩〉，頁167；卷一〈勸農〉，頁25；卷五〈歸去來兮辭〉，頁162；卷一〈時運〉，頁13～14。里仁書局，民國74年4月。

〔註102〕 《論語》〈憲問第四十〉云：南宮适問於孔子曰：「羿善射，奡盪舟，俱不得其死然。禹稷躬稼而有天下。」夫子不答。南宮适出，子曰：「君子哉若人！尚德哉若人！」見於朱熹《四書集注》〈論語〉卷七，頁344。

〔註103〕 房玄齡等《晉書》卷六六〈列傳〉第三十六〈陶侃傳〉云：「侃在州無事，輒朝運百甓於齋外，暮運於齋內。人問其故，答曰：『吾方致力中原，過爾優逸，恐不堪事。』其勵志勤力，皆此類也。」頁1773，鼎文書局，民國72年7月。按：陶潛爲陶侃之曾孫，用此典故於後嗣，更有激勵作用，甚爲貼切。

「余夙慕陶淵明爲人，往歲渭上閑居，嘗有效陶體詩十六首。」〔註104〕蘇軾逐首和陶詩達一百零九篇，以「不甚愧淵明」自許；陸游亦稱「我詩慕淵明，恨不造其微。」〔註105〕其影響之鉅，可見一斑。

試將本詩與杜甫〈遣興五首〉之三相較，且看杜詩：

> 陶潛避俗翁，未必能達道。觀其著詩集，頗亦恨枯槁。
> 達生豈是足，默識蓋不早。有子賢與愚，何其挂懷抱。

〔註106〕

觀此二詩，就內容言，本詩謂「陶潛經世人，心不關沮溺」，一反常規，推陳翻新；杜詩則言「陶潛避俗翁，未必能達道」，橫空論斷，別出新意，同屬翻案，自出機杼。就形式言，體式同爲五古，句數皆八句，用字亦有雷同，如起首言「陶潛」及「觀其」兩句，可見本詩似仿擬老杜之詩風。再與王維〈偶然作六首〉之四並觀，王詩如下：

> 陶潛任天眞，其性頗耽酒。自從棄官來，家貧不能有。
> 九月九日時，菊花空滿手。中心竊自思，儻有人送否。
> 白衣攜壺觴，果來遺老叟。且喜得斟酌，安問升與斗。
> 奮衣野田中，今日嗟無負。兀傲迷東西，蓑笠不能守。
> 傾倒強行行，酣歌歸五柳。生事不曾問，肯愧家中婦。

〔註107〕

二詩同是取材自陶潛詩文，巧妙鎔裁，尋其事蹟，發爲新論。但本詩據其躬耕著眼，塑造爲經世人；王詩卻據其嗜酒引發，塑造爲醉翁高士，蓋作者取向不同，觀點互異使然也。清龔自珍〈舟中讀陶詩三首〉之二云：「陶潛酷似臥龍豪，萬古潯陽松菊高。莫信詩人竟平淡，二分梁甫一分騷。」〔註108〕觀其命意與本詩之觀點同然，均意味陶潛

〔註104〕《全唐詩》卷四百三十，白居易〈訪陶公舊宅并序〉，頁 4740；同卷同頁〈題潯陽樓〉云：「常愛陶彭澤，文思何高玄。」足見效慕之心。

〔註105〕逯欽立柱注《陶淵明集》出版說明，頁 1。

〔註106〕《全唐詩》第四冊，卷二一八杜甫〈遣興五首〉之三，頁 2291。

〔註107〕《全唐詩》第二冊，卷一二五王維〈偶然作六首〉之四，頁 1254。

〔註108〕《龔自珍全集》第十輯〈舟中讀陶詩三首〉之二，頁 521，河洛圖書出版社，民國 64 年 9 月。

有志不獲騁也。歷來謳歌陶潛甚多，不煩遍舉比對，僅略述如上。

　　方苞稱隱逸詩人陶潛爲「經世人」，而對「文起八代之衰，而道濟天下之溺」〔註109〕之韓愈，其評價又若何？且看〈詠古二首〉之二：

　　　　退之豪儁人，省身殊草草。哆口蹈丘軻，爵位苦不早。其
　　　　志則剛強，于經實洞曉。端坐孔庭間，千秋作儀表。自知
　　　　有時明，文書可傳道。

本詩旨論韓愈爲「豪儁人」，有積極入世之志，卻以文書傳道。前四句先褒其爲「豪儁人」，繼貶其省身「草草」，既能張口「丘軻」，卻苦無「爵位」。二揚二抑，雙重進逼，探嘲諷立場，以古人襯說；後四句褒其志氣剛強，洞曉經書，傳道受業，可作後人表率，巧運韓文之意入詩，〔註110〕簡潔清晰；最末以「文書可傳道」回應題旨。本詩以韓愈平生志事作主導，先抑後揚，結以旁觀者作論斷。

　　韓愈胸存大志，有意用世，然卻懷才不遇，未見重用，屢遭貶黜，仕途坎坷，於是抑鬱難伸，牢騷滿腹，常於詩文中自我解嘲，〔註111〕抒發怨憤，寄不平之鳴，終以文書傳道，提倡古文運動，被尊爲唐宋古文八大家之首，後人誦其文，讀其書，作爲文章典範，如歐陽修云：「韓氏之文之道，萬世所共遵、天下所共傳而有也。」〔註112〕方苞則云：「退之、永叔、介甫俱以誌銘擅長。」〔註113〕且方苞每稱引韓愈之言入文，〔註114〕可見於韓愈文章之推崇也。

〔註109〕蘇軾《蘇東坡全集》後集卷十五〈潮州韓文公廟碑〉，頁627，河洛圖書出版社，民國64年9月。

〔註110〕韓愈有〈師說〉、〈進學解〉、〈答李翊書〉等文可見其意。

〔註111〕如作〈進學解〉以自喻自嘲；〈送孟東野序〉發不平之鳴，二文分見韓愈《韓昌黎文集校注》卷一，頁25，及卷四，頁136，華正書局，民國71年2月。〈秋懷詩十一首〉表述憂憤心情；〈三星行〉諧謔中抒發激憤。以上二詩分見《昌黎先生詩集注》卷一，頁124～129，及卷四，頁242，學生書局，民國56年5月。

〔註112〕歐陽修《歐陽修全集》卷三居士集外集二〈記舊本韓文後〉，頁551，華正書局，民國64年4月。

〔註113〕《方苞集集外文》卷四〈古文約選序例〉，頁615。

〔註114〕同註113，〈古文約選序例〉內云：「韓退之云：『漢朝人無不能爲文。』」

　　茲試將〈詠古詩二首〉同讀並觀，言一為「經世人」，一為「豪雋人」，陶、韓皆關心政事，苦無良機，一展長才，惟二人對人生方向之抉擇互異，則一以躬耕為樂，一以文書傳道，觀乎此，知方苞詩作中積極入世之命意自明！二詩皆直言論斷，不落俗套，僅就其行事敘述，不刻意標榜其精神，然二人之性格與志向躍乎紙上，苦非對二人心跡洞察入微，豈能言之哉？

　　最末看〈裴晉公〉：

> 不去為無恥，不言為不忠，正告中興主，漠然如瞽聾，以茲至晚節，心跡有異同。出入任群小，將相如萍蹤，宮庭匿天氛，邊疆多伏戎。宗臣在東洛，夕命朝可通。綠野餘清興，精神已折衝。安敢謀一身，高舉思明農。

裴晉公即裴度，字中立，唐山西聞喜人。貞元進士，憲宗時為宰相，因平亂有功，封晉國公，入知政事，正色立朝，言無不盡，為程异、皇甫鎛所構，罷為河東節度使。穆宗即位，入為中書侍郎、平章事，旋為李逢吉所間，出為山南西節度使。英宗時，復入輔政，帝崩，定策誅劉克明等，迎立文宗，因功高為牛僧孺、李宗閔所忌，出為山南東道節度使，徙東都留守。當時閹豎擅威，搢紳道喪，遂不復有經濟志，乃治第東都集賢里，作別墅號綠野堂，與白居易、劉禹錫觴詠其間。開成三年拜為中書令，年七十六卒，諡文忠。〔註115〕

　　本詩贊頌裴度為一忠臣賢相。首四句言其忠心事君，無不盡言，是中興名臣；五至十句言其所處環境，內有宦官擅權，外有伏戎窺伺，自身又為朝臣所忌，屢起屢罷；再次四句言建綠野堂隱居，宴遊觴詠，最末二句「安敢謀一身，高舉思明農」，對裴度作一評斷。此詩取材

　　　頁 614；又〈退之自言：『所學在辨古書之真偽，與雖正而不至焉者。』〉頁 615。同集卷二《進四書文選表》內云：「唐臣韓愈有言：『文無難易，惟其是耳。』」頁 581，等等皆可為證。

〔註115〕有關裴度之生平事蹟參見劉昫等撰《舊唐書》卷一百七十〈列傳〉第一百二十，頁 4413〜4435；及歐陽修、宋祁撰《新唐書》卷一百七十三列傳九十八，頁 5209〜5220，鼎文書局，民國 70 年元月。

於裴度平生際遇，凸顯詩旨，命意可明。

裴度歷事四朝，出將入相，忠心耿介，身繫天下安危三十年，終因閹豎擅權，力請罷職，其遭遇堪憐。後人歌詠之，如清謝啟昆〈裴度〉：

> 桓桓淮蔡六師臨，一德明良倚賴深。著帽賊難傷相首，非衣謠豈亂君心？兩河將帥占風烈，四國蠻酋望德音。綠野堂高恩眷立，元公柱石曲江吟。〔註116〕

觀此僅就史傳之意，對裴度作一番贊頌，平平敘來，未能發出新意，而方苞本詩，除尋其事蹟外，更能以「安敢謀一身，高舉思明農」揭示己見，可謂略勝一籌矣！

方苞詠史詩另有見於清謝章鋌《稗販雜錄》之〈和趙夢白讀史斷句〉一則：

> 蕭曹志事仍秦吏，管葛君臣變古交。

僅見兩句，謝氏評云：

> 其和趙夢白讀史云：「蕭曹志事仍秦吏，管葛君臣變古交」二句實不得其解，謂其不如古變而下歟！則管葛堂陛交孚始終一體，三代君臣，何以加茲；謂其能復古變而上歟！又與通篇詞氣不類。蕭曹句是又不能致主於王道之說也，不知高祖起椎埋之中，溺儒冠、箕踞，嫚罵魯二生，且不能用，乃欲以正誼明道之說強聒之，蕭曹功名之士，斷不如是迂闊也，且秦吏貪酷苛刻，蕭入關，首收圖籍，約法至簡，曹不擾獄市，與世相休息，此亦大異秦吏之所爲矣。〔註117〕

因詩句未見成篇，僅知上句言蕭何和曹參，下句論管仲和諸葛亮，斷章取義，無法窺探全貌，明其詩旨，故不予置評。

綜觀方苞詠史詩七首，可知所詠皆以歷史人物爲主。就時代言，由漢至唐；就題材言，除王昭君外，有文官韓愈、武將李陵、使節蘇武、

〔註116〕錄自王昭田《詠史詩鈔》，頁148，中庸出版社，民國59年6月。
〔註117〕同註86，頁2492～2493。

賢相諸葛亮及裴度、隱士陶潛和嚴光，遍及各階層人物；就體式言，皆用五古，上二下三，中間一頓，顯得沉凝板重，簡質渾厚；〔註118〕就寫作態度言，除〈擬子卿寄李都尉〉以主觀代蘇武抒情外，餘皆持置身度外之旁觀立場，對人物加以描述與批判；就表達技巧言，常用對比，如鸞鳳與鷹鸇、蔫蘿與貞松、君臣與朋友、堯舜與由光。兼取反問，如「若使太孫見，安知非女戎？昭陽爲禍水，豈讓傾城容？」「豈伊交尚淺？將毋道未充！」「安能茹茲苦？」「安敢謀一身？」等。並加論斷，如「臥龍如際此，焉敢伏隆中。」「春風沂水情，孔顏宜命席。」「自知有時明，文書可傳道。」以揭櫫己見。就命意言，皆顯現積極之入世思想。

　　總之，從方苞詠史詩對人物之取材，內容之取捨，吾人可概見其積極入世，經世濟民之思想甚爲濃厚。所謂言爲心聲，反觀方苞自《南山集》案入獄遇赦後，浮沉宦海三十年，歷經康、雍、乾三朝，屢次提出治世濟民之諫議，皆遭群小奸邪所不容，終以病辭官，回歸故里，今觀其詠史諸作，亦不無「借古人酒杯，澆一己塊壘」之微意存焉。

二、悼亡詩

　　悼亡詩爲追念死者，以志哀傷之詩。方苞詩作中〈展斷事公墓二首〉、〈川姑墓〉、〈將之燕別弟攢室〉及〈輓李餘三方伯三首〉屬之，計有七首，所悼之人皆爲親屬好友，由此可感受其真摯之情誼。試觀〈展斷事公墓二首〉：

> 不拜稱元詔，甘爰十族書。壯心同嶽柱，寒骨委江魚。
> 天壤精英在，衣冠想像餘。拜瞻常怵惕，忠孝檢身疏。
> 高皇肅人紀，義氣愾環瀛。作廟褒余闕，開關送子英。
> 微臣知國恥，大節重科名。嗚咽窮泉路，應隨正學行。

　　此詩爲方苞返鄉省視五世祖方法之墓而作，據〈展斷事公墓小引〉云：

〔註118〕見丁福保《清詩話》內施補華《峴傭說詩》云：「五言古詩，厥體甚尊……以簡質渾厚爲正宗。」頁896。

　　五世祖諱法，中建文己卯鄉試榜，授四川都使司斷事。永
　樂詔至，正告長官曰：「國家以重臣守本司，封疆民社之責，
　視藩臬更重。縱不能興師匡復，可自陷于逆亂乎？」眾以
　爲病癲。欲列其名賀表，以死爭，乃命羈候。尋以正學先
　生十族被逮，舟行至望江小孤山下，忽被朝服，東北向三
　拜，稽首者再，躍入江自沉。解官與有地守者，遍求其屍
　不得，妻子以衣冠招魂而葬。事載欽定明史正學傳。邑有
　專祠，金陵從祀正學祠。〔註 119〕

可知斷事公方法係出方孝孺之門。方孝孺爲海寧人，因其廬名曰正
學，故稱正學先生。明惠帝時爲侍講學士，國家大政輒咨之，燕王兵
起，朝廷討伐詔檄，均出其手，及燕師入南京，被執下獄，成祖即位，
召使草詔，擲筆於地曰：「死即死耳，詔不可草。」遂磔於市，幷滅
十族。〔註 120〕所謂十族者，蓋於宗親九族外，幷及其門人也。方法
中己卯鄉試，即出其門，又因不拜燕王詔，故被羈囚，後自沉於江，
尋其屍骸不得，以衣冠葬之。

　　二詩乃方苞謁墓思人，以寓欽慕之情。其一，詩前半贊頌斷事公
自沉於江之悲壯，首聯敘因不拜燕王詔被羈囚，又以方正學之十族赴
獄，頷聯述其自沉於江，葬身魚腹之痛，以「嶽柱」爲比，喻其高大
之雄心，堅決之志氣；後半言睹物思人，興起敬佩之情，頸聯言其精
神與天地幷存，永垂不朽，末聯以自愧有負先人之遺志作結。全詩先
敘述，後轉抒情，層次井然，情感深厚。

　　其二，前半贊頌明太祖之爲人與義氣，各取「褒余闕」、「送子英」
之例爲證。余闕爲元廬州人，元統進士，至正十三年出守安慶，任都
元帥，淮南行省右丞，與紅巾賊相抗數年，十七年冬爲陳友諒所圍，
次年城破被殺。其爲政嚴明，治軍與士卒同甘苦，有古良將之風，明

〔註119〕《方望溪遺集》碑傳類〈展斷事公墓小引〉，頁 107。

〔註120〕有關方孝孺之史料可參看廷玉等撰《明史》卷一四一〈列傳〉第二
　　　　十九〈方孝孺傳〉，頁 4017，後附〈方法傳〉，4020，鼎文書局，民
　　　　國 71 年 11 月。

初追諡忠宣，立廟忠節坊，命有司歲時致祭，〔註121〕故言「作廟褒余闕」，以證太祖之「肅人紀」。蔡子英，元河南永寧人，至正進士，累官行省參政，元亡，單騎走關中，亡入南山，明太祖求得之，館於儀曹，大哭不止，人問其故，曰：「思舊君爾。」太祖知其不可奪，命有司送出塞，令從故主於和林。方苞嘗言：「蓋一代之風教，常視乎開國之君。……明祖之歸蔡子英於擴廓也，縱敵國之謀臣而不忍傷其義。」〔註122〕故言「開關送子英」，以證太祖之「義氣」。而斷事公之為人，即受太祖此精神之感召。後半再度贊斷事公之節操，雖為小官，而能堅守名節，真無愧師門。

二詩體式均為五言律詩，內容為謁墓思人之作，其寫作方式皆先敘述，後抒情。其一選取斷事公臨終自沉於江之一幕為題材，意在渲染其精神之悲壯，堪為後嗣楷模；其二截取明太祖作襯說，意在突顯斷事公為忠君體國之臣，其犧牲值得歌頌與贊揚。二首相較，其一正面敘述斷事公之事蹟，以贊頌其精神；其二側面褒揚斷事公之節操，詩中稱贊明太祖即是稱贊斷事公，賢臣得侍明君，比正面歌頌更能引人入勝，技高一籌。方苞於先祖中最欽慕斷事公，故特返鄉謁墓，並抒之吟詠，且建家祠於金陵，從斷事公之志名曰「教忠」，中室祀斷事公，而言及每拜斷事公於正學祠，則身心怵然自愧其鄙薄。〔註123〕今讀此二詩，其情更可想見矣。

又如〈川姑墓〉一詩云：

欲踐曹娥跡，孤嫠誰保持？門緌中有變，節孝兩無虧。

七十不環瑱，千秋作表儀。忠魂應少慰，有女是男兒。

川姑即斷事公方法之女，據〈展川貞姑墓小引〉云：

生于四川，族人稱曰「川老姑」。初欲自沉求父屍，以曾許

〔註121〕參見張興唐主編《主史》卷一四三，〈列傳〉第三十〈余闕傳〉，頁1528～1531。國防研究院，民國56年12月。

〔註122〕《方苞集》卷五〈書曹太學傳後〉，頁126。

〔註123〕參見《方望溪遺集》書牘類〈與德濟齋書〉，頁47，及《方苞集集外文》卷八〈教忠祠禁〉，頁772。

盛氏子中止。無奈，盛氏子病死，遂撤環填，侍母，撫二弟。卒年六十有七。邑中烈女祠，母鄭孺人爲首，次貞姑。〔註124〕

川姑於父投江後，亦欲自沉求父屍，因曾許聘盛氏子，不得已中止。無奈盛氏子又死，於是終身侍母守節，直可謂烈女。本詩旨在贊頌川姑之貞節烈行。前半敘川姑之事蹟，起首置喻設疑，取曹娥作比，〔註125〕言雖欲效投江尋父屍，但寡母須奉養，而盛氏子又亡，故以守節奉母，以達「節孝」兩全；後半贊揚川姑自待儉樸，可作後人表率，無辱家門。本詩頌川姑之「節孝兩無虧」，平平敘來，自能感受其敬佩之情。

方苞與兄弟甚爲友愛，平生不忍違離，而死別尤然，且看〈將之燕別弟攢室〉：

> 詰旦將戒徒，獨步登山岡。淚枯不能落，四顧魂飛揚。往時重暫別，而今輕遠行。豈忘岵屺詩，言此裂中腸。死者不可留，何況客死異鄉。家貧無儲蓄，老母甘糟糠。翁性嗜醇釅，客至羞壺觴，所恨爾長逝，出門增恫惶。爾能奉晨昏，細大無遺亡。長兄雖篤謹，不若爾精詳。日夕下山去，身世兩茫茫。

此詩爲方苞二十四歲時所作，將隨師高素侯至京師，〔註126〕時距弟椒塗去世未幾，〔註127〕臨行前夕至停放弟之攢室致悼告別，以志哀慟之情。前十句主要爲抒情，首二句點題，言明朝將離家至京師，臨行前至攢室與弟告別，以下睹物思人，觸景生情，哀傷至極，欲哭無淚，生死殊途，肝腸寸斷，並以《詩經》魏風〈陟岵〉詩表達思念之情意，後十句轉爲敘事，追憶昔日離家時，亡弟生前在家之種種，家

〔註124〕《方望溪遺集》碑傳類〈展川貞姑墓小引〉，頁107。

〔註125〕曹娥係東漢時孝女，父溺於江不得屍，年十四，投江而死。可參見范曄《後漢書》卷八十四列女傳第七十四，頁2794。曹娥事蹟與川姑之遭遇同，取之作喻，甚爲貼切。

〔註126〕《方苞集》附錄一〈年譜〉云：「先生年二十四歲，秋，從高公素侯如京師，館於高公所。」頁869。

〔註127〕同註126云：「先生年二十三歲，春三月四日，弟椒塗卒。」頁868。

貧，老母甘粗食，老父好嗜酒，長兄性篤謹，惟弟能事奉雙親，佐理家務之情景，歷歷在目，彷彿昨日，最末二句總束全詩，寄託慨嘆，「日夕」點明徜徉時間已久，依依不捨而離去，在回程途中，感嘆人事之無常，生死兩茫茫之悽惋。

本詩用語樸質，情感真摯，直抒胸臆，不假藻飾，全詩融景入情，僅將所見所思款款寫來，毫端自然流露感人之情意，詩中引〈陟岵〉表達思親之情，並仿之擬作，言父、母、兄、弟在家情景，以突顯對亡弟之懷念，以曲筆表深情，悲涼淒愴，感人肺腑，婉轉含蓄，耐人咀嚼。

方苞除對親人之亡故，表達綿綿之情意，無盡之哀思外，對好友之追思，亦能流露深情厚誼，無限傷痛，且有〈輓李餘三方伯三首〉：

> 盛夏軒車至，精強倍往時。誰知交手別，永與故人辭？
> 六郡遲膏雨，三吳滿涕洟。衰殘失素友，秋病更難支。
> 金門同載筆，玉壘數遺詩。萬里面如覿，千秋事所期。
> 官移臨震澤，天與鬻離思。再會無私語，劬躬答主知。
> 公既為邦伯，翻稱門下生。自慙無道術，焉敢正師名？
> 抱病仍求益，憂民實至誠。斯人若弦弱，終古志難平。

此三首詩為乾隆十年（1745），方苞時年七十八，為悼念亡友李餘三之輓詩。李餘三，名學裕，洛陽人，雍正五年進士，選庶吉士，翰林院編修，官歷山東、直隸、四川、江蘇，安徽等郡，皆有政績，尤以在江蘇為最，當其遷藩司，蘇人皆曰：「吾民薄祐，雅太守遷閩領，李公復移調，誰其嗣之？」蒞安徽布政使不數月而奄忽，卒於乾隆十年十月望後五日，享年五十有五，工詩及書法。方苞掌武英殿修書事時，曾奏請李氏共編纂，見其小心畏議，好賢樂善，出於至誠，勖之曰：「子公輔之器也，貴仕不足道，能如鄉先輩劉洛陽，更進之為本朝湯睢州，乃無愧於為人。」即散館，李氏出任在外，歲時必通書，乾隆十年六月朔，李氏任安徽布政使，甫入城，即屏騶從過方苞，麥戶而入曰：「吾固知先生避客之深也！吾自獲見於先生，始知所以為

人之道，備官中外幾二十年，自省尚無負於君國，無愧於吏民，皆先生之教也。所懼民隱壅蔽，有過而不自知。今荷聖恩，位邦伯，而適在先生之鄉，故甫入城，未受印篆，而願聞緒論，望先生知無不言！」以政事求教方苞，且通書改用師弟子之稱，方苞固辭，而李氏終不易稱。方苞〈與安徽李方伯書〉曾將所見之積習應革之事直陳李氏，如安徽諸郡吏民所公患，莫若採鐵；舖設總甲以稽竊賊，而爲賊謀主；江置汛地以防大盜，而爲盜窟；宅里立鄉約保正以息爭察訟，而鬥辦繁、壅蔽生。所談皆以國事爲主，不料李氏驟然而逝，方苞嘆曰：「惜乎余之所望於公者，始少見其端倪；聖天子累日積久以灼見其賢，而不獲竟其用也！」〔註128〕足見方、李二人具有深厚情誼，故李氏卒後方苞甚爲傷痛，爲其作墓誌銘及輓詩。

此三詩皆追憶與亡友之交情，以志哀悼。其一言李餘三驟然謝世長辭，內心哀痛不已。前四句敘二人最後會面情形，豈料就此永別。五、六句就李氏言，由百姓之哀傷以顯示其政績，末二句就己言，在老病交迫之下，又逢舊友亡故，情何以堪？其二回憶二人共處情景，曾共事於翰林院編修，分別後又常有詩書往返，互訴衷曲，迨李氏任安徽布政使，二人晤談皆以國事爲主，以突顯李氏爲一賢臣。其三言兩人私情。首聯言李氏身居高位，反而執弟子之禮，不恥下問，頷聯言己無能承受師名，頸聯又言李氏憂國憂民，抱病請益，末聯抒己傷痛之情。三首均爲五言律詩，同訴哀情，而取徑各異，首言最後見面之景，次取共事之時，三述師徒關係，可知二人關係既屬朋友、同事，又爲師徒，以此三層深厚情誼，奄忽而逝，其哀痛之情難以言喻。三首用字樸實，情感眞切，如話家常，而讀之自然惻動人心。

以上七首悼亡詩，分別追悼斷事公、川姑、亡弟及亡友李餘三，包括先祖、家屬及朋友。就體式言，除〈將之燕別弟攢室〉爲五古外，餘均以五律出之；就內容言，對斷事公父女，抒發贊頌與敬佩之情，

〔註128〕方苞與李學裕之交情可由《方苞集》卷六〈與安徽李方伯書〉，頁141，及卷十〈安徽市政使李公墓誌銘〉，頁284，二文中得知。

對亡弟及亡友，抒寫哀痛與悼念之緒，七言皆吐辭淺顯而自然，感情深厚而眞摯，娓娓道來，韻味無窮。

三、行旅詩

　　行旅詩乃詩人離家在外，就旅途中所見、所思、所感而發爲吟詠之詩篇。方苞詩作中〈旅夜〉、〈登泰山絕頂〉、〈赴熱河晚憩谿梁〉、〈薄暮自樅陽渡江赴九華〉、〈池陽道中〉、〈大橋道中〉等屬之，凡六首，從此可探測方苞由外在環境所觸引內心深處之感懷。以下逐一提出，首看〈旅夜〉：

　　　　似此月明好，吾翁應夜遊。柴門猶未掩，懶僕必深愁。

　　　　書罷伯兄困，尊空老母謀。相看問游子；歲宴倘無憂？

本詩旨在抒發遊子思鄉之情。首句由「明月好」起興，旅居在外，面對皎潔之月光，陡然陷入沉思，離情別緒，襲上心頭，猶如李白〈靜夜思〉：「舉頭望明月，低頭思故鄉。」張九齡〈望月懷遠〉：「海上生明月，天涯共此時。」於是由「月」懷「人」，尤其至親之人，以下五句直寫家中景象，思及老父夜遊不歸，懶僕守門，念及長兄夜讀，老母料理家務；末二句反寫家人對己之思念。此詩由對面寫來，設想家中情景，想像父母、兄長在家思念漂泊在外之遊子，其構思與《詩經》魏風〈陟岵〉雷同，而技巧則與杜甫〈月夜〉：「今夜鄜州月，閨中只獨看。遙憐小兒女，未解憶長安，香霧雲鬟濕，清輝玉臂寒。何時倚虛幌，雙照淚痕乾？」〔註 129〕有異曲同工之妙。再與前悼亡詩〈將之燕別弟攢室〉之後半並觀，寫法同出一轍，由此可概見方苞對家人情感之摯熱。

　　〈登泰山絕頂〉

　　　　泰岱千盤上，春霄有路通。垂天雲似翼，浴日海如虹。

　　　　孔子登臨處，吳門匹練中。曾傳七十代，于此告成功。

泰山位在山東省，五嶽之東嶽，古時爲天子祭天之處。方苞本詩旨在

〔註 129〕《全唐詩》卷二二四，第四冊，頁 2403。

抒發登臨泰山絕頂之感。首四句寫景，用「似翼」、「如虹」形容泰山高大壯闊之景象；後四句抒情，在此由登泰山念及孔子登臨泰山之典故，據《韓詩外傳》云：「孔子、顏淵登魯泰山，望吳昌門，淵曰：『見一匹鍊，前有生藍。』子曰：『白馬蘆芻也。』」〔註 130〕故以孔子之道比泰山之高，則孔子與泰山皆能永垂不朽，由此顯現方苞對孔子仰慕之情。此詩朱東田稱曰：「渾雅」，〔註 131〕蓋非虛譽也。

〈赴熱河晚憩谿梁〉：

群山作秋容，蕭然如靜士。月出煙光融，山空疑遠徙。解鞍步河梁，高天淨無滓。儻值身心閒，景物覩尤美。因羨耦耕人，銷聲向雲水。

此詩為方苞於〈南山集〉案後，入值南書房，某年陪侍皇帝至熱河承德避暑山莊，途中夜晚休憩谿梁時作。全詩以寫景為主，屬閒適之作。前四句揭示地點、季節及時間，群山在秋月照耀下，呈現一幅遼闊靜謐之夜景，令人悠然神往。五至八句抒情，逢此佳景，徜徉河梁，身心何等閒適，倍覺景物之美。最末二句抒發內心嚮往之情，願能隱居躬耕，返歸田園生活，正是「即此羨閒逸」〔註 132〕之情。本詩意境清麗敻遠，不刻意雕飾而景色如畫，至於用字，由「靜」、「淨」、「閒」諸字，已可充分感受外在環境與內心世界之安詳靜謐，誠可謂情景交融之佳作也。

〈薄暮自樅陽渡江赴九華〉：

名山似勝友，未見意難忘。即事得餘暇，扁舟下夕陽。閒情戀雲水，浪跡暫家鄉。身世何終極？空嗟去日長。

樅陽位方苞故鄉桐城縣之東南，九華山在安徽南部，為佛教名山之一，本詩即為由樅陽赴九華山途中渡越長江時所作。在江上興起閒

〔註 130〕 韓嬰《韓詩外傳》〈補逸〉，頁 605，叢書集成新編哲學類第十八冊，新文豐出版社，民國 75 年元月。

〔註 131〕 《方望溪遺集》詩賦類〈登泰山絕頂〉，註 2，頁 127。

〔註 132〕 《全唐詩》卷一二五，第二冊，王維〈渭川田家〉：「田夫荷鋤至，相見語依依。即此羨閒逸，悵然吟式微。」頁 1248。

情，難得餘隙得訪名山。前四句點題，以比喻說理起筆，頗為別緻；後四句抒情，以感嘆身世漂泊，辜負大好時光作收。此詩首句將「名山」比之「勝友」，用字新奇；第四句「扁舟下夕陽」，不言夕陽西下，而言夕陽為扁舟所逐，變主動為被動，句法頗為靈動；第五句「閒情戀雲水」即為前首〈赴熱河晚憩谿梁〉：「儻值身心閒，……銷聲向雲水」之濃縮。總之，本詩前六句節奏輕快，中間二聯對仗頗為靈活，全詩情景交融，戀鄉懷舊，讀之餘味無窮。

〈池陽道中〉：

> 追程夜半經池陽，月華正泛天中央。秋空四野群動息，此時造物流英光。
> 雲山蒼茫如夢裡，心魂到處曾栖止。中天事業等浮雲，昔者常迷今悟比。

池陽在陝西省涇陽縣西北。此詩乃夜經池陽有感而作，觸景生情，突發感嘆，吐露真言。前四句寫景，由「月」起興，秋夜四處寂然，惟有皎潔明月高掛天空，照耀大地，興起對人生之醒悟；後半即景生情，情蘊其中，感嘆一生奔波勞碌，未嘗休息，此時頓悟功名事業如浮雲，虛幻無常，不須計較。本詩直抒胸臆，宣洩心聲，大有「實迷途其未遠，覺今是而昨非」之嘆。〔註 133〕

〈大橋道中〉：

> 仲冬日傍午，原野潛春和。浮光映遠林，渺如隔長波。登城疾適已，耳目清羅羅。動息暫自得，身心非有他。乃知二十年，負此時物多。逝將解縶紲，農力南山阿。

本詩亦屬閒適之作。首四句寫景，描繪一幅素淡之天然景緻；次四句言自身感受，心境受外界景物之感染，顯得如此平靜、淡泊；末四句抒情，醒悟辜負時光，吐露歸耕田園之心聲。本詩運用白描手法，「浮光映遠林，渺如隔長波」兩句頗有情韻，顯現閒適自得之情趣。本詩與前〈赴熱河晚憩谿梁〉及〈池陽道中〉二首之思想相通，皆有歸隱之意。

〔註 133〕陶潛《陶淵明集》卷五〈歸去來兮辭〉，頁 160。

　　總之，行旅詩六首皆爲方苞旅羈在外有感而發。就體式言，除〈池陽道中〉爲七古外，五律三首，五古二首；就技巧言，均爲由景入情，情景交融，而句式如「即事得餘隙，扁舟下夕陽」、「月出煙光融，山空疑遠徙」、「浮光映遠林，渺如隔長波」等靈動有情致，用字純爲白描，自然清新，如「閒」、「靜」、「淨」能顯示閒適之心境；就內容言，感受其對家人深厚之情感及隱居田園之熱切期盼，其胸中塊壘時流露於言語外，誠如方苞所言：「余生山水之鄉，昔之日，誰爲羈絏者？乃自牽於俗，以桎梏其身心，而負此時物，悔豈可追邪？」又言：「余生平好山澤之游，而苦不能爲詩。他年若得歸休故里，與梧岡、退谷消遙於名山廣壑間，中有所得，則假二君子之詩以出之，其樂何如！」〔註134〕觀諸詩作，則未必須假他人之手出之矣！

四、酬贈詩

　　古人常於友朋相聚或別離時，用詩歌相互贈答，以抒寫自身與友人之遭遇與感懷，稱之酬贈詩。方苞此類詩作計有四首，即〈市裘歌呈高素侯先生〉、〈柬某人〉、〈送楊黃在北歸〉、〈別葉爾翔〉等，茲略述於下：

〈市裘歌呈高素侯先生〉：

　　西山黃雲鬱壘壘，堀堁冬聲動地起。江東布衣初入燕，虛館空囊氣銷委。故裘禿落不蔽骭，短袖納風中肌理。吾師賜裘裘乃重，意內已若無三冬。涉月層冰壘飛雪，依然項背冷如鐵。吾師分賜金，入市問賈客。一裘頗豐溫，又不失寬窄。更衣緩步過朋游，歸來四體皆和柔。無褐無衣紛布路，男呻女唧誰爲謀？故裘吾翁十年著，與我遠游壯行橐。近聞斷雪棹寒江，多恐無裘意蕭索。附書江東言我煖，吾翁無裘意亦滿。

此首〈市裘歌〉，題爲〈呈高素侯先生〉，高素侯即高裔，宛平人，視

學江南，方苞於康熙二十八年，年二十二，歲試第一，補桐城縣學弟
子員，係出其門，康熙三十年，隨之至京師，寓其所，高公軫其飢寒，
開以德義，督率以爲時文，從遊近十年。方苞曾作〈高素侯先生四十
壽序〉、〈書高素侯先生手札後二則〉、〈高素侯先生墓誌銘〉、〈大理卿
高公墓碣〉，並爲其先祖妣作〈高節婦傳〉，爲其弟章侯之次女作〈秦
仲高墓表〉〔註135〕等，足見師、弟子關係甚爲親密。

　　本詩爲康熙三十年（1691），方苞年二十四，初至京師，館於高公
寓所時，冬酷寒，高公憐其故裘不堪禦寒，贈金市裘，有感而作，呈
獻高公，以抒發感激之情。首二句寫景，描繪北方嚴冬寒風凜冽，塵
土飛揚之景象；次四句敘己初入京師，故裘不堪禦寒；「吾師贈裘」四
句，敘高公賜裘情深意重，但連月冰雪紛飛，依然凍寒，於是高公又
賜金市裘；十五至十八句言新裘十分溫暖，但見沿途受凍之民，興起
惻隱之心；末六句念及家鄉老父無裘受凍情景，欲付書報平安。本詩
爲歌行體，共二十四句，首十句七言，次四句五言，末十句又七言。
一至十四句語意貫串，一氣呵成，以高公賜裘又賜金爲重心，句中用
「重」、「意」字，表情意深重；十五至十八句，頗有老杜〈茅屋爲秋
風所破歌〉：「安得廣廈千萬間，大庇天下寒士俱歡顏」〔註136〕之胸襟，
展現憂國憂民之情懷，末六句運跳躍之筆，由眼前景物移至家鄉，示
現家中景況，詩中兩提「吾師」、「吾翁」，感恩之情，溢於言表。

　　〈柬某人〉：
　　　　之子早通貴，蕭然湖海心。詩情塵外得，禪悅世中深。
　　　　塞草連天白，寒蛩繞砌吟。知君尚幽獨，不畏旅懷浸。
此首以詩代柬，以訴相知之意，未明言何人。首四句言對方，贊其能
超然塵外；五、六句描繪荒涼靜謐之景色；末兩句言己深知對方之心

〔註135〕以上各文依次分別見於《方苞集》卷七，頁205；《方苞集集外文》
　　　　　卷四，頁628及卷七，頁749；《方苞集》卷十三，頁401及卷八，
　　　　　頁232，卷十三，頁379。
〔註136〕《全唐詩》卷二一九，第四冊，頁2309。

境。本詩從對面寫來，設想對方所處之環境與心境，雖句句言對方，猶言句句思念對方，兩心相契，寫景兩句，以視覺「白」和聽覺「吟」交互運用，顯示周遭之遼闊與寂靜，對偶工整，情感含蓄蘊藉。

〈送楊黃在北歸〉：

> 吾衰駒隙短，君去塞雲高。嘉會生難再，離心別後勞。
>
> 風霜隨客路，藥餌仗兒曹。何日還三徑？音書附羽毛。

此詩為方苞晚年送故人楊黃在北歸而作。楊黃在為山西聞喜人，方苞在雍正四、五年間，始交於京師，為點定時文數十篇，且不請而為作序。乾隆十三年，楊氏來訪，〔註137〕方苞年八十一，送之北歸而作此詩。

本詩首四句言己年邁，故人遠離，惟恐後會無期，滿懷惆悵；後四句抒發期盼重逢之殷切。本詩一、六句言己，二、五句言故人，交織運用，以見相思之情；寫景兩句「君去塞雲高」、「風霜隨客路」，雖描故人風霜歸途之景，但令人有陰冷沉重之感，烘托別離心境，一語雙關，情藏於景。末兩句暗用陶潛〈歸去來兮辭〉：「三徑就荒」及蘇武歸漢之〔註138〕典故，婉轉含蓄，情深意濃。

〈別葉爾翔〉：

> 四海故人盡，為君一繫舟。衰殘良會少，謦咳宿心酬。
>
> 八十苦無食，千秋豈暇謀？自慚籌莫助，別後重離憂。

葉爾翔為方苞之故友，嘗推薦其當義學師，〈與陳占咸〉云：

> 古者三老在學。吳門老輩如韓祖昭、葉爾翔，皆精於時文，兼明古學；且人品端正，年近耄而視聽不衰。愚往年曾為道其人，尚記憶否？若延為義學師，實可不愧。望酌之！
>
> 〔註139〕

〔註137〕《方苞集》卷四〈楊黃在時文序〉言二人交情甚詳，頁100～101。

〔註138〕班固《漢書》卷五十四〈李廣蘇建傳第二十四〉內云：「漢求武等，匈奴詭言武死。後漢使復至匈奴，常惠請其守者與俱，得夜見漢使，具自陳道。教使者謂單于，言天子射上林中，得雁，足有係帛書，武等在某澤中。」頁2466。

〔註139〕《方苞集集外文》卷十〈與陳占咸〉，頁797。

葉爾翔爲吳門人，方苞稱讚其爲「精於時文，兼明古學」之儒者，
雖年近八十，尚身強體健，耳聰目明，足以爲師，薦與陳占咸延聘
之。本詩爲方苞與葉爾翔臨別，抒寫離情別緒之作。前半感嘆，老
友喪盡，所存無幾，二人相聚，得償宿願。後半抒情，同情老友窘
境，愛莫能助，重增離愁。由此詩可見方苞晚年與故友分別時，百
感交集，思緒萬千，不禁感傷彼此身世之困阨，及離後之憂愁，依
依之情，不言而喻。

綜上酬贈詩四首，就體式言，除〈市裘歌呈高素侯先生〉爲歌行
體外，餘皆以五律出之；就內容言，或呈恩師以謝饋贈，或柬某人以
訴相知，或送別友人，以抒發惜別之意；就技巧言，以淺顯之語寄深
沉之情，寓慨良深，耐人尋味。

五、應制詩

應制詩乃古代宮廷侍臣和御用文人，應皇帝詔奉而作，或唱和之
詩。內容以歌功頌德、點綴昇平爲主，形式華麗，辭句浮艷，絕少文
學價值。方苞之詩〈十月三十日敬步聖制韻三首〉屬之，移錄如下：

逾紀誠和康濟心，萬邦黎獻涕沾襟。昭哉嗣服能无逸，允
矣操行周不欽。

致愨致哀經禮協，善承善繼孝思深。紹庭上下精誠格，陟
降遙知必鑒臨。

縞素殷憂日萬幾，仔肩懲艾益銜悲。絲綸每布先皇德，億
兆彌深沒世思。

夢覺音容追莫逮，晨昏物候感無時。肫肫大孝尊親志，惟
有于昭在上知。

絕望烏號近七旬，每逢殷奠拊心頻。方虞聖主懷憂過，況
值常年拜慶辰。

恤宅哀誠能動物，敷天感動若思親。吞聲飲泣無終極，負
罪銜恩一具臣。

此詩題〈敬步聖制韻〉者，爲和皇帝之詩，所謂步韻即韻脚同，而前
後次第亦同者。檢索其韻脚，其一「心」、「襟」、「欽」、「深」、「臨」

字,屬下平侵韻;其二「悲」、「思」、「時」、「知」字,屬上平支韻〈悲爲脂韻,思、時爲之韻,知爲支韻,支之脂三韻同用〉;其三「頻」、「辰」、「親」、「臣」字,屬上平眞韻。就其一前二句得知,雍正在位十三年,乾隆繼位,故云「逾紀誠和康濟心」,且雍正於八月崩殂,故云「萬邦黎獻涕沾襟」;就其三首句「絕望烏號近七旬」,推知由八月至十月有近七旬,由此可知,此三詩作於雍正十三年十月三十日,和乾隆皇帝「侵」、「支」、「眞」三韻之詩。其一前半贊頌雍正皇帝之功德,後半歌頌乾隆皇帝繼位;其二稱頌乾隆皇帝克紹先帝遺命,大孝尊親;其三抒己傷痛之情。故三詩爲追念雍正之功德,歌頌乾隆之仁政,抒發爲臣哀慟之情感。最末二句「吞聲飲泣無終極,負罪銜恩一具臣」,似嫌過於低卑,有乞憐之相,故本詩難以窺見眞情。

六、遊覽詩

　　方苞遊覽之作僅〈九日徐蝶園招同郭青嚴劉大山錢亮工顧用方游藥地庵分韻二首〉,此詩爲徐蝶園於重陽節邀方苞及諸朋同游藥地庵,各人分韻而作,錄詩如下:

> 佳節登臨約已頻,漫空無奈雪紛綸。天開晚齋聯游騎,菊飲寒姿悄向人。福地幽偏洵可樂,素交披豁不嫌眞。他年此會應難得,賢達天涯盡比鄰。
> 千秋楓柏擁城闉,一度看來一度新。不借丹黃成繪畫,更教冰雪澡精神。將行暝色頻催句,欲老秋光轉泥人。從此公餘常繫馬,霜華可耐兩三巡。

此二詩均描寫遊覽之樂。以七律爲之,其一韻脚「綸」、「人」、「眞」、「鄰」字,其二韻脚「新」、「神」、「人」、「巡」字,前中「綸」、「巡」爲上平諄韻,餘者爲上平眞韻,眞諄同用,故方苞分得「眞韻」爲詩。將二詩合觀,前半寫景,後半抒情,詩中「菊飲寒姿悄向人」及「將行暝色頻催句,欲老秋光轉泥人」諸句,用轉化筆法,頗爲靈動;「不借丹黃成繪畫,更教冰雪澡精神」句中,「不借……更教」爲虛字承轉之流水對,十分鮮活,語氣有開闔動盪之妙,「雪澡精神」更活用

《莊子》〈知北遊〉澡雪而精神」〔註140〕一語，兩句描繪雪景如畫，令人精神振奮，毫無蕭瑟之感。若將二詩相較，則後者較前者自然清新，韻味無窮。總之，重陽佳節，邀約三五友朋，同遊風景名勝，賞心悅目，飲酒賦詩，洵是可樂。

七、詠懷詩

方苞詠懷詩有〈賃居孫氏水亭〉一首及斷句一則，以抒發內心之情懷。〈賃居孫氏水亭〉詩云：

> 畏途歷盡得安居，白首歸來萬卷書。買取龍潭一溪水，愛
> 他明月映窗虛。

此詩係方苞晚年告歸鄉里，賃居孫氏水亭時作，在詩作中，僅此詩以七絕出之，前二句敘述，感慨人生，歷盡險阻，終得安居，專心著書；後二句借景抒情，表明淡泊、寧靜之心志。「買取龍潭一溪水，愛他明月映窗虛」兩句，讀之有空靈之感，頗得唐人七絕句之神韻，誠屬佳句。

另有原系榜於方苞讀書堂者〈斷句〉一則云：

> 急務莫如存夜氣，衰年尤在惜分陰。

雖僅兩句，但均屬警策之言，發人深省。「存夜氣」暗引《孟子·告子上》云：「平旦之氣，……梏之反覆，則其夜氣不足以存；夜氣不足以存，則其違禽獸不遠矣。」〔註141〕以喻常保清明純淨之心境，故方苞嘗於臥榻前，懸「稍存夜氣，略似人形」〔註142〕一聯；「惜分陰」乃出自《晉書·陶侃傳》云：「大禹聖者，乃惜寸陰，至於眾人，當惜分陰。」〔註143〕故方苞耄期嗜學，猶日有課程，〔註144〕已登八

〔註140〕郭慶藩輯《莊子集釋》卷七下〈知北遊第二十二〉，頁741，華正書局，民國69年10月。

〔註141〕朱熹《四書集注》〈孟子·告子上〉，頁799。

〔註142〕姚永樸《舊聞隨筆》卷四云：「方侍郎嘗於臥榻前，懸聯語以自警曰：『稍存夜氣，略似人形』」，頁479，明文書局，民國75年1月。

〔註143〕房玄齡等撰《晉書》卷六十六列傳三十六〈陶侃傳〉，頁1774。

〔註144〕徐斐然輯《國朝二十四家文鈔》卷二十三〈椒園文鈔·方望溪先生傳〉，頁22，民國12年，上海掃葉山房。

秩,而日坐城北湄園中,屹屹不置,〔註145〕足見方苞為人心境清明,愛惜光陰,故將此榜於讀書堂,藉以自警也。

八、其 他

在方苞詩作中,就其內容無法歸類著,有〈探雉卵〉一首,題下云:「興州兒工探雉卵。」故另作一類,詩云:

巢林猶被毀,況爾迫田中。飲啄神方旺,歸棲卵已空。

伏雛情自苦,聞雛跡偏工。何日行春令,斑斑出短蓬。

此詩為五律,前半就雉鳥設想,將巢築田中,易於遭毀,「飲啄神方旺」為《莊子‧養生主》:「澤雉十步一啄,百步一飲,不蘄畜乎樊中。神雖王,不善也。」〔註146〕之凝縮,後半抒情,興州兒工探雉卵,然方苞所關切者,則何時雉鳥孵出。由此詩可見方苞富有民胞物與之情懷。

九、題 詞

方苞另有〈雲莊西湖漁唱題詞四首〉:

蔚茲雲莊,面湖負岡。與莊上下,雲影天光。一解

君子居之,白傅是師。如雪之潔,悠悠我思。二解

漁唱三百,溯洄古昔。願言式從,以永朝夕。三解

高懷清言,企彼稚川。著書以老,汲井似仙。四解

此皆歌詠西湖風光。其一言西湖景色;其二引白居易作襯說,對西湖作贊頌;其三贊西湖漁唱,可流傳千古;其四抒情言志,抱懷清高,效法葛洪,著書終老。四首寫景抒懷,節奏鏗鏘,音韻和婉。

綜觀方苞諸詩,悼亡、行旅、酬贈、遊覽、詠懷等作,皆本諸性情之正而抒諸吟詠,而詠史詩則能厚人倫美教化,則古創新。今方苞存詩不多,未能蔚成大家,但可想見其詩絕不苟作,語言樸質自然,情思深婉含蓄,流露真情實感,耐於咀嚼,雖非篇篇傑出,然尚不乏佳作,值得吾人吟詠也。

〔註145〕全祖望《鮚埼亭集》卷十七〈前侍郎方公神道碑銘〉,頁204。
〔註146〕郭慶藩輯《莊子集釋》卷二上〈養生主第三〉,頁126。

第五節　詩歌藝術特色

　　由上節對方苞之詩作逐一探究後，足見方苞之詩各類兼備，體式以五古、五律爲多，間有七律，惟七古、七絕甚少，僅各一首而已，然就其所展現之藝術特色言，亦能獨具風味，並與其詩論相互印證，在此歸納四點如下：

一、自出機杼，推陳翻新

　　詩歌貴在有創意，能出新，方苞之詩論中亦主則古創新，門戶可別，今觀其詩作中，頗能體現其詩論，尤以詠史詩爲最。南宋費袞云：「詩人詠史最難，須要在作史者不到處別生眼目。」〔註147〕清吳喬亦云：「古人詠史，但敘事而不出己意，則史也，非詩也；出己意，發議論，而斧鑿錚錚，又落宋人之病。」〔註148〕蓋在面對同一體裁之如林佳作，若欲超越前賢，不落俗套，則須別開生面，自創新意，方能出奇制勝，獨樹一幟。試觀方苞〈擬子卿寄李都尉〉詩，不襲古人同情蘇武或李陵遭遇之陳言，而就二人別後相思之情景著筆，以「寸心遙相望，萬里見幽獨」，突顯真摯情感，別具一格。如詠明妃，翻千古文人憐憫昭君身世之論調，而貶斥其爲女戎、禍水，作驚人之語，發前人所未發；詠嚴子陵，不蹈前人從正面贊頌其高風亮節之人格，反責其坐昧失機，隱居不仕之非；詠陶潛，亦翻歷來嚮往其避世逍遙之見，而稱其爲苦無良機之經世人；詠孔明，摒除歷代就其與先主君臣遇合，或壯志未酬，空留餘恨之體裁，而獨取其早年躬耕隱居，俟機而動之際，取向新穎，異於前人，凡此可知方苞之詠史詩常於史傳之外，另闢新境，以意取勝，見人所未見，言人所未言，換言之，既能概括史實，又能對歷史人物作針砭，不失爲詠史詩之正格，故方苞之詩能自出機杼，推陳翻新，然清謝章鋌云：「詠古之篇，則去風

〔註147〕南宋費袞《梁谿漫志》卷七，《文淵閣四庫全書》第八六四冊，頁738，商務印書館影印。

〔註148〕清吳喬《圍爐詩話》卷三，收在郭紹虞編選《清詩話續編》內，頁558。

雅遠矣！」(註149) 以此貶方苞之詩，審之似欠周延，而妄加臆斷也。

二、吟詠性情，情真意誠

方苞論詩言吟詠性情，有感而發，觀其悼亡詩及酬贈詩，皆發自心靈深處，吐辭為詩，情真意誠，無矯柔造作之態。如追悼五世祖斷事公二首，一就正面述其事蹟，則其精神自現，一就側面頌明太祖為明君，則其節操自現，皆獨抒性情，不假雕琢。詠川姑，直敘其一生之行事，以突顯其貞節孝心，運用純樸之語言，將內心之感受表出。對親人而言，〈旅夜〉抒寫遊子思鄉之情，從對面寫來，設想家中景象，不言己思家人，而寫家人思己之心切，「相看問游子：歲宴倘無憂？」真摯之親情，不言而喻；〈將之燕別弟攢室〉寫遠行前對亡弟之追念，回憶生前種種，娓娓敘來，看似平淡，實蘊藏無限悲傷。對友朋而言，輓亡友李餘三，由最後謀面、共事、請業三層寫來，以見摯友、同儕、師徒數重關係，則其情誼非比尋常，無怪有「衰殘失素友，愁病更難支」、「斯人若弦弰，終古志難平」之感。至於酬贈之作，〈市裘歌〉對高素侯先生感恩戴德之情，溢於言表，由「吾師賜裘裘乃重，意內已若無三多」之語，非但言所賜裘衣之貴重，甚至言此恩情之意重，一語雙關，真情流露；〈送楊黃在北歸〉寫送友人遠離，依依不捨，惟恐後會無期，惆悵滿懷，清深意濃，從「何日還三徑？音書附羽毛」兩句，以見適送別又期相會，大有「別時容易見時難」之感，若非情真意誠，豈能自然宣洩於毫間耶？〈別葉爾翔〉抒臨別感言，就「衰殘良會少」、「別後重離憂」，概見其以淺顯之語，寄深沉之情，凡此皆發自由衷之至誠，詠之於詩篇也。

三、用字清新，句法靈動

方苞之詩，出自胸臆，用字清新，不刻意雕琢，不巧用難詞拗語，讀之自然順暢，句法靈動。運用轉化句法，如「銷聲向雲水」、「扁舟下夕陽」、「菊飲寒姿悄向人」、「欲老秋光轉泥人」、「不借丹黃成繪畫，

〔註149〕清謝章鋌《賭棋山莊筆記》稗販雜錄卷一〈望溪遺詩〉，頁 2491。

更教冰雪澡精神」、「買取龍潭一溪水，愛他明月映窗虛」等，皆將無知之事物，賦予性靈，託之有情，使詩句鮮活靈動，饒有生趣。善用譬喻句法，如「漠然如瞽聾」、「將相如萍蹤」、「蕭然如靜士」、「名山似勝友」、「斯人若弦弩」、「渺如隔長波」、「雲山蒼茫如夢裡」、「垂天雲似翼，浴日海如虹」等，能化抽象為具體，使事物之形象益鮮明生動。常用設問句法，如「安知非女戎？」「豈讓傾城容？」「豈伊交尚淺？」「身世何終極？」「何日還三徑？」「誰知交手別，永與故人辭？」「自慙無道術，焉敢正師名？」「八十苦無食，千秋豈暇謀？」「由光偷樂人，安能茹茲苦？」「相看問游子，歲宴倘無憂？」「無褐無衣紛布路，男呻女唧誰為謀？」等，增強詩之震撼力，造成餘韻無窮。

四、觸景生情，情景交融

《文心雕龍、神思》云：「登山則情滿於山，觀海則意溢於海。」蓋詩人常能觸景生情，情景交融，終至物我合一之境界。試觀方苞之詩中，亦將眼前之景融於情感中，如〈赴熱河晚憩谿梁〉，見「群山作秋容」、「月出煙光融」、「高天淨無滓」之景，而興起「因羨耦耕人，銷聲向雲水」之情，恬淡閑適，情景交融；〈薄暮自樅陽渡江赴九華〉，見「名山」、「夕陽」、「雲水」之景，而有「去日長」之嗟嘆；〈池陽道中〉，見「月華正泛天中央」、「秋容四野群動息」、「雲山蒼茫如夢裡」之景，而生「中天事業等浮雲，昔者常迷今悟此」之覺；〈大橋道中〉，見「原野潛春和」、「浮光映遠林」之景，而有「負此時物多」之悔；〈登泰山絕頂〉，見「泰岱千盤上」、「垂天雲似翼，浴日海如虹」之氣勢，念及孔子「曾傳七十代，于此告成功」之情，凡此皆由景生情，達到情景交融之境地。

總之，方苞詩歌之特色，有自出機杼，推陳翻新；吟詠性情，情真意誠；用字清新，句法靈動；觸景生情，情景交融，以展現其獨具之風味也。

第四章　方苞之時文

　　明代科舉考試以八股文取士，有清一代，承其餘緒，以爲國家拔擢人才之具，亦爲文人晉身入仕之階，故人人以科舉爲務，學作八股文。所謂八股文，又稱時文、制藝、制義、時藝、八比文、四書文等。方苞生於清初，自幼習之，長而用此授徒，糊口四方，以時文名天下，，〔註1〕號稱「江東第一能文之士」，〔註2〕爲當時所推重，惜其作品至今未傳，無法洞悉全貌，在此就其時文取徑、理論、作品及風格述之。

第一節　時文取徑

　　方苞每言自幼學於父兄，然其父仲舒棄時文而言詩，〔註3〕故方苞之時文，多得自長兄之教導，及入京師，又獲師友之督責與切劘，時文日進，茲就其時文取徑，分述於下：

一、鎔經液史

　　方苞六、七歲時，即與兄舟同臥起，課以章句，內有保母之恩，

〔註1〕劉聲木《桐城文學淵源考》卷二，頁103，黃山書社，1989年12月第一版。
〔註2〕《方苞集集外文補遺》卷一〈記時文稿興於詩三句後〉云：「海寧許公視學江左，時余在京師。公遺宛平高公書，稱爲江東第一能文之士。」頁809。
〔註3〕《方苞集集外文》卷四〈跋先君子遺詩〉云：「先君子自成童，即棄時文之學，而好言詩。」頁627。

外兼師傅之義，[註4] 故時文之習作，皆由其兄所教導，〈與韓慕廬學士書〉云：

> 苞自童稚，未嘗從黨塾之師，父兄命誦經書，承學治古文。及年十四五，家累漸迫，衣食不足以相通，欲收召生徒，賴其資用，以給朝夕，然後學爲時文。[註5]

自言童稚時，未從「黨塾之師」，即師於父兄，尤以長兄爲多。稍長，迫於家計，學爲時文，欲以此招收生徒。〈兄百川墓誌銘〉云：

> 年十四，侍王父于蕪湖。踰歲歸，曰：「吾鄉所學，無所施用。家貧，二大人冬無絮衣。當求爲邑諸生，課蒙童，以贍朝夕耳。」踰歲，入邑庠，遂以制舉之文名天下。慕廬韓公見之，嘆曰：「二百年無此也。」自以時文設科，用此名家者僅十數人，皆舉甲乙科者。以諸生之文而橫被六合，自兄始。一時名輩皆願從兄遊，而兄遇之落落然。[註6]

自幼家貧，兄舟自覺向所學之經書、古文，無法賴以營生，遂學爲時文，時時自爲之，以課方苞，期年而見者盡駭，以試於有司無不擯，[註7] 故爲諸生，則以制舉之文名天下，韓慕廬見之，稱其「二百年無此」也，並爲其時文作序，韓氏〈方百川文序〉云：

> 康熙庚午秋，余讀方子靈皋遺卷而歎其才，……既靈皋來見，言實師事其兄百川，而學爲文有年矣。因出百川文視余，鎔經液史，縱橫貫串而造微入細，無一句字不歸於謹，而靈皋意度波瀾之所以然，皆所自出，不誣也。歲丁丑，例選貢士入太學，余言於學使者樸園學士，昔家文公薦士於陸祠部凡十人，僕所薦者百川一人耳，十人不多，而僕之一人不少也。書未達而百川試已第一，然不及貢，既大合諸縣士而覆校之，復第一。學士乃張樂置酒延入，謂曰：「吾覿面而失子，吾過矣，然以子之才，何所不諧，吾當

[註4] 《方苞集集外文》卷五〈與慕廬先生書〉，頁673。
[註5] 《方苞集集外文》卷五〈與韓慕廬學士書〉，頁671。
[註6] 《方苞集》卷十七〈兄百川墓誌銘〉，頁496。
[註7] 《方苞集》卷四〈儲禮執文稿序〉，頁95。

資子以之大學行矣，勉之。」〔註8〕

此言方舟之時文「鎔經液史，縱橫貫串而造微入細，無一句字不歸於謹」，極欲薦之，然其試已第一，又獲樸園學士之召見，願資之大學行，足見其時文爲當時名士之器重。而方苞之時文，亦爲韓公所稱許，乃實師事於其兄，故方苞善學其兄也。《上元縣志》云：

> 方舟，字百川，桐城縣人，寄籍金陵，甫冠，通諸經，博涉子史，其時文指事類情，羽翼經傳，宗伯韓公菼見而歎曰：「此於三百年作者之外，自成一家者也。」是時諸生有文名天下者，惟舟與金壇王汝驤，北平李剛主表其墓曰：「孝友江鄉之望，文章海內之師。」〔註9〕

方舟之時文，異於同輩所爲，因博通諸經及子史，故所作之時文，能「指事類情，羽翼經傳」，甚受「國朝制義第一」〔註10〕之韓菼所稱贊，李剛主亦美其爲「文章海內之師」。《皖志列傳稿》亦云：

> 方舟，……家貧，召徒博饗飧，人以其言闊闊，皆迂誕之，無應者，乃與苞學爲時文。時文於明季，有金聲、黃淳耀、陳子龍，入清則熊伯龍、劉子壯、李來泰，號稱有風骨，而方氏昆季，尤能用韓歐之神理，納諸尺寸，遂爲干祿者所重，其後乃有武進管世銘，三人者號爲清代時文正宗極軌。〔註11〕

因家貧，召生徒以謀衣食，原無應者，轉而學爲時文，用「韓歐之神理，納諸尺寸」，方爲當時求舉業者所重，兄弟二人與管世銘，皆被推爲「清代時文正宗極軌」，足見是時享盡盛名。然而方舟爲諸生，自課試外，未嘗爲時文，同學二三君子曾刊其課試文曰《自知集》者

〔註8〕韓菼《有懷堂文稿》卷五〈方百川文序〉，頁14，康熙四十二年刊本。

〔註9〕陳栻纂《上元縣志》卷十六〈文苑〉，頁1254，清道光四年刊本，中國方志叢書華中地方江蘇省第四四七號，成文出版社影印，民國72年3月。

〔註10〕梁章鉅《制義叢話》卷九〈四勿齋隨筆〉云：「國朝制義自以韓慕廬宗伯爲第一。」頁314，廣文書局，民國65年3月。

〔註11〕金天翮撰《皖志列傳稿》卷二〈方舟〉傳，成文出版社，民國55年至民國59年。

行於世。〔註12〕故陳鵬年云:「自用時文舉甲乙科,以諸生之文而爲海內所誦法,人知其名,家有其書者,惟桐城方百川先生。」〔註13〕方苞云:「獨其時文爲二三同好所推,遂浸尋流播於世,至於今而海內之學者,幾於家有其書矣。」〔註14〕清末馬其昶亦云:「先生以諸生終,而所爲時文,自其同時以迄沒後二百餘年,天下學子皆誦習之。」〔註15〕諸言皆不虛也。

　　方舟謂「古之爲言者,道充於中而不可以已也。」〔註16〕惜不幸早世,故其所講明於事物之理而求以濟用者,既未嘗筆之於書,〔註17〕僅遺出於課試之文,流傳四方,後人常置一編,或供把賞玩味,或取之爲師法,汪師韓〈方百川先生經義序〉云:

　　　百川先生命不稱才,英年早世,其遺文僅經義六十八首,
　　　余於舉子業拋棄日久,顧獨喜誦先生文,行役宦遊,常置
　　　一編行笥,暇輒取而玩味,茲以政事之餘,別爲評點,凡
　　　向用八股之說稱許者,概從刪削,惟恐世之學者,猶以時
　　　文視先生文也。〔註18〕

汪氏雖不應舉,尚能於「行役宦遊」之際,常「取而玩味」,並爲之評點,而不以時文視之,概見喜誦之一斑。彭紹升〈汪子制義敍〉云:

　　　我朝諸生中以經義名家者,推百川方先生,方先生抗心希
　　　古,不屑屑于流俗,閒發而爲文,其思深以長,其音悲以
　　　渺,其志士之心聲,與吾友汪子大紳亦老諸生也,少爲文,
　　　從方先生入。〔註19〕

〔註12〕《方苞集集外文》卷四〈刻百川先生遺文書後〉,頁631。
〔註13〕陳鵬年《道榮堂文集》卷六下〈方百川先生墓碣〉,頁27。
〔註14〕同註7,頁96。
〔註15〕馬其昶《桐城耆舊傳》卷八〈方百川劉古塘二先生傳弟八十六〉,頁432。
〔註16〕同註12,云:「苞每遠遊歸,出所爲詩歌古文及詁經之言相質,先兄亦不喜,曰:『古之爲言者,道充以中而不可以已也。汝今自覺不能已乎?』」
〔註17〕同註14。
〔註18〕汪師韓《上湖文編補鈔》卷上〈方百川先生經義序〉,頁29～30。
〔註19〕彭紹升《二林居集》卷六〈汪子制義敍〉,頁9,清光緒七年刊本。

方舟被尊為清朝諸生中之經義名家，稱其「抗心希古」，異於流俗，且言其思「深以長」，其音「悲以渺」，乃汪大紳少時為文之入門。其後鄭燮在〈儀真縣江村茶社寄舍弟〉之家書中亦云：

> 先朝董思白，我朝韓慕廬，皆以鮮秀之筆，作為制藝，取重當時。思翁猶是慶曆規模；慕廬則一掃從前，橫斜疏放，愈不整齊，愈覺妍妙。二公並以大宗伯歸老於家，享江山兒女之樂。方百川、靈皋兩先生，出慕廬門下，學其文而精思刻酷過之；然一片怨詞，滿紙悽調。百川早世，靈皋晚達，其崎嶇屯難亦至矣，皆其文之所必致也。吾弟為文，須想春江之妙境，挹先輩之美詞，令人悅心娛目，自爾利科名，厚福澤。〔註20〕

此謂方舟兄弟皆出於韓公門下，善學韓公之文而「精思刻酷」過之；且「一片怨詞，滿紙悽調」，勉其弟應汲取先輩之美詞，以利於科舉。又於〈濰縣署中與舍弟第五書〉云：

> 無論時文、古文、詩歌、詞賦，皆謂之文章。今人鄙薄時文，幾欲摒諸筆墨之外，何太甚也？將毋醜其貌而不鑑其深乎！愚謂本朝文章，當以方百川制藝為第一，侯朝宗古文次之；其他詩歌辭賦，扯東補西，拖張拽李，皆拾古人之唾餘，不能貫串，以無真氣故也。百川時文精粹湛深，抽心苗，發奧旨，繪物態，狀人情，千迴百折而卒造乎淺近。朝宗古文標新領異，指畫目前，絕不受古人羈絆；然語不道，氣不深，終讓百川一席。憶予幼時，行匣中惟徐天池四聲猿、方百川制藝二種，讀之數十年，未能得力，亦不撒手，相與終焉而已。〔註21〕

鄭燮將時文與古文、詩歌、詞賦等同視之為文章。推方舟之制藝為清朝文章之冠，言其時文「精粹湛深，抽心苗，發奧旨，繪物態，狀人情，千迴百折而卒造乎淺近」，推崇備至，深中表裡，洵為知言，非

〔註20〕鄭燮《鄭板橋全集》家書類〈儀真縣江村茶社寄舍弟〉，頁342～343，漢聲出版社，民國62年3月。
〔註21〕同註20，〈濰縣署中與舍弟第五書〉，頁400。

惟阿其所好耶？乃由於自幼行匣中，時置方舟之時文，讀之數十年，尚自認「未能得力」，將「相與終焉」，故能發出此語。龔自珍亦於〈三別好詩〉有序云：

> 余於近賢文章，有三別好焉，雖明知非文章之極，而自髫年好之，至於冠益好之。茲得春三十有一，得秋三十有二，自撰造述，絕不出三君，而心未能舍去。以三者皆於慈母帳外燈前誦之，……吾知異日空山，有過吾門而聞且高歌，且悲啼，雜然交作，如高宮大角之聲音，必是三物也。〔註22〕

龔氏自謂有「三別好」，乃指吳駿公《梅邨集》、方百川《遺文》、宋左彝《學古集》三者，自幼好之，既冠益好之，至今已逾而立之年亦未能捨去，將來歸隱亦伴之，並各系以詩，於〈方百川遺文〉詩云：「狼藉丹黃竊自哀，高吟肺腑走風雷。不容明月沈天去，卻有江濤動地來。」豈虛譽哉？

> 方舟雖以時文見稱，然其胸中所積蘊者，有待而未發，嘗言：
> 世士苟有論述以欺並世愚無知人特易耳，求其精氣之久而不亡，暉光之日新而不晦蝕，非所受之異而積終身之力以盡其才，未可以苟冀也。吾與汝幸年少，當更以數年經紀衣食，使諸事略定；然後結廬川巖，以二十年圖之，或可自澤其有能所立否耳。〔註23〕

可知方舟自謂尚年少，欲「積終身之力以盡其才」，待二十年後，衣食無缺，將與弟結廬川巖，專心著述，以求其「精氣之久而不亡」，「暉光之日新而不晦蝕」也，豈料中道而摧之，世人僅見其時文而已。據方苞〈與慕廬先生書〉云：「閣下所知，獨先兄課試之文耳，此最所不措意也。其少之所蓄，蓋將以萬物之不被其功澤為憂。其於文章，蓋不得已而託焉耳。」〔註24〕言其時文雖為世所宗，而得

〔註22〕龔自珍《龔自珍全集》第九輯〈三別好詩〉有序，頁466，河洛圖書出版社，民國64年9月。
〔註23〕同註4，頁674。
〔註24〕同註23。

其意者實寡，然其發之必有為，即所謂「道充於中而不可以已」者，故能以諸生之文，一旦橫被於六合，沒世而宗者不衰。〔註25〕其《自知集》未能目睹，但見方苞等奉敕編《欽定四書文》之〈本朝四書文〉收其時文有十一篇，〔註26〕方楘如云：「天子欽定文選標的當時，則百川文列其次焉，即何啻十仞之臺之縣眾閱者。」〔註27〕梁章鉅《制義業話》云：

> 方百川齊景公有馬二段文，後比云：「放懷今古之閒，人之富貴貧賤於其中者，特須臾之頃耳，不獨景公之豪盛而豐饒，不能長留以自恣，即夷齊槁餓，亦會有窮期也。快之須臾而已，與有生同敝矣；忍之須臾而已，與日月爭光矣。君子所以不暇為眾人之嗜好者，誠見乎其大，誠憂乎其遠也。生人不朽之，故與所遭富貴貧賤之適然，亦曾不相涉耳。不獨景公之湮沒而無傳，非千駟足以相累，即首陽高節，亦豈以餓顯也，無可留於千駟之外者，而千駟羞顏矣，有不沒於餓之中者，而餓亦千古矣。君子所以汲汲於後世之人，言者非喜乎其名，乃重乎其實也。」或各刪去股末三句，音節愈高壯蒼涼，余少時讀本即無之。〔註28〕

此題〈齊景公有馬 二段〉，出自《論語‧季氏第十六》，則題目為：「齊景公有馬千駟，死之日，民無德而稱焉。伯夷、叔齊餓於首陽之

〔註25〕同註14。

〔註26〕方苞等奉敕編《欽定四書文》之《本朝四書文》收方舟之文凡十一篇，述之如下：卷一大學有〈心正而后身修二句〉，頁585，及〈貨悖而入者二句〉，頁606；卷二論語上之上有〈道之以政一節〉，頁620；卷三論語上之中有〈歸與歸與一節〉，頁650；卷四論語上之下有〈色斯舉矣一章〉，頁698；卷五論語下之上有〈苟有用我者一節〉，頁723；卷六論語下之中有〈吾猶及史之闕文也一節〉，頁752；卷七論語下之下有〈齊景公有馬千駟一節〉，頁762；卷八中庸上有〈天命之謂性一章〉，頁782；卷九中庸下有〈誠則明矣二句〉，頁860；卷十一孟子上之下有〈夫天未欲平治天下也一節〉，頁871，文淵閣四庫全書第一四五一冊，台灣商務印書館。

〔註27〕方楘如《集虛齋集》之〈百川先生遺文序〉，收在清趙熟典編《國朝文會》內，清乾隆間平河趙氏清稿本。

〔註28〕梁章鉅《制義叢話》，卷十，頁354。

下，民到于今稱之。其斯之謂與？」〔註29〕韓菼評之曰：「悲喜無端，俯仰自失，眞善學史記之文者也。」〔註30〕方苞亦云：「言高指遠，磊落奇偉之氣勃然紙上，學者當求其生氣之所由盛。」〔註31〕

又有〈苟有用我者　一節〉，檀吉甫云：

> 方百川苟有用我者一節文云：「橫覽七十二國之間，凡吾之所見而所聞者，其果何景象也？轉而計之，其朝野皆可以嚴肅而清明，其民物皆可以從容而仁壽，獨不得藉手以告其成功，徒託之坐論而爲旁觀之太息，子亦安能忍而置之度外也，總歷吾生少壯之時，凡所爲若馳而若驟者，徒爲是栖遑矣。回而思之，其志氣方盛，而於事無不可爲；其日月甚長，而於功無不可就，乃失之交臂，而今將遲暮，欲期之異日，且未知天命之何如？予又安能忍而與此終古也。」〔註32〕

此題〈苟有用我者　一節〉，出於《論語・子路第十三》，子曰：「苟有用我者，朞月而已可也，三年有成。」〔註33〕此文方苞評曰：「眞實作用，想望神情，一一併歸言下，評家謂作者將白文涵泳數四，早有一段至文在胸中，不覺下筆即肖，可謂知言。」〔註34〕檀吉甫又云：

> 又吾猶及史一章文云：「夫我生之初，失治平已數百年矣，而遺風餘俗經十數王之所蕩，而猶有一二之存，以此知文

<hr />

〔註29〕朱熹《四書集注・論語集注》卷八〈季氏第十六〉，注云：「胡氏曰：程子以爲第十二篇錯簡『誠不以富，亦祇以異』，當在此章之首，今詳文勢，似當在此句之上。言人之所稱，不在於富，而在於異也。愚謂此說近是，而章首當有孔子曰字，蓋闕文耳。大抵此書後十篇多闕誤。」頁396，漢京文化事業有限公司，民國72年11月15日初版。

〔註30〕同註28。

〔註31〕《欽定四書文・本朝文》卷七〈論語〉下之下，方舟〈齊景公有馬千駟　一節〉頁762。

〔註32〕同註28，頁354～355。

〔註33〕朱熹《四書集注・論語集注》卷七〈子路第十三〉，頁33。

〔註34〕《欽定四書文・本朝文》卷五〈論語〉下之上，方舟〈苟有用我者　一節〉，頁723。

武周公之詒謀者遠也；我生之後，不過上下數十年之閒耳，
而目見耳聞遂至月異歲不同，而一旦掃地以盡，以此知流
失敗壞之末流更烈也。」〔註35〕

此題〈吾猶及史　一章〉，出於《論語・衛靈公第十五》，子曰：「吾
猶及史之闕文也，有馬者，借人乘之，今亡矣夫！」〔註36〕方苞評云：
「勘題眞切，實有關於人心風化，非具此心胸識力，不可以代聖言。」
〔註37〕檀吉甫評〈苟有用我者　一節〉及〈吾猶及史　一章〉云：「此
合之〈齊景公有馬　二段〉文，而百川之精神面目已具，後生小子讀
時文者，不可無此等文，十數則爛熟於胸中，可以壯才氣，可以樹脊
梁，所謂言既易知，感人又易入也。」〔註38〕洵爲知言。

又有〈子路宿於石門　一章〉，出於《論語・憲問第十四》，則題
目爲：「子路宿於石門。晨門曰：『奚自？』子路曰：『自孔氏。』曰：
『是知其不可而爲之者與？』」〔註39〕韓慕廬謂：「方百川〈子路宿於
石門章〉文深入無淺語。」檀吉甫云：「蓋石門語意平夷，將荷蕢桀
溺語對看，便見此處悃款如知己，亦緣百川夙抱憂世心腸，不覺體貼
到此，江西梁質人，宿松朱字綠以經世自負，議論橫縱，百川對之常
歎息，退而曰：『諸君子口談最賢，非憂天下者也。』可知其志之所
存矣。」〔註40〕

由上可知，方舟之時文爲當世所推崇之一斑，戴名世云：「盡通六
經諸史及百家之書，貫穿融會，發揮爲義理之文，窮微闡幽，務明其
所以然之故，當舟之世，天下文章靡矣，舟獨掃除時習而取法於古，
深思自得，無所依傍，自成一家之言，由是舟之文章名天下。」〔註41〕

〔註35〕同註28，頁355。
〔註36〕朱熹《四書集注・論語集注》卷八〈衛靈公第十五〉，頁380～381。
〔註37〕《欽定四書文・本朝文》卷六〈論語〉下之中，方舟〈吾猶及史之
　　　　闕文也　一節〉，頁752。
〔註38〕同註28，頁355～356。
〔註39〕朱熹《四書集注・論語集注》卷七〈憲問第十四〉，頁363～364。
〔註40〕同註28，頁356。
〔註41〕戴名世《戴名世集》卷七〈方舟傳〉，頁203。

又云:「百川之文,含毫渺然,其旨雋永深秀。」〔註42〕何雨涯云:「方百川太學生止,其淒神寒骨,已兆貧短折於文字閒。然其氣脈演逸灝漾,直接歐陽,而超軼之神,又若碧雲卷舒,漫空無跡,非可以淒寒概之;其發聲喟息,實怛然有憂天下之心,而題自與之稱。經生若此,猶想見范希文做秀才時,天下永年,自作元命踵思曠而並牆東,皆不階科名而壽世,而世乃有豔心於草木之榮華者,豈不惑哉?」〔註43〕誠如方苞所言,「以萬物之不被其功澤爲憂」〔註44〕也。故馬其昶云:「余少喜讀百川遺稿,孤懷曠識,邈然有千載之慮,然是要未足盡,先生夫躬布素,外以憂天下,內篤倫紀,出其緒餘,且足爲法後世,觀其摧燒己作,自視乃若無有者,彼其志量可測也哉!」〔註45〕吳敏樹亦云:「敏樹自少讀書喜文事,……時文獨高明之震川歸氏,及我朝方舟百川,以爲超絕,眞得古人文章之意。」〔註46〕豈虛語哉?

總之,方苞之時文,在長兄之調教與引導下,承其餘緒,鎔經液史,雖曾言「自先兄之亡,余困於貧病,非獨其學之大者不能承,而時文之說亦鹵莽而未盡其蘊焉。」〔註47〕然韓菼卻云:「善學百川者,如其弟焉可矣。」〔註48〕故方苞能成就其日後之文名,信而有徵也。

二、親師證友

蘇惇元輯〈方苞年譜〉云:「康熙二十八年己巳,先生年二十二歲。夏四月,歲試第一,補桐城縣學弟子員,受知於學使宛平高公素侯。七月,公招入使院。先生素不好作時文,後此皆高公敦率之。」〔註49〕高素侯名裔,嘗分校禮闈,典試秦中,視學大江之南,號爲廉直不枉。

〔註42〕戴名世《戴名世集》卷三〈方百川稿序〉,頁51。
〔註43〕同註28,頁353。
〔註44〕同註14,頁674。
〔註45〕同註15,頁436。
〔註46〕吳敏樹《柈湖文錄》卷四〈記鈔本震川文後〉,頁27。清同治八年刊本。
〔註47〕同註7,頁96。
〔註48〕同註8。
〔註49〕《方苞集》附錄一蘇惇元輯〈方苞年譜〉,頁868。

由通政司右參議，五轉至大理卿；所司纖細，皆得其理。〔註50〕當其
視學江南時，方苞歲試見知，招入使院後，康熙三十年，又隨至京師，
館於其舍，從遊近十年，〈書高素侯先生手札後二則〉云：

> 蓋自癸酉以前，未嘗旬月去乎先生之側，而凡所爲文，先
> 生皆指畫口授焉。甲戌後授經四方，閱月踰時，先生通書，
> 必索所爲時文，蓋知余素厭此而督之。〔註51〕

癸酉即康熙三十二年（1963），在此之前，方苞兩年之間皆在高公所，
且命閉特室，不與外通，〔註52〕高公親自「指畫口授」時文，康熙三
十三年甲戌後，方苞雖授徒四方，高公亦時常督促其作時文。〈佘西
麓文稿序〉又云：

> 昔吾師宛平高公視學江南，士之尤當公心者，於吾鄉則苞與
> 齊生方起，於歙郡則汪生鴻瑞、佘生華瑞。嘗語余曰：「子之
> 文，深醇而樸健；齊生之文，從容而典則；汪生之文，幽渺
> 而參差；佘生之文，微至而切實。苟勤而不已，皆于斯道能
> 有聞焉者也。」又曰：「凡吾所取于二三子者，非徒外之文也；
> 觀其言軌於道而氣不佻，其於人亦概乎能有立者也。」苞從
> 先生遊，蓋十年餘；凡三至京師，皆就學先生之家。〔註53〕

高公視學江南所得之士有四人，方苞與焉，且評其文爲「深醇而樸
健」，勉之「勤而不已」，則能「有聞」，然蓋不止於此，「觀其言軌於
道而氣不佻」，望有所立也。故方苞三至京師，皆持所業以正高公，
嘗自言：「余天資蹇拙，尤不好時文，累日積久以至成帙，皆先生督
責敦率以爲之。」〔註54〕由此可知方苞時文之學所自也。

　　然而方苞所師於高公者，非僅時文而已，當高公年四十，方苞作

〔註50〕《方苞集集外文》卷七〈高素侯先生墓誌銘〉，頁751。
〔註51〕《方苞集集外文》卷四〈書高素侯先生手札後二則〉，頁628。
〔註52〕《方苞集集外文》卷四〈記時文稿行不由徑三句後〉云：「余己巳歲
　　　　試，受知宛平高素侯先生。辛未後，從入京師。先生命閉特室，勿
　　　　與外通。」頁623。
〔註53〕《方苞集集外文》卷四〈佘西麓文稿序〉，頁623。
〔註54〕同註51，頁629。

〈高素侯先生四十壽序〉時，舉蘇洵告富公之言，爲文謂「古之君子，愛其人也，則憂其無成。孝弟者，人之庸行；而先生所表見於世，尚未有赫然如古人者，苞大懼先生之無成也。」以此爲壽。高公命張於庭，觀者大駭，蓋高公之意，「正欲使諸公一聞天下之正議耳」，事後乃勸方苞對所與交，勿以文贈。〔註55〕概見方苞師於高公者，不徒以文術而已矣。故高公於康熙三十九年（1700）謝世後，方苞爲作〈高素侯先生墓誌銘〉，後見墓垣盡頹，康熙五十一年（1712）於獄中，死生未卜，恐高公之仁孝，遂就湮滅，又作〈大理卿高公墓碣〉，以志知遇之恩，曾云：「自惟草鄙樸學，少混跡於樵牧之間；知其累於眾人之爲人者，實自公始。所以教誨扶進周卹之勤。十年如一日。」〔註56〕純屬實情也。由上可知，方苞之爲人與時文，受高公之督促與教導甚多。

方苞之時文，除受高公之敦率外，與朋友外往返，亦以時文之學相得而訂交，〔註57〕相互切磋，往來質正，〈書時文稿歲寒章四義後〉云：

> 憶辛未秋，余初至京師，偶思此題，成四義；言潔、潛虛、詒孫三君子深許之，遂訂交。余每以事出，必詣三君子；三君子以事出，必過余；問辨竟日，往往廢其所事而歸。〔註58〕

方苞康熙三十年至京師，即以時文與劉言潔、宋潛虛〈即戴名世〉、徐詒孫三人訂交，此後交情密切，「問辨竟日」，尤以戴名世爲最，相倚以增氣，而當戴氏以其大父憂而遽歸後，方苞自覺向所樂於京師者漸以無有，知其志者益希。〔註59〕戴氏於〈方靈皋稿序〉亦云：

〔註55〕 同註51，頁629～630。

〔註56〕 同註50，頁749。

〔註57〕 《方苞集集外文》卷四〈朱字綠文稿序〉云：「余自與朋友往還，未有先於字綠者。其始相見也，在丙寅之春，朋試於皖江。……而以時文之學相得，爲兄弟交。」頁622；又《方苞集集外文》卷五〈與章泰占書〉云：「僕自少習爲時文，四方君子所以不棄而願以爲交，徒以時文爲可也。」頁678，可見交游皆以時文而訂交。

〔註58〕 《方苞集集外文》卷四〈書時文稿歲寒章四義後〉，頁634。

〔註59〕 《方望溪遺集》贈序類〈送宋潛虛南歸序〉云：「自或庵南游湖南，余

蓋靈皋自與余往復討論，面相質正者且十年。每一篇成。
輒舉以示余，余爲之點定評論，其稍有不愜於余心，靈皋
即自毀其稿。而靈皋尤愛慕余文，時時循環諷誦，嘗舉余
之所謂妙遠不測者，彷彿想像其意境，而靈皋之孤行側出
者，固自成其爲靈皋一家之文也。〔註60〕

此言二人「往復討論」，「面相質正」，歷十年之久，且方苞每篇書成，
即請戴氏爲之點定評論，若有不如意則自毀之，亦最欣賞戴氏之文，
常「循環諷誦」，「想像其意境」而自爲之。方苞亦云：「褐夫少以時
文發明於遠近，凡所作，賈人隨購而刊之，故天下皆稱褐夫之時文。」
〔註61〕故戴氏〈自訂時文全集序〉云：「同縣方百川、靈皋，劉北固，
長洲汪武曹，無錫劉言潔，江浦劉大山，德州孫子未，同郡朱字綠，
此數人者，好余文特甚。」〔註62〕由此可知，方苞之時文常與諸友相
互切磋，而日益進步也。

　　綜上所述，方苞時文，取徑於長兄之鎔經液史及親師證友，兄方
舟爲之啓蒙與指導習作，師高公爲之切劘與敦率，諸友之相互質正，
尤以戴名世之點定評論，時藝日進。嘗謂「余所師友，蓋可屈指：大
理質行，宛平高公裔；秩宗經術，長洲韓公菼；侃侃少宰，太原姜公
橚，守官不屈；窮在下者，劉、徐二生，言潔、詒孫，經明行修，吾
道之楨」〔註63〕故能在以時文取士之清代科舉制度中嶄露文名，其來
有自也。

第二節　指陳時文之弊

　　方苞雖號爲時文名家，但每言「余天資蹇拙，尤不好時文」、「余

與索然寡歡，實與潛虛相倚以增氣，而今亦以其大父之憂，卒卒而東。
然則，余向之所樂于京師者漸以无有，知余志者益希。」頁81。
〔註60〕戴名世《戴名世集》卷三〈方靈皋稿序〉，頁54。
〔註61〕戴名世《戴名世集》附錄三版本序跋〈方苞序〉，頁451。
〔註62〕戴名世《戴名世集》卷四〈自訂時文全集序〉，頁118。
〔註63〕《方苞集》卷十六〈祭顧書宣先生文〉，頁468。

素厭此」，〔註64〕或「余自始應舉，即不喜爲時文」，〔註65〕又謂「天下之事，苟有偏重，則積重積輕勢以漸而成，而弊亦隨之。」〔註66〕故指陳時文之弊甚切，茲述之於下：

一、害教化敗人材

有清科舉考試以八股文取士，而八股文以《四書》命題，代聖人立言，凡有志於科舉之士，自幼習之，置他書一切不觀，惟以制義爲專務，故方苞〈送官庶常觀省序〉云：

> 古人之教且學也，內以事其身心，而外以備天下國家之用，二者皆人道之實也。自記誦詞章之學興，而二者爲之虛矣。自科舉之學興，而記誦詞章亦益陋矣。蓋自束髮受書，固曰微科舉，吾無事於學也。故天地之大，萬物之多，而惟科舉之知。及其既得，則以爲學之事終，而自是可以慰吾學之勤，享吾學之報矣。嗚呼！學至於此，而世安得不以儒爲詬病乎？〔註67〕

此言教與學之作用，在於內以「事其身心」，外以「備天下國家之用」，然自科舉興起，二者俱「虛」且「陋」，謂爲學唯「科舉之知」，既得舉，則自認「爲學之事終」矣，故顧炎武亦云：「八股盛而六經微。」〔註68〕〈溧陽會業初編序〉又云：

> 夫經學始於漢而盛於宋，其間老師宿儒自召其徒以講誦之，故其學者各以爲己所私得而惜其傳；而施於事，見於言者，亦能不易其所守。自帖括之學興，而古人所以爲學之遺教墮壞盡矣。〔註69〕

〔註64〕《方苞集集外文》卷四〈書高素侯先生手札後二則〉頁 628～629。
〔註65〕《方望溪遺集》序跋類〈李雨蒼時文序〉，頁 8。
〔註66〕《方苞集集外文》卷二〈請定庶吉士館課及散館則例箚子〉，頁 569。
〔註67〕《方苞集》卷七〈送官庶常觀省序〉頁 200～201；又《方望溪遺集》書牘類〈與某書〉頁 55，亦同。
〔註68〕顧炎武《原抄本日知錄》卷十九〈十八房〉，頁 472。文史哲出版社，民國 68 年 4 月。
〔註69〕《方苞集集外文》卷四〈溧陽會業初編序〉，頁 625～626。

經學自漢始而宋盛，士子朝夕從事於詩、書、六藝之文，鄉先生長老
旦旦而言之，子弟耳熟之，各竭其資材以相鑽礪，然自「帖括之學」
興起，則爲學之遺教盡壞，士子不務實學，專以苟取科第爲業，讀書
僅爲中舉人、第進士、晉高官，並「如何攫取金錢，造大房屋，置多
田產」，〔註70〕不爲功名不讀書，故方苞云：「今世之爲時文者，其用
意尤苟，以爲此以取名致官而已，其是與非不必問也。」〔註71〕又云：
「夫時文者，科舉之士所用以车榮利也，而世之登高科致臙仕者，出
其所業，眾或棄擲而不陳。」〔註72〕可知科舉興起，敗壞教化，士子
趨向功利，以此作爲车取功名利祿之具，故竭殫其一生之精力，盡萃
於斯，至老死亦不能釋然，〈何景桓遺文序〉云：

> 夫死生亦大矣，生中道天，不以爲大感，而獨惓惓於制
> 藝之文；蓋科舉結習入人之深如此，而況先王之教化所
> 以漸人於性命者哉！使移生所以好製藝者而大用之，則
> 守死善道，不足爲生難，此古之人材所以強立而不返者
> 眾歟！〔註73〕

何氏中道而殂，尚念念不忘其「制藝之文」，欲得方苞序其文，乃死
而無憾，科舉深入人心，使「人材所以強立而不返」，故方苞序言：「生
與余生同鄉，又嚮余之篤如此，惜乎吾不及其生之時而相與往復其議
論也，序其文，所以恨余之不遇生也。」〔註74〕惋惜何氏用心力於時
文，更恨己在其生時未遇，而不能適時開導之。故謂「害教化敗人材
者無過於科舉，而制藝則又甚焉。蓋自科舉興，而出入於其間者，非
汲汲於利則汲汲於名者也。」〔註75〕又云：「世之人材敗於於科舉之
學，千餘歲矣，而時文則又甚焉。」〔註76〕

〔註70〕徐珂《清稗類鈔》教育類，第四冊，頁31，商務印書館。
〔註71〕同註69，頁626。
〔註72〕《方苞集》卷四〈儲禮執文稿序〉，頁96。
〔註73〕《方苞集集外文》卷四〈何景桓遺文序〉，頁609～610。
〔註74〕同註73，頁610。
〔註75〕同註73，頁609。
〔註76〕《方苞集集外文》卷五〈與熊藝成書〉，頁659；又《方望溪遺集》

二、蔽陷人心

世人以時文為牟取利祿之具，用此取名致官，顯揚父母，以為孝矣，而為人父母者亦如是觀之，〈高素侯先生四十壽序〉云：

> 苞聞古之學術道者，將以成其身也。孔子語曾子所謂「大孝尊親」者，使國人稱願，皆曰君子之子也。自科舉之法行，士登甲科，則父母、國人皆曰：「其名成矣。所謂顯揚莫大於是矣。」人心蔽陷於此者，蓋千有餘年。〔註77〕

古之學者為己，以成其身，而自科舉之法行，今之學者為人，登科及第，僅為顯揚父母，並謂「莫大於是」，國人之心皆蔽陷於此，雖死亦不忘懷，而後人亦有欲刻其時文以留名於世者，〈左華露遺文序〉云：

> 往者邑子何景桓垂死，以文屬所親，必得余序，死乃瞑。余既哀而序之，又以歎夫為科舉之學者，天地之大，萬物之多，而惟時文之知，至於既死而不能忘，蓋習尚之漸人若此。今華露之文，非自欲刻之，則無病也，而吾族姑念無可以致厚於其夫者，而圖名字之不沒於後，則與尋常女婦之所見異矣。〔註78〕

感歎時文溺人尤深，世人唯「時文之知」，有好之老死而不倦者，且連左氏之妻，乃一婦道人家，尚念無以「致厚」其夫，而欲刻其遺文，圖名「不沒於後」，則時文蔽陷人心之深足見矣，方苞序言：「華露之文，實清新可喜。惜乎天奪其年，而不克終其業也。」〔註79〕因此方苞自言：「余寓居金陵，燕、晉、楚、越、中州之士，往往徒步千里以從余遊。余每深矉太息，以先王之教、古人之學切於身心者開之。」〔註80〕如此諄諄告誡學者勿蔽陷於時文也。

書牘類〈答友書〉，頁51，亦同。
〔註77〕《方苞集》卷七〈高素侯先生四十壽序〉，頁205。
〔註78〕《方苞集》卷四〈左華露遺文序〉，頁100。
〔註79〕同註78。
〔註80〕同註73，頁609。

三、耗費心力

歐陽公云：「勤一世以盡心於文字者，於世毫無損益，而不足爲有無。」洵足悲也。〔註81〕應舉之士，勤其一生於制藝之習作，敗壞人材，耗費有用之心力，〈與章泰占書〉云：

> 計人之生，自離童昏，聰明思慮可用於學問文章者，不及三十年，過此則就衰退；其端緒既得而充長以俟其成可也。及是而致力焉，則勤而無所矣。自時文之學興，雖速成而悔悟早者，無慮已耗其半；可用，獨向衰之半耳。孟子謂「人皆可以爲堯、舜」，孔子稱「十室之邑，必有忠信」者，謂性命之理，我固有之者也。至從事于學問文章，則才有能有不能；苟限於天，雖勤一世以盡心，無所益也；而才之庶幾者，多爲世味所溺，以自敝於章句無補之學；又或心知其不足事，而束於父兄之命，雖欲捨去，而其道無由，至能悔悟自決，則已後而失其時矣。此近世之學可比並於古人者，往往而絕也。〔註82〕

就心理學而言，人之一生，可用之聰明才智不及三十年，當致力於學問文章之充實，然而時文之學興，則或溺於世俗之味，或束於父兄之命，耗費其大半心力於時文，及其能悔悟自決，則已失其時矣。又〈贈淳安方文輈序〉云：

> 明之世，一於五經、四子之書，其號則正矣，而人占一經，自少而壯，英華果銳之氣皆敝於時文，而後用其餘以涉於古，則其不能自樹立也宜矣。〔註83〕

自明以時文取士，則「人占一經」，將「英華果銳之氣」皆敝於時文，以其餘致力於古之學，故「不能自樹立」，蓋已耗費心力於時文，豈有餘力涉古哉？〈與熊藝成書〉云：

> 僕始見虞山陶子師，示以時文。子師曰：「吾不願子爲此，吾亦不暇爲子決擇也。」僕曰：「子奈何號爲時文之家而言

〔註81〕《方苞集》卷四〈熊偕呂遺文序〉，頁97。
〔註82〕《方苞集集外文》卷五〈與章泰占書〉，頁678。
〔註83〕《方苞集》卷七〈贈淳安方文輈序〉，頁190～191。

　　若是？」子師曰：「固也。惟予如聽虎者變色而心知其痛也。
　　惟予如賈者遇盜於中山而盡失其資，故呼後人以勿由，而
　　不覺其聲之疾也。……」〔註84〕

陶子師即陶元淳，爲吳中以文學知名者，成進士，名蓋其曹，不與館
選，〔註85〕方苞嘗攜時文示之，陶氏卻以「如聽虎者變色而心知其
痛」、「如賈者遇盜於中山而盡失其資」規之，勸勿作時文，蓋身歷其
境，深受其害，乃大聲疾呼後人勿蹈其轍，爾後方苞常自悔未聽其言，
決而去之，曰：「僕時心感其言，顧如傭隸，備極困辱，終不能離其
故地；日思自脫，以至於今，而犬馬之齒已不後於子師見語之歲矣。
每恨所學無似，輒悔不用其言，遇朋游中資材日力足以有爲者，必舉
以告之，而聽者多漫然，蓋其所難在決而去之也。」〔註86〕又云：「僕
嘗恨往者心力誤役，以至時過而不可追也。每遇以術業相商者，不憚
盡言極辨以起導之，而聞者多不信。」〔註87〕〈劉巽五文稿序〉云：
　　言潔嘗勸余盡棄時文之學以治古文，而余授經自活，用時
　　文爲號以召生徒，故不能棄去以減耗其日力，而兩者皆久
　　而無成。閱巽五是編，未嘗不爽然而自失也。〔註88〕

方苞除陶子師規其勿作時文外，友劉言潔亦勸其「盡棄時文」，然而以
此授徒自活，不能盡棄，自悔兩皆無成，「爽然而自失」也。故云：「語
曰：『物之至者，不兩能。』三數百年以來，古文之學，弛廢陵夷而不
振者，皆由科舉之士力分功淺，末由窮其塗徑也。」〔註89〕又云：「我
若不能時文，古文當更進一格。」〔註90〕〈李雨蒼時文序〉云：

〔註84〕同註76，頁658～659。
〔註85〕《方苞集》卷十二〈汪武曹墓表〉云：「君姓汪氏，諱份，字武曹，
　　　　長洲人也，康熙丁卯、戊辰間，吳中以文學知名者，君與常熟陶元
　　　　淳子師、同邑何焯屺瞻皆與余遊。……子師成進士，名蓋其曹，不
　　　　與館選。」頁346～347。
〔註86〕同註76，頁659。
〔註87〕同註82。
〔註88〕《方苞集集外文》卷四〈劉巽五文稿序〉，頁621。
〔註89〕《方苞集集外文》卷五〈與韓慕廬學士書〉，頁671～672。
〔註90〕郭紹虞編《清詩話續編》喬億〈劍谿説詩〉卷上，頁1087。

> 余自始應舉即不喜爲時文，以授生徒強而爲之，實自惜心
> 力之失所注措也。每見諸生家專治時文者，輒少之；其脫
> 籍于諸生而仍好此者，尤心非焉。凡以時文質者，必以情
> 告：未暇及此。〔註91〕

言己不喜爲時文，乃「自惜心力之所注措」，故見諸生治時文者，「輒
少之」，仍好此者，「尤心非焉」，以時文相質者，告之「未暇及此」，
於是在李雨蒼以時文數篇詣時，則以敝精神于蹇淺責之，並勸其「使
移此而發之于古文，其暴見大行于後而增重于文術者，何如哉！吾願
雨蒼之治時文以是爲終而嚴斷焉，可也。」〔註92〕又告章泰占云：「足
下資才可從事於斯，向之所學亦少有可藉，而身復無所牽制，使能絕
意於時文以從所當務，雖古人不難至；所難在足下之自決耳。」〔註93〕
每見工於時文，或以時文請業者，皆告以勿耗費心力於時文，或移此
治經書、古文，如〈答尹元孚書〉云：「令嗣長君秀偉，始相見，即告
以英華果銳有用之日力，不宜虛費於時文。」〔註94〕〈和風翔哀辭〉
云：「因勸生棄時文，篤志於諸經，而屬雲臺山人翁止園以淬礪之。」
〔註95〕〈與賀生崐禾書〉云：「但以賢之銳敏，宜乘年力方盛而盡之於
經書、古文，庶幾濟於實用而垂聲於世，亦當十百於時文。」〔註96〕
〈吏部員外王君墓志銘〉云：「其學于諸經皆涉其流，而以工時文善楷
書名于世，余勸治古文。」〔註97〕〈與章泰占書〉云：「足下於時文，
以視並世知名者，誠無所先後；然苟欲窮其徑塗，如明時唐、歸諸君
子，非更以十數年之力，未敢爲足下信之也。移此以一於古人之學，
則所進豈可量哉！且以諸君子之才而所學未有若古人之卓卓者，力分

〔註91〕同註65。
〔註92〕同註65，頁8～9。
〔註93〕同註82。
〔註94〕《方苞集》卷六〈答尹元孚書〉，頁162。
〔註95〕《方苞集》卷十六〈和風翔哀辭〉，頁464。
〔註96〕《方苞集集外文》卷五〈與賀生崐禾書〉頁669。
〔註97〕《方望溪遺集》碑傳類〈吏部員外王君墓志銘〉，頁102。

而不能兩達也。安知其不用此爲悔，而足下乃欲復蹈其轍乎？」〔註98〕
等比比皆是也。

四、不能久傳

時文之學，士子敝精費神，競相習作，蔚爲風氣，然而僅作爲入
仕之階，無法傳後，迨其及科第，竟棄而不收，任其湮沒，〈與韓慕
廬學士書〉云：

> 時文之行，必附甲乙科第而後傳。終始有明之代，赫然暴
> 見而大行者，僅十數人；而此十數人者，皆舉甲乙、歷科
> 第者也。其間一二山谷憔悴之士，窮思畢精，或以此見推
> 於其徒，發名於數十年之間，而若存若亡，優尋沈沒以歸
> 於盡。蓋由其用無所施於他事，非舉甲乙，歷科第，科舉
> 之士常棄而不收；不能自張於其時，安能有所傳於其後耶？
> 夫時文之學，欲其可以傳世而行後，其艱難孤危，不異於
> 古文；及於既成而苟不爲時所收，則徒屬其心而卒歸於漫
> 滅，可不惜哉！〔註99〕

科舉時代稱進士爲甲科，舉人爲乙科，欲求時文能留傳後世者，必附
甲乙科，然自明盛行以來，能傳世僅十數人，餘者雖「窮思畢精」，或
「見推於其徒」，後皆歸於盡沒而不傳，蓋其「無所施於他事」，故「常
棄而不收」，以致不能久傳於世，何必徒耗心力於斯矣。方苞之言確有
遠見，明清兩代時文名家，其文極盛一時，然有不願以時文名者，如
唐順之、歸有光、金聲，〔註100〕延至後代，皆已銷聲匿跡，自科舉廢
後，更乏人問津，甚至被鄙夷而不屑，〔註101〕故章實齋云：「向之方
王儲何諸家藝業閒有舉及之者，輒鄙棄之爲不足道。」〔註102〕蓋時文

〔註98〕同註82，頁679。
〔註99〕同註89，頁672。
〔註100〕《方苞集集外文》卷四〈楊千木文稿序〉，頁608。
〔註101〕鄭奠、譚全基編《古漢語修辭學資料彙編》前言云：「八股文是束
縛思想，極端形式化的一種文體，它在很長的歷史時期影響到一般
的文風，可謂流毒深遠。」頁5，明文書局，民國73年9月。
〔註102〕葉名澧《橋西雜記》〈章實齋語〉，頁317，收於叢書集成新編第八

之於文，尤術之淺者，固不能久傳也。

　　總之，方苞以時文著稱，卻言向不喜時文，指陳時文之弊甚切，以為時文害教化敗人材、蔽陷人心、耗費心力及不能久傳，尤有甚者，更有「自有知識，所見同學諸君子，凡以時文發名於世者，不惟其身之抑塞，而骨肉天屬多伏憂患，遘慘傷，使其心怓焉若無以自解」，〔註103〕而引以為疑，故常勸人應惜年力之盛強，勉其致力於經書、古文，而勿溺於時文，使能自樹立也。

第三節　時文理論

　　方苞云：「文者，學之枝葉；制舉之文，又其近者爾。」〔註104〕又自言幼即不喜為時文，「多病少學，於時文尤踈」，〔註105〕指陳時文之弊甚切，然皆無害其為時文能手，何況乾隆皇帝稱其對「四書文義法，夙嘗究心」，〔註106〕其時文理論，存於奉敕精選《欽定四書文》，及散見文集中，就此剔抉爬羅，歸納於下：

一、博極群書

　　劉勰《文心雕龍・神思篇》云：「積學以儲寶，酌理以富才。」為文首需多讀書，汲取古人菁華，文思方能如泉湧而出，匠心獨運。方苞承父、兄之論，〔註107〕揭櫫作時文應博極群書，《欽定四書文・啟禎文》云：

　　　　古人立言，胸中必先多蓄，天下之義理，觸處即發，故言
　　　　皆有物，作者每遇一題，必有的義數端，為眾人所未發，

　　　　　九冊，新文豐出版社。
〔註103〕《方苞集集外文》卷五〈與劉大山書〉，頁680。
〔註104〕《方苞集》卷十八〈移山東州縣徵群士課藝文〉，頁527。
〔註105〕《方苞集集外文》卷四〈溧陽會業初編序〉，頁626。
〔註106〕《欽定四書文》〈上諭〉，頁1。
〔註107〕戴名世《戴名世集》卷二〈方逸巢先生詩序〉云：「今夫能文者，
　　　　必讀書之深。」頁30；《方苞集集外文》卷四〈張彝歎稿序〉云：「故
　　　　質美，則必能務學。」頁619。

由其博極群書，一心兩眼，痛下功夫，而實有心得，故取
之左右逢源，學者若專於八股中求之，則高言何由止於眾
人之心。〔註108〕

蓋經義之體，代聖賢人之言，必明於義理，挹取經史，言之有據，則
須「博極群書」，不能專於「八股」中求之，故以此作為評騭時文之
準的，如評艾南英〈民爲貴　一章〉云：「五家中，人皆謂艾之天分
有限；然此種清古之文，風味猶勝於黃、陳，則讀書多，用功深之效。」
〔註109〕黃淳耀〈子產聽鄭國之政　一章〉云：「讀書多則義理博，而
氣識閎，有觸而發，皆關係世教之言，不可專玩其音節之古，氣勢之
昌。」〔註110〕張江〈詩云畫爾于茅　有恆心〉云：「後半才思濆發，
具見平日讀書根柢。」〔註111〕李光地〈學而時習之　一章〉云：「局
法渾成，辭意清切，非讀書窮理，積久有得，未能如此調適而稱心也。」
〔註112〕儲在文〈子語魯大師樂日　一節〉云：「篇中天地人心等語，
既探其源，逐段標出聲氣二義，尤見讀書融貫。」〔註113〕李鍾倫〈謹
權量　二節〉云：「取諸經義，逐句皆得實際，而無用經之跡，非讀
書貫穿不能到此。」〔註114〕韓菼〈管仲之器小哉　一章〉云：「如此
說器小並管氏身分，亦殊不易，及閎中肆外，揮灑如志，良由讀書有
識。」〔註115〕李愫〈有民人焉　一節〉云：「細膩熨貼，語語皆有含
咀，氣體雖不甚高，卻非胸無書籍人可以猝辦。」〔註116〕陳際泰〈好
信不好學　二句〉云：「熟於古今事故，故隨其所見迅筆而出，皆足

〔註108〕《欽定四書文・啓禎文》卷六〈中庸〉陳際泰〈動乎四體〉，頁479。
　　　　文淵閣《欽定四庫全書》第一四五一冊，商務印書館。
〔註109〕《欽定四書文・啓禎文》卷九〈孟子〉下之下，頁568～569。
〔註110〕《欽定四書文・啓禎文》卷八〈孟子〉下之上，頁531。
〔註111〕《欽定四書文・本朝文》卷十一〈孟子〉上之下，頁874。
〔註112〕《欽定四書文・本朝文》卷二〈論語〉上之上，頁614。
〔註113〕同註112，頁632。
〔註114〕《欽定四書文・本朝文》卷七〈論語〉下之下，頁776。
〔註115〕同註112，頁631。
〔註116〕《欽定四書文・啓禎文》卷四〈論語〉下之上，頁389。

－170－

以肖題之情，他人窮探力索，恆患意不稱物，實由讀書未貫串也。」
〔註117〕以上皆就作者能「讀書」而言之，足見為時文，非僅熟讀朱
熹《四書集注》即可也。《欽定四書文・啓禎文》又云：

> 四子之書於古今事物之理，無所不包，皆散在六經諸子及後
> 世之史冊，明者流觀博覽，能以一心攝而取之，每遇一題即
> 以發明印證，誦其文者不可玩其波委，而迷於淵源也。〔註118〕

此言《四書》所蘊含之理，散在六經諸子及後世史冊中，則必探其本
源，沉緬古籍，運筆方能左右逢源，馳騁無礙，如評陳子龍〈不知命　一
節〉云：「雲間江右，徑涂各別，而此篇明快刻著，頗類陳大士筆意，
蓋理本無二，而浸潤於古籍亦同，故轍跡有時而合也。」〔註119〕又〈吾
猶及史之闕文也　一節〉云：「風骨超邁，紆餘卓犖，自非襟抱過人，
沉酣古籍者不能作。」〔註120〕言羅萬藻〈文武之政　二句〉云：「淳
潔之氣，盎溢言外，惟其沉酣古籍，而心知其意也。」〔註121〕王紹美
〈時使薄斂　二句〉云：「此等題易於搬運古籍，故能者即陳言而新之，
遂覺姿韻出群。」〔註122〕王汝驤〈小人樂其樂而利其利〉云：「豐腴
流暢，字字的實，是為沉浸於經籍，以自發其心靈者。」〔註123〕湯顯
祖〈昔者太王居邠　去之岐山之下居焉〉云：「一丘一壑，自涵幽趣，
令人徘徊而不能去，其鎔治經籍，運以雋思。」〔註124〕劉子壯〈動容
周旋中禮者　二句〉云：「沐經籍之光輝，而於性之之德，細微曲折，
無不中禮處，無絲毫蒙翳假借語，故為難得。」〔註125〕楊以任〈足食

〔註117〕《欽定四書文・啓禎文》卷五〈論語〉下之下，頁434。
〔註118〕《欽定四書文・啓禎文》卷七〈孟子〉上陳際泰〈雖有智慧　二句〉，
　　　　頁493。
〔註119〕同註117，頁447～448。
〔註120〕同註117，頁421～422。
〔註121〕《欽定四書文・啓禎文》卷六〈中庸〉，頁461。
〔註122〕同註121，頁468～469。
〔註123〕《欽定四書文・本朝文》卷一〈大學〉，頁596。
〔註124〕《欽定四書文・隆萬文》卷五〈孟子〉上，頁275。
〔註125〕《欽定四書文・本朝文》卷十四〈孟子〉下之下，頁958。

足兵民信之矣〉云：「融會經籍，施之各當其宜，如此方謂之騁能而化。」
〔註126〕李光地〈敬大臣則不眩　則財用足〉云：「用經籍典切該括處，
似化治間先正，而氣質更爲光潤完美，乃作者功力獨到處。」〔註127〕
又〈詩三百　一節〉云：「他人皆見不到說不出，惟沈潛經義而觀其會
通，方能盡題之蘊，愜人之心若此。」〔註128〕陳際泰〈事不成　二句〉
云：「光明茂密，一望皆經術之氣。」〔註129〕劉巖〈設爲庠序學校以
教之至射也〉云：「詳核典重，詞無枝葉，鄉國分合映帶處，皆有義理
聯貫，由其經術深厚。」〔註130〕方舟〈貨悖而入者　二句〉云：「包
羅萬有，實而能空，是謂鎔經史而鑄偉詞。」〔註131〕陳子龍〈齊明盛
服　三句〉云：「丰姿超駿，鎔冶經史，而挹其菁英，與世俗所爲金華
殿中語，自隔霄壤。」〔註132〕熊伯龍〈懷諸侯則天下畏之〉云：「鎔
經液史，聲光炯然。」〔註133〕歸有光〈天子一位　一節〉云：「其議
論則引星辰而上也，其氣勢則決江河而下也，其本根則稽經而諏史也，
故自有歸震川之文，制義一術可以百世不湮。」〔註134〕以上數則，或
言沉緬「古籍」，或言融合「經籍」，或言潛沉「經義」，「經術」深厚、
「鎔經液史」等，皆以讀書爲第一要務，若非如此，則「胸中無經籍，
縱有好筆，亦不過善作聰明靈巧語耳，一涉議論，非無稽之談，即氣
象蕭然，蓋由理不足以見極，詞不足以指實故也。」〔註135〕

　　然則經籍浩翰，漫如煙海，窮畢生之力，亦不能盡觀博覽，是故
方苞提出其方案，〈贈石仲子序〉云：

〔註126〕同註116，頁394。
〔註127〕《欽定四書文・本朝文》卷九〈中庸〉下，頁811。
〔註128〕同註112，頁619。
〔註129〕同註116，頁401。
〔註130〕同註111，頁878。
〔註131〕同註123，頁606。
〔註132〕同註121，頁467～468。
〔註133〕同註127，頁813。
〔註134〕《欽定四書文・正嘉文》卷六〈孟子〉下，頁182。
〔註135〕同註111，頁870。

　　竊慮辭章聲律未足以陶鑄人材，轉蹈其志氣，使日趨於卑
　　小；欲倣朱子學校貢舉議，分詩、書、易、春秋、三禮爲
　　三科，而以通鑑、通考、大學衍義附之，（詩、書、易附以
　　大學衍議。春秋附以通鑑綱目。三禮附以文獻通考。）以
　　疑義課試。當路者多見謂迂遠不近於人情；惟高安朱可亭、
　　江陰楊賓實所見與余同。久之，亦以違眾難行止余。余猶
　　欲發其端，乃奏：「河北五路及邊方人，不諳聲律，宜專治
　　經史。」果格於眾議。乃私擇其有所祈嚮者，喻以宜取幼
　　所熟四書語，反之於身，以驗其然否？三分日力，以其一
　　討論通鑑中古事。每相見，必舉古人處變而得機宜，遭危
　　而必伸其志者，以警發之。〔註136〕

觀此可知，方苞恐「辭章聲律未足以陶鑄人材」，欲效朱子以「詩、書、
易、春秋、三禮爲三科，而以通鑑、通考、大學衍議附之」，用其疑義
課試，使專治本經義疏及資治通鑑綱目所載政事之體要，然被謂迂遠而
止；又奏請「河北五路及邊方人，不諳聲律，宜專治經史」，亦格於眾
議，乃私擇其有所祈嚮者，喻以所習之四書之語，反求諸身，並相與討
論通鑑中古事，使「不專以文辭，而必求其實濟」〔註137〕也。又〈與
賀生崟禾書〉云：「即官學中亦宜擇其少有志者，使各治二經，治詩者
兼春秋，治書者兼三禮，暇時講問資治通鑑所載歷代政教賢姦已事，管
夷吾所云『多備規軸』也，異日人材必由此出。」〔註138〕勸其在官示
課經書及通鑑，以培育人材。因「竊惟制義之興七百餘年，所以久而不
廢者，蓋以諸經之精蘊，匯涵於四子之書，俾學者童而習之，日以義理
浸灌其心，庶幾學識可以漸開，而心術群歸於正也。」〔註139〕顧炎武
云：「今日欲革科舉之弊，必先示以讀書學問之法，暫停考試數年，而
後行之，然後可以得士。」〔註140〕方苞亦云：「師所以傳道授業解惑也，

〔註136〕《方苞集》卷七〈贈石仲子序〉，頁203。
〔註137〕《方苞集集外文》卷二〈請定庶吉士館課及散館則例箚子〉，頁569。
〔註138〕《方苞集集外文》卷五〈與賀生崟禾書〉，頁669。
〔註139〕《方苞集集外文》卷二〈進四書文選表〉，頁579。
〔註140〕顧炎武《原抄本日知錄》卷十九〈擬題〉條，頁478。

欲登吾門，當以治經爲務。」〔註141〕故方苞提出博極群書之主張，與
顧氏革除科舉之方，殊途而同歸，不失爲當務之策也。以此衡諸明清之
時文。如評章世純〈孝弟也者　二句〉云：「本眼前人人所知見之理，
一經指出，遂爲不巧之文，其筆之廉銳，皆由浸潤於周秦古書得之。」
〔註142〕又〈心之官則思　一句〉云：「章大力之文出於周末諸子，其思
力銳入實，能究察事物之理，故了然於心口之間，非揣摩字句而倣其形
貌也。」〔註143〕潘宗洛〈孔子先簿正祭器　二句〉云：「後二比云云，
亦時文好看語耳，可知學者流覽五經，必當深求其義類也，其文則非時
士所易及。」〔註144〕徐用錫〈子所雅言　一節〉云：「是一篇平暢文字，
然隱括三經，語無龐雜，後幅推闡皆近義理，非時俗所能及。」〔註145〕
唐順之〈有故而去　五句〉云：「深明古者君臣之義，由熟於三經、三
禮、三傳。」〔註146〕又〈一匡天下〉云：「洞悉三傳二百四十年時勢，
了然於心，故能言之簡當如此。」〔註147〕陳際泰〈體物而不可遺〉云：
「根柢周秦諸子及宋儒語，質奧精堅，制義中若有此等文數十篇，便可
以當著書。」〔註148〕又〈如知爲君之難也　一節〉云：「後二股襯發處
議論，悉本左氏內外傳文之靈警潑發，要不能憑虛而造也。」〔註149〕
又〈詩云周雖舊邦　四句〉云：「凡引詩引書體發揮本句，須處處不脫
引證神理。」〔註150〕陳子龍〈孟公綽　一節〉云：「從春秋大勢立義，
雖似別生枝節，然聖人之言無不包蘊，凡有關世道之論，因題以發之，

〔註141〕徐斐然輯《國朝廿四家文鈔》卷二十三沈廷芳《椒園文鈔》〈書方
　　　　先生傳後〉，頁 4。
〔註142〕《欽定四書文・啓禎文》卷二〈論語〉上之上，頁 333。
〔註143〕同註 169，頁 554。
〔註144〕《欽定四書文・本朝文》卷十三〈孟子〉下之中，頁 924。
〔註145〕《欽定四書文・本朝文》卷三〈論語〉上之中，頁 671。
〔註146〕同註 134，頁 176。
〔註147〕《欽定四書文・正嘉文》卷三〈論語〉下，頁 122。
〔註148〕同註 121，頁 456。
〔註149〕同註 116，頁 405。
〔註150〕同註 118，頁 510。

皆可以開拓後學之心胸也。」〔註151〕張榜〈孟子之平陸 一章〉云:「出沒靈變,深得國策神妙。」〔註152〕歸有光〈性相近也 一節〉云:「沉潛儒先訓義,積之深醇,而出之顯易,然非浩氣充溢,則亦不能若是之揮斥如志也。」〔註153〕楊廷麟〈天命之謂性 一節〉云:「多讀儒先之書,而條貫出之,故詞無枝葉,豈有擇焉不精,語焉不詳之憾。」〔註154〕張瑗〈天命之謂性 一節〉云:「以宋五子書為根柢,而條理布之,斯為擇之精,而語之詳。」〔註155〕以上諸家之時文,皆能沉潛經典、諸子及宋儒之書,而條貫出之,蓋「先王教化本原,實能探其本而得其精義之所存,故信口直達,無絲毫經營搜索之意,制藝到此,可謂閟其中而肆其外矣。」〔註156〕然而,「諸儒之說未必盡是,聖賢精蘊以入時文,便已卓爾不群,故知天資雖美,必實之以學,而後文可成體也。」〔註157〕換言之,根本深厚,則投之所向,無不如志也,因此讚譽陳際泰〈君子創業垂統為可繼也〉云:「領取虛神,中具沉雄豪宕之概,蓋由作家本領深厚,可知文若清薄寡味,雖審合題氣,終不耐觀。」〔註158〕陳萬策〈設為庠序學校以教之至射也〉云:「然非學有根柢,恐亦見不到此。」〔註159〕羅萬藻〈耕者九一 五句〉云:「極清淡,極平正,而非高挹群言,不能道其隻字。」〔註160〕如此之文,惟其好學深思,方能造詣超絕,極富書卷之味,如言張尚瑗〈誦詩三百 一節〉云:「創意造言,具有書卷之氣,自覺瀟灑出塵。」〔註161〕劉子壯〈書云孝乎 三

〔註151〕 同註116,頁408。
〔註152〕 同註124,頁281。
〔註153〕 同註147,頁128。
〔註154〕 同註121,頁451。
〔註155〕 《欽定四書文・本朝文》卷八〈中庸〉上,頁784。
〔註156〕 同註118,頁508。
〔註157〕 同註109,陳際泰〈五霸桓公為盛 三句〉,頁556。
〔註158〕 同註118,頁491。
〔註159〕 同註111,頁879。
〔註160〕 同註118,頁489。
〔註161〕 《欽定四書文・本朝文》卷五〈論語〉下之上,頁720。

句〉云：「作者胸中頗有書卷，筆亦健爽。」〔註162〕儲欣〈舉善而教不能則勸〉云：「胸有書卷，落筆雅秀，故意無殊絕，而文特工。」〔註163〕羅萬藻〈道之以德　一節〉云：「溫醇得于書味，靜細出于心源。」〔註164〕湯顯祖〈民之歸仁也　二節〉云：「雖用巧法，然大雅天成，而不傷於纖佻，由其書卷味深，而筆姿天授也。」〔註165〕李維楨〈有布縷之征緩　其二〉云：「詞語雖尚琢鍊，而氣體自與俗殊以言外，尚有書卷之味也。」〔註166〕陳際泰〈動容貌斯遠暴慢矣〉云：「語約義深，非儉於書卷者所能道。」〔註167〕顧圖河〈設爲庠序學校以教之至射也〉云：「分合映帶，無不澤以書卷，故但覺蔚然深秀，無聯綴之跡。」〔註168〕顧天埈〈伊尹相湯以王於天下　一節〉云：「義法亦人所共知，而敘來嶔崎磊落，非胸無書卷人所能彷彿。」〔註169〕因此「典制文無書卷則病於空疏，多所引證，非氣體難於運掉，即義類或涉假借，似此典則純正，氣勢流暢，當於先正中求之。」〔註170〕總之，爲時文首需博極群書，充實內涵，即「學識定，然後下語不可動搖，匪是而逞辦，必支離無當，即墨守註語，亦淹淹無生氣也。」〔註171〕

二、文肖其人

　　方苞論時文，承襲其兄百川之言：「文之成，常肖乎其人。古人之文淺深純駁，未有不肖其人者也。其不肖者，非其人之未成，則其文之未成也。」〔註172〕不惟就文論文，尚留心作者之品格，主張文

〔註162〕同註112，頁624。
〔註163〕同註112，頁622。
〔註164〕同註142，頁338。
〔註165〕《欽定四書文‧隆萬文》卷六〈孟子〉下，頁295。
〔註166〕同註165，頁321。
〔註167〕《欽定四書文‧啓禎文》卷三〈論語〉上之下，頁379。
〔註168〕同註165，頁880。
〔註169〕同註165，頁297。
〔註170〕同註155，頁802。
〔註171〕同註109，頁567。
〔註172〕《方苞集集外文》卷四〈張彝歎稿序〉，頁619。

肖其人，〈代揚州太守張又渠課士牒〉云：

> 予聞：言者，心之聲也。聲形于外，則君子以知其中，而
> 況四書之文代聖人賢人之語？惟其有之，是以似之；惟其
> 知之，庶幾近之。故自有時文以來，卓然名家者凡數十人，
> 其文之氣格規模莫不與其性行相似；其或剿獵浮華，以干
> 時譽，其人必詭僻邪佞，身名既毀，文亦應時消滅。〔註173〕

此謂言爲心聲，觀其文則知其人，時文雖代聖賢人之言，然言「文之
氣格規模莫不與其性行相似」，〈進四書文選表〉亦云：

> 臣聞言者，心之聲也。古之作者，其氣格風規，莫不與其
> 人之性質相類。而況經義之體，以代聖人賢人之言，自非
> 明於義理，挹經史古文之精華，雖勉焉以襲其形貌，而識
> 者能辨其僞，過時而湮沒無存矣。其間能自樹立，各名一
> 家者，雖所得有淺有深，而其文具存，其人之行身植志，
> 亦可概見。〔註174〕

此亦言文肖其人，若爲人心志不正，強學古人形貌，則其文不能久
存，故言「文之於人，譬諸草木，枝葉必類本也。」〔註175〕依此
立論，輒用爲評時文之準繩，於〈劉巽五文稿序〉云：「言潔幼工
時文，在京師則專爲古文，稿成余必見之；而巽五之時文，亦多流
播四方。余嘗私評二家之文，或剛大而嚴毅，或沖和而平易，又莫
不各象其爲人也。」〔註176〕〈張彝歎稿序〉云：「古塘初爲鏗鏘絕
麗之文，其後沈潛於六經之訓義，而歸於簡實。按其義，不當於聖
賢之意者，亦寡矣。彝歎之文凡數變，皆能闡事理，窮人情，其境
無不開也，其體無不備也。蓋二子能務學以成其文，而卒各肖其爲
人如此。」〔註177〕〈楊千木文稿序〉云：「及出其所爲時文，則窮
理盡事，光明磊落，輝然而出于眾。蓋其心與質之奇，不能自秘者

〔註173〕《方望溪遺集》書牘類〈代揚州太守張又渠課士牒〉，頁78。
〔註174〕同註139。
〔註175〕《方苞集》卷四〈楊黃在時文序〉，頁101。
〔註176〕《方苞集集外文》卷四〈劉巽五文稿序〉，頁621。
〔註177〕同註172。

如此。」〔註 178〕並在《欽定四書文》之選文中，評歸有光〈有安
社稷臣者　一節〉云：「觀杜詩可知其志慷慨，觀震川文可知其心
術端愨，故曰即末以操其本，可八九得也。」〔註 179〕黃淳耀〈見
義不爲無勇也〉云：「金、黃二家之文，言及世道人心，便能使讀
者義理之心勃然而生，是知言者心之聲，不可以爲僞也。」〔註 180〕
凌義渠〈舜發於畎畝之中　一章〉云：「後二比所謂無棄之言，讀
之可以警頑起懦，即言以求其志，自知爲忠孝性成人。」〔註 181〕

三、心術端正

　　《孟子・公孫丑上》曰：「詖辭，知其所蔽；淫辭，知其所陷；邪
辭，知其所離；遁辭，知其所窮。」〔註 182〕方苞既謂言爲心聲，文肖
其人，則其心術端正，所爲之文，行之久遠，〈楊黃在時文序〉云：

> 自明以四書文設科，用此發名者凡數十家。其文之平奇淺
> 深、厚薄強弱，多與其人性行規模相類。或以浮華炫耀一
> 時，而行則汙邪者，亦就其文可辨，而久之亦必銷委焉。
> 蓋言本心之聲，而以代聖人賢人之言，必其心志有與之流
> 通者，而後能卓然有立也。〔註 183〕

因文與人之性行相類，其行汙邪者，必由其文顯現，況時文代聖賢之
言，其心志與之相通，而後「卓然有立」。《欽定四書文・啓禎文》云：

> 時文乃代聖賢之言，非研經究史則議論無根據，非有忠孝
> 仁義之至性，雖依倣儒先之言，而不足以感發人心，學者
> 讀金黃二家之文，可以惕然而內省矣。〔註 184〕

學爲時文，除須「研經究史」外，尚須有「忠孝仁義之至性」，以「感

〔註 178〕《方苞集集外文》卷四〈楊千木文稿序〉，頁 609。
〔註 179〕同註 134，頁 191。
〔註 180〕《欽定四書文・啓禎文》卷二〈論語〉上之上，頁 346。
〔註 181〕同註 109，頁 557。
〔註 182〕朱熹《四書集註・孟子集註》卷三〈公孫丑章句上〉，頁 540。
〔註 183〕同註 175，頁 100。
〔註 184〕《欽定四書文・啓禎文》卷七〈孟子〉上黃淳耀〈得百里之地而君
　　　　之皆不爲也〉，頁 498。

發人心」，故評章世純〈君子道者三　一節〉云：「觀前輩應試之文不異於平素，可知其心術之正而避難就易，亦由當時風氣不復恪守先正矩度也。」〔註185〕劉子壯〈此謂唯仁人　三句〉云：「茹史而抉其微，中幅究極妨賢，一流心術，情狀至爲透快。」〔註186〕夏允彝〈微子去之　一章〉云：「惟陳夏二稿時有清古雄直，永不刊滅之作，良由至性所鬱，精光不能自掩。」〔註187〕譚元春〈道並行而不悖〉云：「觀物察化，皆從心源濬瀹而出，非徒乞靈於故紙者。」〔註188〕熊伯龍〈君子易事而難說也　器之〉云：「難易皆從君子心術發出。」〔註189〕張自超〈父爲子隱　二句〉云：「思清筆曲，語語從父子天性中流出，言外宛然見得天理人情之至。」〔註190〕陸龍其〈凡爲天下國家有九經　一節〉云：「一種優柔平中之氣，望而知爲端人正士。」〔註191〕等皆可概見非具心胸識力，不可代聖賢言矣。

四、以古文爲時文

梁章鉅《制義叢話》云：

> 本朝初，屛除天崇險詭之習，而出以渾雄博大，蔚然見開國規模，如熊次侯、劉克猷、張素存，其最著也；康熙後，益軌於正，而李厚菴、韓慕廬爲之宗，尋桐城二方相與輔翼，以古文爲時文，允稱極則。〔註192〕

此言「桐城二方」，指方苞及其兄方百川，二人皆爲時文名家，自幼學爲古文，迫於家計轉習時文，故云「以古文爲時文」，被稱「極則」。檀吉甫亦云：「自韓宗伯後，而二方興，皆游宗伯之門者，而百川早

〔註185〕同註116，頁415。
〔註186〕同註123，頁609。
〔註187〕同註117，頁438。
〔註188〕同註121，頁480。
〔註189〕《欽定四書文‧本朝文》卷六〈論語〉下之中，頁730。
〔註190〕同註161，頁725。
〔註191〕同註127，頁810。
〔註192〕梁章鉅《制義叢話》朱珔撰〈序一〉，頁5，廣文書局。

卒，望溪晚遇。」〔註193〕故張惕菴曰：「國初制義以安溪、望溪二先生爲極則。」〔註194〕皆足以概見方苞爲時文能手，倍受稱重。於是清乾隆元年六月十六日奉敕精選有明及清初制義，編成《欽定四書文》一書，以爲「主司之繩尺，群士之矩矱」〔註195〕也。然而方苞指陳時文之弊甚切，常勸人盡棄時文，專治經書、古文，故其苦心孤詣，以古文救時文之弊，即所謂「以古文爲時文」，蓋「論八比而沿溯古文，爲八比之正脈」〔註196〕也。〈進四書文選表〉云：

> 有明正、嘉以前先輩之文，有極平淡簡樸而清古者，惟間存一二。蓋必天資最高，變化於古文，久乃得之，非中材所能倣效也。

又云：

> 至正、嘉作者，始能以古文爲時文，融液經史，使題之義蘊，隱顯曲暢，爲明文之極盛。〔註197〕

此謂正、嘉以前之文，間能變化於古文，至正、嘉時期能「以古文爲時文」，爲明文之極盛，其中作者以唐順之及歸有光爲最，故云：「以古文爲時文，自唐荊川始，而歸震川又恢之以閎肆。」〔註198〕又云：「歸唐皆欲以古文名世者，其視古作者未便遽爲斷語，而於時文則用此，嶢然而出其類矣。」〔註199〕於是《欽定四書文》選文之總評中，方苞亦以此爲準的，如評唐順之〈此之謂絜矩之道　合下十六節〉云：「推心存心，貫通章旨，首尾天然綰合，緣熟於古文法度，循題膝理，隨手自成剪裁，後人好講串挿之法者，此其藥

〔註193〕同註192，卷十，頁353。
〔註194〕同註192，卷五，頁295。
〔註195〕同註139。
〔註196〕《四庫全書總目提要》卷一九〇集部四十三總集類五〈御選唐宋文醇五十八卷〉，頁4223，商務印書館。
〔註197〕同註139，頁581及580。
〔註198〕《欽定四書文・正嘉文》卷二〈論語〉上，歸有光〈吾十有五而志于學　一章〉，頁88。
〔註199〕《欽定四書文・正嘉文》卷一〈大學〉，唐順之〈此之謂絜矩之道　合下十六節〉，頁79。

石也。」〔註200〕又〈武王纘太王　二節〉云：「相題既眞，故縱筆所投無不合節，其提綴眼目皆本古文法脈，而運以堅勁之骨，雄銳之氣，讀之可開拓心胸，增長智識。」〔註201〕又〈子莫執中　一節〉云：「此將題所應有義意一一搜抉而出之，未嘗務爲高奇，而人自不能比並，古文老境也。」〔註202〕又〈有故而去　五句〉云：「能以古文之氣格出之，故同時作者皆爲所屈。」〔註203〕評歸有光之文，〈周監於二代　一節〉云：「以古文間架筆段馭題，題之層次，即文之波瀾，文之精蘊，皆題之氣象。」〔註204〕〈子禽問於子貢　一章〉云：「格局老刱，細按問答虛神，仍分寸不失，骨脈澄清，精氣入而粗穢除，乃古文老境，非治科舉文者所能窺尋，姑存一二，使好古者研悅焉。」〔註205〕並較歸、唐時文之別云：「歸、唐皆以古文爲時文，唐則指事類情，曲折盡意，使人望而心開；歸則精理內蘊，大氣包舉，使人入其中而茫然，蓋由一深透於史事，一兼達於經義也。」〔註206〕

至於隆、萬與啓、禎之時文，亦作比較，《欽定四書文・啓禎文》云：

> 隆、萬高手於全章題數節，題文不過取其語脈神氣之流貫耳；至啓、禎名家，然後於題中義理一一融會，縱筆所如，而題中節奏宛轉相赴，時有前後易置處，亦不得以倒提逆挈目之，一由專於時文中講法律，一由從古文規模中變化也，此訣陳、黃二家尤據勝場。〔註207〕

〔註200〕同註199。
〔註201〕《欽定四書文・正嘉文》卷四〈中庸〉，頁141。
〔註202〕同註134，頁192。
〔註203〕同註134，頁176。
〔註204〕同註198，頁93。
〔註205〕同註198，頁85。
〔註206〕同註198，康順之〈三仕爲令尹　六句〉，頁100。
〔註207〕《欽定四書文・啓禎文》卷七〈孟子〉上，黃淳耀〈莊暴見孟子曰〉，頁485～486。

言隆、萬專於「時文」中講法律，啓、禎能從「古文」中求變化，尤以陳、黃二家爲勝，故評陳際泰〈鄉田同井　五句〉云：「詞語義意，亦本管子及小蘇文，然非湛深經術，不能語舉其要；非文律深老，不能施之曲得其宜，以古文爲時文，惟此種足以當之。」〔註208〕評黃淳耀〈莊暴見孟子曰〉云：「以同民爲經，以古樂今樂同獨眾少好不好爲緯，而以古文之法運掉游行，如雲煙在空，合散無跡。」〔註209〕又〈詩云節彼南山　二節〉云：「沉雄激宕，已造歐蘇大家之堂，而嚌其胾及按其脉縷，則兩節上下照管之細密，亦無以加焉，特變現於古文局陣而使人不覺耳。」〔註210〕於是較陳、黃二家時文之別云：「啓禎名家長章數節，文皆以古文之法馭題，而陳之視黃則有粗細之別，以所入之域有淺深也。」〔註211〕

　　除此之外，又評各家之文，如諸爕〈德不孤必有鄰〉云：「運古文氣脈於排比中，屈盤勁肆，辭與意適，此等文若得數十篇，便可肩隨唐、歸，惜乎其不多見耳。」〔註212〕王樵〈子張問明　一節〉云：「刻劃深透，幾可襲跡於唐荊川，而終不能強者，古文之氣脈耳。」〔註213〕張江〈君子有諸己　未之有也　其一〉云：「模古文之氣度節奏，而於題中窺會無不曲中，是謂於文章之境能自用其才。」〔註214〕王愼中〈不得中行而與之　一節〉云：「王遵巖時文，意義風格實無過人者，以曾治古文，故氣體尚不俗耳。」〔註215〕陸樹聲〈不見諸侯何義　一章〉云：「用古文機相灌輸之法，錯綜盡致，筆意峭勁。」〔註216〕廖騰奎

〔註208〕同註207，頁512。
〔註209〕同註207，頁485。
〔註210〕《欽定四書文・啓禎文》卷一〈大學〉，頁327。
〔註211〕《欽定四書文・啓禎文》卷八〈孟子〉下之上，陳際泰〈天下有道四節〉，頁528。
〔註212〕同註198，頁99。
〔註213〕同註147，頁117。
〔註214〕同註123，頁600。
〔註215〕同註147，頁119。
〔註216〕《欽定四書文・正嘉文》卷五〈孟子〉上，頁168。

〈子謂子夏曰　一節〉云：「思辭堅切，一洗浮光掠影之談，其篇法氣韻，亦深有得於古文者。」〔註217〕蔡世遠〈凡爲天下國家有九經　三節〉云：「一氣輸灌中，條分縷析，井然不亂，非深於古文法律者不能有此。」〔註218〕韓菼〈所謂平天下　一節〉云：「起結及中間要縮處，純用古文之法，而於題之義意，註所推闡，無不脗合，故能獨步一時。」〔註219〕艾南英〈民爲貴　一章〉云：「步步爲營，其中賓主輕重次第，曲折起伏回旋，古文義法無一不備。」〔註220〕又稱儲禮執之時文云：「其尤者，氣質雅近古文。」〔註221〕序李雨蒼之時文亦云：「噫！孰謂時文而有是乎？即以是雨蒼之古文，可矣。」〔註222〕凡此皆以古文爲時文，故方苞於〈古文約選序例〉云：「用爲制舉之文，敷陳論、策，綽有餘裕矣。」〔註223〕足見倡以古文爲時文，以救時文之弊也，戴名世亦云：「乃靈皋嘆時俗之波靡，傷文章之萎薾，頗思有所維挽救正於其間。」〔註224〕良有以也。

五、理、辭、氣兼備

方苞謂「八股之作，較論、策、詩、賦爲尤難。就其善者，其持之有故，其言之成理。」〔註225〕於是繼承其兄百川之論，及合於有清取士衡文以「清眞古雅」之求，揭舉時文須理、辭、氣三者兼備，〈儲禮執文稿序〉云：

> 昔余從先兄百川學爲時文，訓之曰：「儒者之學，其施於世者，求以濟用，而文非所尚也。時文尤術之淺者，而既已爲之，則其道亦不可苟焉。今之人亦知理之有所宗矣，乃

〔註217〕同註145，頁658。
〔註218〕同註127，頁808。
〔註219〕同註123，頁603。
〔註220〕同註109，頁568。
〔註221〕同註105。
〔註222〕《方望溪遺集》序跋類〈李雨蒼時文序〉，頁8。
〔註223〕《方苞集集外文》卷四〈古文約選序例〉，頁613。
〔註224〕戴名世《戴名世集》卷三〈方靈皋稿序〉，頁54。
〔註225〕《方苞集集外文》卷四〈何景桓遺文序〉，頁609。

> 雜述先儒之陳言而無所闡也；亦知辭之尚於古矣，乃規摹
> 古人之形貌而非其眞也。理正而皆心得，辭古而必己出，
> 兼是二者，昔人所難，而今之所當置力也。」〔註226〕

時文雖代聖人之言，然並非僅摭拾先儒之陳言，模疑古人之形貌而
已，必「理正而皆心得」，「辭古而必己出」也。又奉乾隆元年六月十
六日之諭云：

> 國家以經義取士，將使士子沉潛於四子、五經之書，闡明
> 義理，發其精蘊，因以覘學力之淺深與器識之淳薄，而風
> 會所趨，即有關於氣運，誠以人心士習之端倪，呈露者甚
> 微，而徵應者甚鉅也。顧時文之風尚屢變不一，苟非明示
> 以準的，使海內學者於從違去取之介，曉然知所別擇，而
> 不惑於岐趨，則大比之期，主司何所操以爲繩尺，士子何
> 所守以爲矩矱。〔註227〕

有清以「經義取士」，欲使士子沉潛於「四子、五經」之書，立意可
佳，然有鑑於「人心士習之端倪，呈露者甚微」，蓋自仿選冒濫，士
子率多因陋就簡，剿竊陳言，置先正名家之法不講，束經史子集之書
不觀，況「世之司文章之柄者，未必有過人之明，而一不當意，遂棄
如遺跡，他人善之，轉生媢妒」，〔註228〕且時文之優劣，「必待自爲
以相較而後知之」，〔註229〕若「乃用章句無補之學，試於猝然，而決
以一人無憑之見，欲其無失也，能乎哉」？〔註230〕於是命方苞精選
有明及清諸大家制義數百篇，彙爲一集，以作「主司之繩尺，群士之
矩矱」也。〈禮闈示貢士〉云：

> 世宗憲皇帝特頒聖訓，誘迪士子，制藝以清眞古雅爲宗。
> 我皇上引而伸之，諄諭文以載道，與政治相通，務質實而

〔註226〕《方苞集》卷四〈儲禮執文稿序〉，頁95。
〔註227〕《欽定四書文》〈上諭〉，頁1。
〔註228〕《方苞集集外文補遺》卷一〈記時文稿有爲者譬若掘井一節後〉，
　　　　頁810～811。
〔註229〕《方苞集集外文》卷五〈與劉大山書〉，頁680。
〔註230〕《方苞集》卷四〈吳宥函文稿序〉，頁95。

言必有物。其於文術之根源，闡括盡矣。然清非淺薄之謂；
五經之文，精深博奧，津潤輝光，而清莫過焉。眞非直率
之謂；左、馬之文，怪奇雄肆，釀郁斑爛，而眞莫過焉。
歐、蘇、曾、王之文，無艱詞，無奧句，而不害其爲古。
管夷吾、荀卿、國語、國策之文，道瑣事，述鄙情，而不
害其爲雅。至於質實而言有物，則必智識之高明，見聞之
廣博，胸期之闊大，實有見於義理，而後能庶幾焉。是又
清眞古雅之根源也。〔註231〕

清初欲釐定文體，轉正學風，雍正頒布以「清眞古雅」、乾隆益以「質
實而言必有物」，爲科舉取文之準的，其根源於五經、左、馬、歐、蘇、
曾、王、管夷吾、荀卿、國語、國策之文，明其義理，挹取精華。又云：

時文之爲術雖淺，而其從入之徑塗，用功之層級，亦莫不
然。必於理洞徹無翳，而後能清；非然，則無發明，無淺
爲薄而已矣。必於題切中，而後能眞；非然，則循題敷衍，
爲直爲率而已矣。必高挹群言，鍊氣取神，而後能古雅；
非然，則琢雕字句，爲澀爲贅，爲剽爲駁而已矣。必貫穿
經史，包羅古今，周察事情，明體達用，然後能質實而言
有物；非然，則剿說雷同，膚庸鄙俗，而不可近矣。〔註232〕

時文欲達「清」，必於「理洞徹無翳」；欲達「眞」，必於「題切中」；
欲達「古雅」，必「高挹群言，鍊氣取神」；欲達「質實而言有物」，
必「貫穿經史，包羅古今」。〈進四書文選表〉云：

唐臣韓愈有言：「文無難易，惟其是耳。」李翱又云：「創
意造言，各不相師。」而其歸則一。即愈所謂「是」也。
文之清眞者，惟其理之「是」而已，即翱所謂「創意」也。
文之古雅者，惟其辭之「是」而已，即翱所謂「造言」也，
而依於理以達乎其詞者，則存乎氣。氣也者，反稱其資材，
而視所學之淺深以爲充歉者也。欲理之明，必溯源六經，
而切究乎宋、元諸儒之說；欲辭之當，必貼合題義，而取

〔註231〕《方苞集集外文》卷八〈禮闈示貢士〉，頁775～776。
〔註232〕同註231，頁776。

> 材於三代、兩漢之書；欲氣之昌，必以義理洒濯其心，而
> 沈潛反覆於周、秦、盛漢、唐、宋大家之古文。兼是三者，
> 然後能清眞古雅而言皆有物。〔註233〕

文之「清眞」者，惟其「理」之是，文之「古雅」者，惟其「辭」之
是，而依理達辭則存「氣」，故欲達「清眞古雅」而「言皆有物」，則
必「理」明、「辭」當、「氣」昌，然而「理、辭、氣」三者，又溯源
於六經、三代、兩漢、唐、宋大家之古文，換言之，務必以經、史、
古文爲根基，具備理明、辭當、氣昌、然後方能作出「清眞古雅」之
文，亦唯有如此之時文，則能傳之久遠。〈禮闈示貢士〉又云：

> 自科舉之法興，王、錢諸先正始具胚胎，謹守理法。至於
> 唐、歸，然後以古文爲時文，理精法備，而氣益昌。其後
> 金、陳、章、羅輩出，借經義以道世事，發揮胸中之奇。
> 以及國朝諸名家，則取法於諸公，而稍變其壁壘。其於清
> 眞古雅，質實有物，雖不能盡究其根源，未有不少有所得，
> 而能發明於一時，垂聲于久遠者也。〔註234〕

明以八股取士後，名家輩出，如化、治之王鏊、錢福；正、嘉之唐順
之、歸有光；啓、禎之金聲、陳際泰、章世純、羅萬藻諸人，皆能遵
此而行文，故將明人制義分爲四期，明其優劣，〈進四書文選表〉云：

> 自洪、永至化、治，百餘年中，皆恪遵傳註，體會語氣，
> 謹守繩墨，尺寸不踰。至正、嘉作者，始能以古文爲時文，
> 融液經史，使題之義蘊，隱顯曲暢，爲明文之極盛。隆、
> 萬間，兼講機法，務爲靈變；雖巧密有加，而氣體茶然矣。
> 至啓、禎諸家，則窮思畢精，務爲奇特，包絡載籍，刻雕
> 物情，凡胸中所欲言者，皆借題以發之；就其善者，可興
> 可觀，光氣自不可泯。凡此數種，各有所長，亦各有其蔽。
> 〔註235〕

化、治能遵經守註，正、嘉能以古文爲時文，隆、萬能兼講機法，

〔註233〕同註139，頁581。
〔註234〕同註232。
〔註235〕同註139，頁579～580。

啓、禎能借題發揮，各有所長，亦各有所短，故方苞明示選文標準，又云：

> 化、治以前，擇其簡要親切，稍有精彩者，其直寫傳註，
> 寥寥數語，及對比改換字面，而義意無別者，不與焉。正、
> 嘉則專取氣息醇古，實有發揮者。其規模雖具，精義無存，
> 及剽襲先儒語錄，膚殼平衍者，不與焉。隆、萬爲明文之
> 衰，必氣質端重，間架渾成，巧不傷雅，乃無流弊。其專
> 事凌駕，輕剽促隘，雖有機趣，而按之無實理眞氣者，不
> 與焉。至啓、禎名家之傑特者，其思力所造，塗徑所開，
> 或爲前輩所不能到。其餘雜家，則恝棄規矩以爲新奇，剽
> 剝經、子以爲古奧，雕琢字句以爲工雅，書卷雖富，辭氣
> 雖豐，而聖經賢傳本義，轉爲所蔽蝕；故別而去之，不使
> 與卓然名家者相混也。凡此數種，體製格調，各不相類；
> 若總爲一集。轉覺厖雜無章。謹分化、治以上爲一集，正、
> 嘉爲一集，隆、萬爲一集，啓、禎爲一集。使學者得溯其
> 相承相變之源流，而各取所長。至於我朝人文蔚起，守洪、
> 永以來之準繩，而加以變化；探正、嘉作者之義蘊，而挹
> 其精華；取隆、萬之靈巧，啓、禎之恢奇，而去其輕浮險
> 譎。兼收眾美，各名一家，合之共爲一集。〔註236〕

選文之準則，如化、治以前，擇其「簡要親切」者，正、嘉專取「氣息醇古」者，隆、萬挑其「氣質端重，間架渾成」者，啓、禎選其「思力所造，塗徑所開」者，而清朝之文則取兼有明人制義之美者，故凡所錄之文，皆能以發明義理，清眞古雅，言必有物爲宗，對「凡用意險仄纖巧，而於大義無所開通，敷辭割裂鹵莽，而與本文不相切比，及驅駕氣勢而無眞氣者，雖舊號名篇，概置不錄。」〔註237〕《欽定四書文·啓禎文》亦云：

> 陳、章理題文多深微而簡括，黃則切實而周詳，故品格少遜，
> 然陳、章天分絕人，黃則人功可造，陳、章志在傳世，黃則

〔註236〕同註139，頁580。
〔註237〕同註139，頁581。

猶近科舉之學。茲編於化、治惟取理法，正、嘉則兼較義蘊
氣格，隆、萬略存結搆，而啓、禎則以金、陳、章、黃爲宗，
所錄多與四家體製相近者，餘亦各收其所長，不拘一律，俾
覽者高下在心，各以性之所近，力之所能而自執焉。〔註238〕

此亦明言選文之則，化、治取其「理法」，正、嘉兼擇「義蘊氣格」，
隆、萬挑其「結搆」，啓、禎則以金聲、陳際泰、章世純、黃淳耀四
家爲宗，凡此皆以理、辭、氣爲主，俾學者量力取道，正其趨嚮，不
致茫然無畔，誤入歧途也。

　　方苞揭示理、辭、氣兼備爲時文之要件，其論時文則言「文者，
學之枝葉；制舉之文，又其近者爾。然以效聖人賢人之言，則心之
精微達於辭氣者，固可以得其崖略焉。」〔註239〕因「聖賢之言，
任人紬繹，而義蘊終無窮盡。」〔註240〕故序劉巽五時文云：「巽五
之學，於經、史、百子無不淹貫，而以爲時文，故其擇之也精，其
語之也詳，雖其外不爲驚人之言，而理精體正。時文之可久存而不
敝者，必此類也。」〔註241〕序何景桓遺文云：「發而視之，其持之
有故，其言之成理，蓋其心力嘗竭於是而有得焉，無怪其至死而不
能釋然也。」〔註242〕至於《欽定四書文》中評各家之文亦然，或
以「理、辭、氣」三者兼備評之者，如評錢禧〈必有禎祥〉云：「於
天人相應之理，實能洞燭本原，詞旨豐美，氣質光昌。」〔註243〕
熊伯龍〈此文王之勇也〉云：「義理平正，詞氣堅確，同時不乏積
學之士，舉未能及其老潔者，則功力之有淺深純駁也。」〔註244〕

〔註238〕《欽定四書文・啓禎文》卷九〈孟子〉下之下，黃淳耀〈強恕而行
　　　　二句〉，頁 560。
〔註239〕同註 104。
〔註240〕《欽定四書文・本朝文》卷五〈論語〉下之上，熊伯龍〈先進於禮
　　　　樂　一章〉，頁 702。
〔註241〕同註 176。
〔註242〕同註 225。
〔註243〕同註 121，頁 478。
〔註244〕《欽定四書文・本朝文》卷十〈孟子〉上之上，頁 845。

張玉書〈知止而后有定　一節〉云：「理脈分明，局段詞氣，亦從容和雅。」〔註245〕

　　或就「理、詞」評之者，如張永祺〈君子無眾寡　二段〉云：「不驕不猛，正是泰威美處，重發下截，反涉淺近矣，文於上截，處處精透，理正詞醇，猶有先民之遺。」〔註246〕徐春溶〈有天爵者　二節〉云：「理正詞雄，沛然莫禦，有如潮如海之觀。」〔註247〕錢有威〈所以動心忍性　二句〉云：「義理精醇，詞語刻露，講增益不能，即從動忍勘出，尤見相題眞切，惟後半精力少懈。」〔註248〕陶望齡〈君子無眾寡　一段〉云：「抉題之堅，理精詞卓，其中有物，故簡而彌足。」〔註249〕錢禧〈段干木　非由之所知也〉云：「遊行自如處，不及陳、黃之縱橫滿志，而映帶串挿，理得詞順，非時手所易到。」〔註250〕許孚遠〈肫肫其仁〉云：「題境深微，雖奧思曲筆，追取意義，終想像語耳，理熟則詞自快，可於此文驗之。」〔註251〕

　　或就「理、氣」評之者，如胡友信〈天地位焉　二句〉云：「布局宏闊，理足氣充，在稿中爲極近時作，然實非淺學所易造也。」〔註252〕吳嶔〈未有上好仁　一節〉云：「理得氣充，故能稱其心之所欲言，而人亦易足也。」〔註253〕顧允成〈是以君子有絜矩之道也　忠信以得之〉云：「題緒雖繁，無一節可脫略，文能馭繁以簡，毫髮不遺，而出以自然，由其理得而氣清也。」〔註254〕馮夢禎〈其爲人也孝弟　一章〉云：「如此篇理得氣順，清徹無翳，仍不失一直說下語氣，故爲難得。」

〔註245〕同註123，頁579。
〔註246〕同註114，頁778。
〔註247〕同註144,頁926。
〔註248〕同註134，頁190。
〔註249〕《欽定四書文・隆萬文》卷三〈論語〉下，頁253。
〔註250〕《欽定四書文・啓禎文》卷七〈孟子〉上，頁517。
〔註251〕同註201，頁159。
〔註252〕《欽定四書文・隆萬文》卷四〈中庸〉，頁254。
〔註253〕《欽定四書文・正嘉文》卷一〈大學〉，頁83。
〔註254〕《欽定四書文・隆萬文》卷一〈大學〉，頁204。

〔註255〕方舟〈誠則明矣　二句〉云：「兩則字精神俱從實理勘透，無一字可移置，上二句理醇氣樸，筆力復健。」〔註256〕黃淳耀〈所謂齊其家　一章〉云：「理確氣清，中二比可以覺寤昏迷，警發聾瞶。」〔註257〕邵基〈見乎蓍龜　二句〉云：「理醇正而氣疏達，是極意學正嘉先輩之文，變化舒卷處，或有未逮，穩當老成，已近似之矣。」〔註258〕艾南英〈口之於味也　一章〉云：「理精氣老，文律亦變化合度，就此題文較之，已肩隨於章，而與陳竝席矣，觀自記可知古人爲文不悅而自足如此。」〔註259〕胡友信〈是故君子篤恭而天下平〉云：「刻摯之思，雄古之氣，非獨入理深厚，并與題之形貌亦稱。」〔註260〕陳子龍〈能盡人之性　二句〉云：「若不求理之足，氣之充，而但競富有，未有不入於昏浮滯塞者。」〔註261〕胡友信〈臣事君以忠〉云：「惟其理眞，是以一氣直達，堅凝如鑄。」〔註262〕金聲〈子貢問政　一章〉云：「精神理實，融結一氣，舒放中極其嚴整，不可增減一字。此等文當求其根柢濟用與性質光明處，乃立言不巧之根源也。」〔註263〕馬世奇〈至誠之道　二句〉云：「義理精深，氣體完渾，稿中第一篇文字。」〔註264〕金聲〈修身也　三句〉云：「處處帶定天下國家，才是九經之修身，尊賢親親，掃盡一切籠統語，實理眞氣，盎然充塞，不必遵歸唐軌跡，而固與之並。」〔註265〕又〈君子所以異於人者　二句〉云：「實理充，精氣奮，探喉而出，皆聖賢檢身精語，可知凡志士仁人，

〔註255〕《欽定四書文・隆萬文》卷二〈論語〉上，頁212。
〔註256〕同註127，頁820。
〔註257〕同註210，頁323。
〔註258〕同註127，頁823。
〔註259〕同註109，頁571。
〔註260〕同註252，頁266。
〔註261〕同註121，頁476。
〔註262〕同註255，頁216。
〔註263〕同註116，頁391。
〔註264〕同註121，頁477。
〔註265〕同註121，頁464。

皆曾於此處痛下功夫。」〔註266〕陸龍其〈吾有知乎哉　一節〉云:「理境澄澈,氣體清明,向來分上半是學,下半是誨,諸謬解從此廓如,實有功於後學。」〔註267〕方舟〈道之以政　一節〉云:「以歐蘇之氣達朱程之理,而參以管荀之峭削,可謂成體之文。」〔註268〕又〈心正而后身修　二句〉云:「微思曲引,勁氣直達,開理題未開之境。」〔註269〕歸有光〈吾十有五而志于學　一章〉云:「如此等文,實能以韓歐之氣,達程朱之理,而脗合於當年之語意,縱橫排盪,任其自然,後有作者不可及也已。」〔註270〕又〈所謂大臣者　一節〉云:「實理中蘊,浩氣直達,儼如宣公對君之奏,朱子論學之書。」〔註271〕雲中官〈誠者非自成己而已也　一節〉云:「數層曲折,一氣貫注,不散不雜,理脈俱清。古文大家非資材絕人者,莫能問津,中人初學求為清真妥當,以此等文為權輿可也。」〔註272〕鄧以讚〈禮樂不興興　二句〉云:「禮樂刑罰交關處,洞徹原委,剖析精詳,其理則融會六經,其氣則浸淫史漢,其法則無所不備也。」〔註273〕文志鯨〈顏淵季路侍　一章〉云:「理境融洽,無營搆之跡,自言其志以下數行,一氣滾出,而次第深廣,口吻宛然。」〔註274〕

　　或僅就「理」而評之者,如黃淳耀〈鬼神之為德　一章〉云:「直捷了當,步步還他平實,而游行自如,若未嘗極意營搆者,由於理境極熟也。」〔註275〕顧憲成〈誠者自成也　一章〉云:「理路極清,文境極熟,故運重如輕,舉難若易,節拍間自有水到渠成之

〔註266〕同註110,頁535。
〔註267〕《欽定四書文·本朝文》卷四〈論語〉上之下,頁690。
〔註268〕同註112,頁620。
〔註269〕同註123,頁586。
〔註270〕同註198。
〔註271〕同註147,頁115。
〔註272〕同註127,頁826。
〔註273〕同註249,頁237。
〔註274〕同註145,頁653。
〔註275〕同註121,頁455。

妙。」〔註276〕王樵〈故君子不可以不修身　一節〉云：「會通上下數節，清出題緒，而以實理融貫其間，可謂善發註意。」〔註277〕唐順之〈吾與回言終日　一節〉云：「如脫於聖人之口，若不經意而出，而實理虛神，煥發刻露，以天合天器之所以疑神也。」〔註278〕顧允成〈舜亦以命禹〉云：「題位甚虛，但於虛處著筆，則易必浮滑一路，文獨確疏實義，而虛神更爲醒露，石崑玉作以法勝，此以理勝也。」〔註279〕文志鯨〈顏淵季路侍　一章〉云：「迴出壖埃之外說理，正復處處確實。」〔註280〕金居敬〈能盡其性　六句〉云：「實義搜剔得玲瓏，舊義洗滌得新穎，以觀理無纖翳也。」〔註281〕

　　或僅就「氣」而評之者，如歸有光〈古之欲明明德於天下者　二節　其二〉云：「即以綱領爲條目之界劃，四比如題反覆，清透簡亮，有一氣揮灑之樂。」〔註282〕方應祥〈詩云節彼南山　二節〉云：「以上節之愼不愼爲下節得失之因，一正一反，意脈相承，師尹一層納入有國者中，一氣運化，更不費手。」〔註283〕胡友信〈小人之使爲國家　四句〉云：「固是一氣鑄成，仍具渾灝流轉之勢，故局斂而氣自開拓。」〔註284〕金聲〈夫子溫良恭儉讓以得〉云：「此題語意本一氣渾成，不但分疏有乖理，體即實發亦少精神，此文止從邦君心目中虛擬白描，乃相題有識處。」〔註285〕金德嘉〈聖人治天下　四句〉云：「頓跌鼓盪，一氣流轉，闈墨中僅有之文。」〔註286〕方舟〈齊景公有馬千駟　一節〉

〔註276〕同註252，頁263。
〔註277〕同註201，頁150。
〔註278〕《欽定四書文・正嘉文》卷二〈論語〉上，頁89。
〔註279〕同註249，頁252。
〔註280〕同註274。
〔註281〕同註127，頁822。
〔註282〕同註253，頁77。
〔註283〕同註254，頁205。
〔註284〕同註254，頁210。
〔註285〕同註180，頁335。
〔註286〕同註144，頁938。

云：「言高指遠，磊落奇偉之氣，勃勃紙上，學者當求其生氣之所由盛。」
〔註287〕歸有光〈夏禮吾能言之 四句〉云：「古厚清渾之氣，盤旋屈曲
於行楮間，歸震川他文皆然，而此篇尤得歐陽氏之宕逸。」〔註288〕錢
世熹〈不在其位 一節〉云：「筆太勁快，便少深厚之氣，作者佳處在
此，所短亦在此。」〔註289〕陳際泰〈齊人伐燕勝之 二章〉云：「縱橫
變化，無非題目節族，而雄健之氣，進退自如，專以巧法鈎勒題面者，
無從窺其蹤跡。」〔註290〕蘇濬〈我亦欲正人心 一節〉云：「專發承三
聖意，最得本文語氣，愉怡自得之致，不及元作，雄直勁利之氣，則又
過之，可謂各據勝場。」〔註291〕馮夢禎〈我亦欲正人心 一節〉云：「信
筆直書，不加刻琢，而清明之氣，流溢行間。」〔註292〕趙南星〈脅肩
諂笑 二句〉云：「猥瑣之情，以峻厲之氣摘發之，足令人愧恥之心，
勃然而生。」〔註293〕陶望齡〈子問公叔文子 一章〉云：「點化題面手
法靈絕，更有峭勁之氣遊盪行間。」〔註294〕顧憲成〈惟仁者為能以小
事大 二段〉云：「極平淡中，清越疏古之氣，足以愜人心目，非涵養
深厚，志氣和平，不能一時得此。」〔註295〕瞿景淳〈天子一位 六節〉
云：「以義制法，文成法立，整練中有蒼渾之氣，稿中所罕見者。」〔註
296〕陶望齡〈民事不可緩也 三節〉云：「打疊一片，處處緊密，而勢
寬氣沛，故為難及。」〔註297〕陳際泰〈所藏乎身不恕 三句 其二〉
云：「每字必析兩義，氣清筆銳，篇法渾成。」〔註298〕獬〈敢問交際何

〔註287〕同註114，頁763。
〔註288〕同註198，頁91。
〔註289〕同註269，頁680。
〔註290〕同註250，頁490。
〔註291〕同註124，頁291。
〔註292〕同註124，頁290。
〔註293〕同註124，頁288。
〔註294〕同註249，頁239。
〔註295〕同註124，頁270。
〔註296〕同註134，頁180。
〔註297〕同註124，頁282。
〔註298〕同註210，頁324。

心也　一章〉云：「所惡於鍾斗之文者，以其老鍊而近俗也。此篇則氣頗清眞，平淡中自有變化，特錄之，以示論文宜有灼見，不可偏執一端。」〔註299〕顧憲成〈敢問交際何心也　一章〉云：「因題成文，不立間架，而題之膝理曲折，無不操縱入化，所謂氣盛，則言之短長與聲之高下皆宜者。」〔註300〕歸有光〈多聞闕疑　二段〉云：「顯白透亮，而灝透頓折，使人忘題緒之堆垛。」〔註301〕又〈子入大廟　一節〉云：「神氣渾脫，化盡題中畦界，而清淡數言，旨趣該透，其於題解昭然如發蒙矣。」〔註302〕潘仲驂〈仲尼祖述堯舜　一章〉云：「實詮細疏，一字不架漏，而氣脈復極融暢。」〔註303〕黃洪憲〈見賢而不能舉　一節〉云：「寬博渾厚，愷切周詳，有文貞、宣公諸名人奏疏氣味。」〔註304〕湯顯祖〈我未見好仁者　一章〉云：「無事鈎章棘句，而題之層折神氣畢出，其文情閒逸，顧盼作態，固作者所擅場。」〔註305〕胡友信〈天下有道　一章〉云：「氣清法老，古意盎然，幾可繼唐歸之武所不能似者，唐歸出之若不經意耳。」〔註306〕萬國欽〈舜其大孝也與　一章〉云：「章法之轉運，氣脈之灌輸，如子美七言古詩，開闔斷續，奇變無方，而使讀者口順心怡，莫識其經營之跡。」〔註307〕湯顯祖〈故太王事獯鬻　二句〉云：「此先輩極風華文字，然字字精確，無一字無來歷，而氣又足以運之，以藻麗爲工者，宜用此爲標準。」〔註308〕葛寅亮〈饑者易爲食　猶解倒懸也〉云：「以題之脈絡爲文之起伏頓宕，界劃極清，氣勢亦復沛

〔註299〕同註165，頁303。
〔註300〕同註165，頁302。
〔註301〕同註278，頁90。
〔註302〕同註278，頁94。
〔註303〕同註199，頁155。
〔註304〕同註254，頁206。
〔註305〕同註255，頁218。
〔註306〕同註249，頁246。
〔註307〕同註252，頁257。
〔註308〕同註124，頁271。

然。」〔註309〕金聲〈十目所視　二節〉云：「筆致超銳，氣骨雄偉，頗足振起凡庸。」〔註310〕袁彭年〈子路問事君　一節〉云：「文氣樸勁，一往無前，啓禎文自金、陳數家而外，得此甚難。」〔註311〕陳際泰〈五者天下之達道也〉云：「識解獨到，文氣醇茂，彬彬乎有兩漢之風矣。」〔註312〕鄭鄤〈齊桓晉文之事〉云：「運掉如意，氣局寬綽有餘，蓋妙手適然而得，即令其人再爲之，亦更不能似此神化矣。」〔註313〕劉侗〈然則廢釁鐘與　三句〉云：「於題縫中發意，小中見大，思議宏闊，仍於題氣不失，故佳。」〔註314〕姜櫺〈古之學者爲己　一節〉云：「道盡古今學者心事，層層勘入，精切似胡思泉，而氣更疏宕。」〔註315〕吳學顥〈敬大臣則不眩〉云：「語能該括，氣亦充沛，筆力精神，頗與熊次侯爲近。」〔註316〕熊伯龍〈周公成文武之德〉云：「亦人人所有之義，而出之巨手，便覺雄偉博碩，光氣非常。」〔註317〕鄒德溥〈先王無流連之樂　二節〉云：「順逆疾徐，應節合度，不必言法，而法無不備，其氣息醇古，平淡中有極腴之味。」〔註318〕

　　以上皆就「理、詞、氣」、「理、詞」、「理、氣」、「理」、「氣」等評時文，而「若理不足而求之詞，雖得子家之精，亦無取焉。」〔註319〕故未僅就「詞」而評之者。

　　綜上可知，方苞以博極群書、文肖其人、心術端正、以古文爲時文、理辭氣兼備等諸端爲時文理論，並以此評論時文，作爲選文、衡

〔註309〕同註124，頁277。
〔註310〕同註210，頁322。
〔註311〕同註116，頁414。
〔註312〕同註121，頁463。
〔註313〕《欽定四書文・啓禎文》卷七〈孟子〉上，頁483。
〔註314〕同註213，頁484。
〔註315〕同註189，頁740。
〔註316〕同註127，頁812。
〔註317〕同註155，頁790。
〔註318〕同註124，頁272。
〔註319〕《欽定四書文・啓禎文》卷六〈中庸〉，章世純〈誠之者人之道也〉，頁473。

文之準則，故每體現在諸時文序及編選《欽定四書文》之總批中。

第四節　時文作品探究

　　方苞之時文，今不傳於世，但就其文集及散見於叢話、筆記中，尚可略見其篇名，尋繹其片段，藉以窺其能享時文之盛名，其來有自，茲分應試、偶作及結集三者探究如下：

一、應試時文

　　方苞於康熙二十八年（1689），年二十二，應歲試之時文，據姚範《援鶉堂筆記》云：

> 按高素侯康熙己巳視學江南，望溪以歲試冠諸生，其四書文首畜馬乘四句，次食志至然則子非食志也。〔註320〕

此爲方苞應試之四書文，觀其首爲「畜馬乘」四句，次爲「食志」至「然則子非食志也」諸句，可知題面爲〈孟獻子曰　一節〉，見於《大學》傳之十章〈釋治國平天下〉第五節，則題目爲「孟獻子曰：『畜馬乘，不察於雞豚；伐冰之家，不畜牛羊；百乘之家，不畜聚斂之臣；與其有聚斂之臣，寧有盜臣。』此謂國不以利爲利，以義爲利也。長國家而務財用者，必自小人矣；彼爲善之。小人之使爲國家，菑害並至，雖有善者，亦無如之何矣。所謂『國不以利爲利，以義爲利』也。」〔註321〕餘者不得而知。又云：

> 樹按：高公名裔，視學江南，延山西姜公橚佐校文卷，姜公亟賞高紫超及望溪文，曰「江南宿學惟無錫高愈、桐城方苞二人而已。」泊康熙己卯，姜公來主江南試，望溪以第一領鄉薦，高不與試。〔註322〕

方苞以歲試受知於高公，又獲姜公之讚賞，稱爲「江南宿學」，故康熙

〔註320〕姚範《援鶉堂筆記》卷四十三〈望溪集〉中〈大理卿高公墓表〉條，頁 1652，廣文書局，民國 60 年 8 月。

〔註321〕朱熹《四書集注・大學章句》，頁 35，漢京文化事業，民國 72 年 11 月 15 日。

〔註322〕同註320，方東樹〈刊誤〉，頁 2022。

三十八年，方苞能舉江南鄉試第一，足見其時文早已受主考官之矚目矣。

康熙二十九年（1690）秋，方苞應鄉試，房考將樂廖公蓮山騰煌、新鄉暢公素庵泰兆，得其時文，大異之，交論力薦，不售。〔註323〕其時方苞之時文，據梁章鉅《制義叢話》云：

> 檀吉甫曰：「方望溪〈先進於禮樂章〉中二比云：『吾嘗切而求之一人一家之事，其父兄之力勤而守約者，大都無所紛華，而子弟以風流相尚，遂漸覺先人之迂闊不近於人情，則夫上下數百年之間，其流失更可知也；又嘗近而徵之一鄉一邑之間，其長老之談笑而嬉游者，大率見聞皆古，而少年之潤色爲工，竊以爲上世之衣冠不宜於大雅，則夫邦國朝廟之間，其變遷更可想也。』按此先生庚午科遺卷也。深情綿邈，風韻絕高，是科劉北固領解。〔註324〕

可知方苞首度應庚午科（康熙二十九年）鄉試之題面爲〈先進於禮樂章〉，見於《論語·先進第十一》，則題目爲：「子曰：『先進於禮樂，野人也。後進於禮樂，君子也。如用之，則吾從先進。』」〔註325〕在此僅見中二比之文，檀吉甫稱其「深情綿邈，風韻絕高」。張惕菴亦云：

> 方望溪先生以庚午科掄元，〈先進於禮樂章〉文至今熟在人口，以二三傷觸時忌，遂置之，房師爲將樂廖蓮山騰煌，以能賞此文，知名於後世，內擢至戶部侍郎，以舉人出身，屢爲會試總裁，亦異數也。〔註326〕

足見此文當時已膾炙人口，且深受廖蓮山之賞識，然言以「庚午科掄元」及「舉人出身」，似有未妥，因方苞於庚午科不售，而康熙四十五年應禮部試，成進士第四名，並非以舉人出身而已。韓菼亦云：「康熙庚午秋，余讀方子靈皋遺卷而歎其才，謂近世無有，亟寓書健菴師京邸刻之，錄眞集中。」〔註327〕

〔註323〕《方苞集》附錄蘇惇元輯〈方苞年譜〉，頁868。
〔註324〕梁章鉅《制義叢話》卷十，頁361～362。
〔註325〕朱熹《四書集注·論語集注》卷六〈先進第十一〉，頁285。
〔註326〕同註325，頁364。
〔註327〕韓菼《有懷堂文藳》卷五〈方百川文序〉，頁14。

　　康熙三十八年（1699），方苞年三十二，舉江南鄉試第一，主考
爲韓城張公景峰廷樞、太原姜公崑麓櫨，〔註328〕據梁章鉅《制義叢
話》云：

> 抗希堂稿後評載姜櫨云：己卯之歲，余與韓城張公廷樞知
> 江南，鄉舉桐城方生爲選首，榜揭之日，其鄉人同聲快之，
> 曰：自顧涇陽先生舉於萬歷丙子，而其盛再見。且以爲涇
> 陽之文，固多可傳，而鄉墨則年少才俊者，皆可擬焉。惟
> 方君沈浸醲郁，深於古人之意，尚非涇陽所能及也。〔註329〕

己卯即康熙三十八年，方被被舉爲選首之時，鄉人稱快，並比諸顧
涇陽之盛再見，姜氏亦讚其文「沈浸醲郁，深於古人之意」，比顧氏
尚技高一籌，且方苞於〈吏部侍郎姜公墓表〉云：「余始見公于督學
宛平高公使院，高以國士遇余，公實啓之。及公主試而余適爲選首，
例執弟子之禮以見，公三辭曰：『此世俗之淺意也。子不見顧涇陽、
孫柏潭已事乎？』余對曰：『吾不敢爲世俗之所驚也。且始見時，公
年長以倍矣！』然公每接余，周旋談笑，必雜以朋友之禮與辭。」
〔註330〕此科以〈吾未見剛者　一節〉、〈惟天下至聖至有臨也　三句〉
及〈道則高矣美矣　一章〉三者爲題，其中題面〈惟天下至聖至有
臨也　三句〉，見於《中庸》第三十一章，則題目爲「唯天下至聖，
爲能聰明睿知，足以有臨也。」〔註331〕〈道則高矣美矣　一章〉，
見於《孟子・盡心上》，爲「公孫丑曰：『道則高矣美矣，宜若登天
然，似不可及也；何不使彼爲可幾及，而目孳孳也？』孟子曰：『大
匠不爲拙工改廢繩墨，羿不爲拙射變其彀率。君子引而不發，躍如
也。中道而立，能者從之。』」〔註332〕〈吾未見剛者　一節〉，出於
《論語・公冶長第五》，則題目爲「子曰：『爲未見剛者！』或對曰：

〔註328〕同註 323，頁 872。
〔註329〕同註 324 卷十二，頁 500～501。
〔註330〕《方苞集》卷十二〈吏部侍郎姜公墓表〉，頁 341。
〔註331〕朱熹《四書集注・中庸章句》第三十一章，頁 99。
〔註332〕朱熹《四書集注・孟子集注》卷十三〈盡心章句上〉，頁 878～879。

『申根。』子曰：『根也慾，焉得剛？』」〔註333〕檀吉甫云：

> 至己卯，而先生亦領解，當時主文惟恐失知名士，而非以
> 冥冥決也。故方望溪以「天人一理元」，陳介眉以「一匡天
> 下元」，而俱爲名元，朋友知己息息相關，雖先輩名儒，未
> 嘗故拒之也。〔註334〕

此稱方苞爲「天人一理元」，其下夾注云：「按康熙己卯元墨〈吾未見
剛者　一節〉，起講云：『且夫剛者，天德而聖人重之者，以其一於理
而不可動也。』」〔註335〕取其「天」、「人」、「一」、「理」四字，故稱
之。與陳介眉之「康熙乙卯（1675）元墨〈子謂子產　一節〉破題云：
『學足匡時舉一人，以風天下焉。』」〔註336〕之「一匡天下元」，並
稱爲「名元」。

康熙四十二年（1703），方苞年三十六，再試禮部，不第，海寧
許汝霖見其文，大加讚賞，據〈記時文稿興於詩三句後〉云：

> 海寧許公視學江左，時余在京師。……癸未，榜揭，公見韓
> 城張先生言：「闈中得曠九號卷，淵懿高素，有陶、鄧之風，
> 必海內老學。」細叩，則余文也。二場屬對工者，尚能舉其
> 詞。時余南歸薄遽，未得繼見。踰歲而公出理北河，每見朋
> 游，必屬曰：「爲我語方君：『家貧親老，乃爲舉世不好之文，
> 以與群士競得失，將以爲名邪？何所見之小也』」今年入試
> 禮部，易爲嚴整明暢之體。蓋感公相責之語，而自悔曩者辨
> 義之未審也。此篇乃臨揚揣摩之作，故并記所由，以識余之
> 鄙劣，而數爲賢者所器重；蓋深懼其無以稱焉。〔註337〕

許公稱其文「淵懿高素」，有「陶、鄧之風」，論定必爲「海內老學」
所作，且加以規勸，於是康熙四十五年（1706），再應禮部試，以〈興
於詩　三句〉爲題面，易爲「嚴整明暢」之體，果中進士第四名，感

〔註333〕朱熹《四書集注・論語集注》卷三〈公冶長第五〉，頁186。
〔註334〕同註324，頁362。
〔註335〕同註334。
〔註336〕同註334。
〔註337〕《方苞集集外文補遺》卷一〈記時文稿興於詩三句後〉，頁809～810。

許公相責之言，故作記於後。梁章鉅亦言：「望溪先生集中〈興於詩　三句〉題文，亦有兩篇，文後自跋。」〔註338〕此題見於《論語・泰伯第八》，則題目為：「子曰：『興於詩，立於禮，成於樂。』」〔註339〕惜未見其文。

二、偶作時文

方苞於康熙三十年（1691），初至京師，曾偶思以〈歲寒章〉為題，成四義，見交於游朋，〈書時文稿歲寒章四義後〉云：

> 四義向者自寫兩通，一言潔閱，一潛虛、詒孫閱，以硃墨別之。言潔閱者，留北平方允昭所，數年索歸，崑山張闇成持去。潛虛、詒孫閱者，內丘王永齋持去，而允昭、闇成、永齋先後皆奄忽矣！念之終夜氣結，晨起志之。時己卯十一月朔日，船過寶應書。〔註340〕

此題〈歲寒章〉見於《論語・子罕第九》，則題目為：「子曰：『歲寒，然後知松柏之後彫也。』」〔註341〕此文曾自寫兩通，以見交於劉言潔、宋潛虛及徐詒孫三友，爾後坊間刊其文稿，再度檢閱，自念詞義甚粗鄙，終因以此文始交三友而不忍棄之。〔註342〕

方苞曾以〈行不由徑　三句〉為題試教習諸生，並自擬兩篇，據梁章鉅《制義叢話》云：

> 方望溪先生集中有〈行不由徑　三句〉題文兩篇，首篇是對做，次篇乃截做。講下云：偃之未至武城也，武城之人蓋傳其行不由徑矣，此偃之得於所聞者也。後幅云：偃也，心儀滅明久，始猶不敢遽以所聞決其為人，及見其非公事，未嘗至於偃之室，而後斷然信其為行不由徑人也。〔註343〕

〔註338〕同註324云，頁360。
〔註339〕朱熹《四書集注・論語集注》卷四〈泰伯第八〉，頁244～245。
〔註340〕《方苞集集外文》卷四〈書時文稿歲寒章四義後〉，頁635。
〔註341〕朱熹《四書集注・論語集注》卷五〈子罕第九〉，頁267～268。
〔註342〕同註340云：「近以坊人刊余文稿，檢舊篋得此四義，覆閱之，詞義甚粗鄙。然念得交于三君子自此始，因不自棄。」頁635。
〔註343〕同註324，頁359。

此題〈行不由徑　三句〉，出於《論語‧雍也第六》，則題目爲：「子游爲武城宰。子曰：『女得人焉爾乎？』曰：『有澹臺滅明者，行不由徑，非公事，未嘗至於偃之室也。』」〔註344〕觀其內容，皆直據題意發揮，故謝雲墅評之曰：「起境逼窄，便已水盡山窮，以下轉身乃得寬勢。」梁章鉅云：「按此評固是度人金針，而此文用意之深，尙未說到。」〔註345〕此文末段又云：

> 嗟乎！世之言得士者，皆曰是嘗往來吾室矣，不知能使入吾室者，即不能使其不爲途人也。不然，胡滅明未嘗至室而子游津津然道之，以爲己所得士哉？〔註346〕

感慨世人取人未若子游，持身不以滅明爲法，故安溪李文貞公評云：「層折上下，寓以感慨。」梁章鉅亦云：「眞深知文，又深知望溪者也。」〔註347〕方苞自跋云：

> 余己巳歲試，受知宛平高素侯先生。辛未後，從入京師。先生命閉特室，勿與外通，大司成新安吳公謂先生曰：「吾急欲識此生！吾擇生徒之尤者，與子弟會文，生能過我乎？」余以疾辭。又數日招飮酒，再三辭。公因自訪余於寓齋，余因先生以謝曰：「某名掛太學，而部牒未過，以賓客見，義不敢也；以生徒見，又非所安，請稍俟之！「公以癸酉二月，禮先於余。秋闈畢，余始報謁，仍執不見之義，而公愛余益厚。公卿間或問太學人材，必曰：「有方生者，將至矣！耿介拔俗之士也。吾未得見而知之最深。」用此，見居門下者，皆若有憾焉。是題乃所以試教習諸生者，余偶擬作。篇末云云，蓋感公知己之義也。及余名過牒，而公巳去太學，尋歸道山，竟未得一見。每與公子東巖兄弟言之，未嘗不氣結良久也。〔註348〕

〔註344〕朱熹《四書集注‧論語集注》卷三〈雍也第六〉，頁207。
〔註345〕同註343。
〔註346〕同註343。
〔註347〕同註324，頁360。
〔註348〕《方苞集集外文》卷四〈記時文稿行不由徑三句後〉，頁636。

此言受新安吳公之厚愛，屢折輩索交，見稱爲「耿介拔俗之士」，因感吳公「知己之義」而作此跋文，以表明心跡，顯見方苞之個性亦如澹臺滅明，非公事不肯接見，然竟失卻謀面之機而有憾焉，故此文寄慨良深。

　　方苞文集中，又有〈記時文稿有爲者譬若掘井一節後〉云：
　　此乙酉江南鄉試題，表弟鮑季昭文，抑於同考而爲主司所賞，刊入鄉墨，余未之奇也；攜入京師，潛虛、大山、北固皆嘆賞；安溪李公以爲天才奇才，當勉以著述。余歸寓覆視之，仍無奇。還江南，偶以三題課兄子道希，因自擬作；審察題義，取鮑作再三視：其首篇，詞義俱拔出先輩之外。次篇理備法老，更無從出其範圍。惟三作精神未旺；因握筆爲之，含意聯詞，便覺其文亦親切有味，中幅竟沿其意，惟前後稍展拓耳。夫以親戚暱好之文，再三審視，猶幾失之。世之司文章之柄者，未必有過人之明，而一不當意，遂棄如遺跡，他人善之，轉生媢妒，何其用心之不恕也？記此使聞者省焉。〔註349〕

此題原爲康熙四十四年（1705）江南鄉試題，其表弟鮑季昭所作，頗受主司、友人宋潛虛、劉大山、劉北固及李光地之讚嘆，然己竟未之奇，遂以此題課兄子道希，並自擬作，方覺其文「親切有味」，乃悟「他人善之，轉生媢妒」之理，可知方苞偶作〈有爲者譬若掘井　一節〉，自出《孟子・盡心章句上》，題目爲：「孟子曰：『有爲者辟若掘井，掘井九軔而不及泉，猶爲棄井也。』」〔註350〕自爲而無法超越鮑弟，故「中幅竟沿其意，惟前後悄展拓耳」。

　　此外，梁章鉅《制義叢話》云：
　　張惕菴又曰：好行小慧句，向無確解，若說作奸犯科之事，非群居終日時所行；若說任情放誕，如嵇康之鍛爐，阮孚之蠟屐，和嶠之倚囊，王戎之鑽李，亦與章旨不合，此慧

〔註349〕《方苞集集外文補遺》卷一〈記時文稿有爲者譬若掘井一節後〉，頁810～811。
〔註350〕同註332，頁868～869。

字自頂上義字來，方望溪文只作一氣說，下云：其言本道
理所不載，而一縱一橫，機之所觸，亦若有意趣之可尋，
其趣為他人所不知，而此唱彼和，論者莫當，亦自有聰明
之獨擅。〔註351〕

此題〈好行小慧〉句出自《論語·衛靈公第十五》，子曰：「群居終日，
言不及義，好行小慧，難矣哉！」〔註352〕題目限「好行小慧」句，
朱熹注云：「小慧，私智也；言不及義，則放辟邪侈之心滋；好行小
慧，則行險僥倖之機熟；難矣哉者，言其無以入德，而將有患害也。」
〔註353〕在此僅載方苞文之一段而已，張惕菴評曰：「蓋不言先王之
法，言自撰一副議論，如清言橫議之類，即好行小慧也，似有著落。」
〔註354〕《制義叢話》又云：

鄭蘇年師曰：方望溪群居終日節文起比云：業固精於各治
者也。無故而處一堂，其神志已渙矣，而復外於名教以為
樂，是以同惡而相滋也，時不可以再得者也；優游而多暇
日，其出人不遠矣，而復漫為鄙倍以相娛，是不獨日力之
坐耗也。〔註355〕

此題〈群居終日　一節〉，出於《論語·衛靈公第十五》，題目為：「子
曰：群居終日，言不及義，好行小慧，難矣哉！」〔註356〕方苞之文
僅錄起此一段，鄭蘇年評曰：「所言皆周秦諸子之緒餘，而鍊作時文
自異凡響，此文當為吾齋塾中座右銘，凡我學侶當敬誦之。」〔註357〕
可謂推崇備至。

　　方苞又有〈子使漆雕開仕　一節〉之時文，據梁章鉅《制義叢話》
云：

〔註351〕同註324，頁357。
〔註352〕朱熹《四書集注·論語集注》卷八〈衛靈公第十五〉，頁377。
〔註353〕同註352，頁377～378。
〔註354〕同註351。
〔註355〕同註351。
〔註356〕同註352。
〔註357〕同註324，頁357～358。

方望溪先生子使漆雕開仕節文云：倉卒以就功名，皆後世
苟且之行，而古人無是學也。不出戶庭，以終其身，而天
地之變，萬物之情，悠然在吾之心目，故一旦舉而措之，
而不啻行所無事也，苟臨境而有躊躇，則其先固有不能自
必者矣，慷慨以自期許，亦豪傑闊疏之病，而儒者不必然
也，吾誠不欲苟於自待，則天民之行，大人之學，可默以
自驗其盈虛，雖師友之朝夕與居，而不必使知吾意也，特
相就而商出處，則此中有不得不自明者矣。〔註358〕

此題〈子使漆雕開仕　一節〉，出自《論語・公冶長第五》，題目爲：
「子使漆雕開仕，對曰：『吾斯之未能信。』子說。」朱熹注云：「漆
雕開，孔子弟子，字子若；斯，指此理而言；信，謂眞知其如此，而
無毫髮之疑也。開自言未能如此，未可以治人，故夫子說其篤志。」
〔註359〕梁章鉅評此段方苞之時文云：「接二比意境與湯文正見善如不
及章文極相似，何雨厓所謂一世口流沫者，不虛也。惟何二山謂：『四
子書中斯字無不緊蒙上文者，兩其斯之謂，一謂切磋琢磨，一謂不降
不辱；斯民也，斯禮也，一謂毀譽之人，一謂上祀之禮。此處斯字接
上仕字，當日使仕不過一官一邑，漆雕氏亦只從這上見大意，何得滉
瀁，其意以爲高，恢張其言以爲大。蓋一指還淳一指，望溪雖其師，
亦未敢雷同也。』此語實雲開日明，可以質之來者。」〔註360〕

又有〈君子不器〉題文，《制義叢話》又云：

趙穀士在田曰：抗希堂集中有君子不器題文，中二比云：
吾於是而知先王之教，所以成天下之材者至深遠也。凡可
以爲身心性命之益者，無弗圖也；凡可以爲家國天下之用
者，無弗備也。至於纖悉繁頤之物，大受者所不必經心，
亦使反覆求詳焉而不敢廢；至其材之既成，咨以謀而無所
不通，試以事而無所不效，追論者以爲上古之人，才有天
授焉而不可幾，而不知先王所以成其材者，其教固如是也，

〔註358〕同註324，頁358。
〔註359〕同註333，頁182。
〔註360〕同註324，頁358～359。

抑聖賢之學，所以自成其身者爲不苟也，沈潛高明，可以
任其質，而不敢安也；道德術藝，可以速其成，而不敢迫
也，即至天人身世之間，所值者已迫不及待，而猶遲迴自
試焉而不敢輕，迨其身之既出，大可以持天地之變，而細
亦能屈萬物之才，觀聽者以爲夫人所挾持，非關學焉而不
可強，而不知彼之所以成其身者，其學固如是也。〔註361〕

此言方苞集中有〈君子不器〉題文，然遍搜全集竟未見，此題出自《論
語・爲政第二》，子曰：「君子不器。」朱熹注云：「器者，各適其用
而不能相通，成德之士，體無不具，故用無不周，非特爲一才一藝而
已。」〔註362〕此文僅錄中二比，梁章鉅云：「孟瓶菴師喜誦方望溪〈君
子不器〉中二比。」〔註363〕且評之云：「按此文爲藝林所傳誦，古今
學術流，頗具於此，非望溪先生之胸次，不能成此文章。」〔註364〕
誠褒獎有加也，且對後人影響至爲深遠，又云：「近聞英煦齋先生壬
子鄉試闈墨〈大學之道〉題中閒全錄此二比，不過改換數字，大抵先
生少讀此文，爛熟於胸中，風簷信筆，直書如同己出，無足深論，先
生之經濟文章，爲國楨榦原，不以時藝爲重輕，乃其門人魏笛生觀察
編梓三朝玉尺文式，輒以此文弁首，且評云：『閎深典雅，獨冠儒宗。』
不僅有光斯集，則失之未考矣。按煦齋師恩慶堂制義，亦及門曾崑圃
主事炘所編，刪去〈大學之道〉鄉墨不載，而有〈不患人之不己知，
患其不能也〉一篇，中二比亦直抄方作，惟『成天下之材，及自課其
身』，『材』字、『身』字皆改作『能』字，餘則一字不易，又不可解
矣。」〔註365〕足見方苞之時文，後人取爲典範，競相傳誦，爛熟於
心胸，如英煦齋二文皆取諸方苞此題之文，其門人失察，竟以「閎深
典雅，獨冠儒宗」稱之，亦實褒方苞之文也。

〔註361〕同註324，頁362～363。
〔註362〕朱熹《四書集注・論語集注》卷一〈爲政第二〉，頁141。
〔註363〕同註324，卷十九，頁776。
〔註364〕同註324，頁363。
〔註365〕同註324，頁363～364。

另有未知題面者，據張惕菴云：

> 荀卿子不知性，卻知禮，史記禮書即全錄荀子以成文者也。
> 荀子言禮，以養人為本，其用在視聽言動之閒，蓋言人之
> 視聽言動有禮，則可以養其性情，此正是禮之用，和為貴
> 真解。方望溪先生酷好荀子之文，於此題文云：外無所致，
> 而中必覿，故勞苦恭敬，乃所以養安，苟近其物而情亦生，
> 故儀節文為乃所以適性。〔註366〕

此謂方苞「酷好荀子之文」，因曾刪定荀子，並稱「周衰道微，然
後諸子各以其學鳴，惟荀氏之書，略述先王之禮教。」〔註367〕故
師荀子之意入文，張惕菴評之曰：「說和字，比諸家講章為透切矣。」
〔註368〕

三、結集時文

方苞結集成書之時文，今亦失傳，然於《戴名世集》中有〈方靈
皋稿序〉云：

> 今歲之秋，當路諸君子毅然廓清風氣，凡屬著才知名之士
> 多見收採，而靈皋遂發解江南。靈皋名故在四方，四方見
> 靈皋之得售而知風氣之將轉也，於是莫不購求其文，而靈
> 皋屬余為序而行之於世。〔註369〕

蓋方苞於康熙三十八年（1699），年三十二，舉江南鄉試第一，四方
之士，購求其文，遂將時文結集刊行於世，敦請友好戴名世作序，故
知曾結集時文名為《方靈皋稿》。

又於方苞之文集中有〈書高素侯先生手札後二則〉云：

> 是書乃戊寅見遺，命就鄉試者，以得之最後，未入巾笥中，
> 故得獨存；而今丙戌六月朔後七日，復於散帙中得之。時生
> 徒朋游以余登會試榜，彙刻前後所屬時文，因以冠於簡端，

〔註366〕同註324，頁356。
〔註367〕《方苞集》卷四〈刪定荀子管子序〉，頁86。
〔註368〕同註366。
〔註369〕戴名世《戴名世集》卷三〈方靈皋稿序〉，頁54。

並記先生所以切劘之意，以見余時文之學之所自，而先生筆
墨素不肯假手於人，故評訂之語皆不敢妄託焉。〔註370〕

方苞於康熙四十五年（1706），年三十九，應禮部試，成進士第四名，
在生徒朋游催促下，彙刻「前後所爲時文」行世，將高公手札冠於簡
端，並書跋二則，又云：

戊寅，先生以書督應鄉試，己卯果得舉，將請先生序其文
以行於世；至京師而先生已寢疾，數進見，未忍言。入試
於禮部，未竣事而先生歿，歸至家，發向所藏，則與遺書
並巧蠹矣。〔註371〕

蓋因己之時文乃高公所指畫口授，且應鄉試、會試皆高公所督促，當
舉於鄉，首刻時文行世之際，欲請高公序其文，以自引重，然而高公
已寢疾，未敢請之；又試禮部榜揭，再度刊行時文，則高公已歿，故
將其康熙三十七年之手札冠於書前，以誌師徒存歿之誼，並見己於時
文之學之所自焉。由此可知，方苞曾兩度彙刻時文行世，而坊間所刊
則不得而知，〔註372〕如今二書均未能得見，惜哉！

總之，方苞之時文作品皆未傳世，無完整之篇以究其全貌，僅能
搜得其應試、偶作及結集時文之一鱗半爪，探其題名，窺其片段，知
其隆享盛名而已。

第五節　時文風格

方苞之時文未有完整之篇章傳世，無從窺探全貌，更遑論其風格，
然從相與往來師友之言論，尚可略知一二。就其師長言之，嘗以「國
士」待之，並善加指點之高裔，稱其文「深醇而樸健」；〔註373〕以「江

〔註370〕《方苞集集外文》卷四〈書高素侯先生手札後二則〉，頁629。
〔註371〕同註370，頁628～629。
〔註372〕同註340云：「近以坊人刊余文稿。」知坊間曾刊行方苞之時文，
　　　　然均未見，故不得而知。
〔註373〕《方苞集集外文》卷四〈佘西麓文稿序〉云：「昔吾師宛平高公視
　　　　學江南，……嘗語余曰：「子之文，深醇而樸健。」頁623。

南宿學」視之，舉其爲江南鄉試選首之姜橚，讚其文「沈浸醲郁，深於古人之意」；〔註374〕以「江東第一能文之士」誇之，愛其益厚之許汝霖，譽其文「淵懿高素，有陶、鄧之風」。〔註375〕摯友戴名世亦云：

> 始靈臯少時，才思橫逸，其奇傑卓犖之氣，發揚蹈厲，縱橫馳騁，莫可涯涘。已而自謂弗善也，於是收斂其才氣，濬發其心思，一以闡明義理爲主，而旁及於人情物態，雕刻鑪錘，窮極幽渺，一時作者未之或及也。〔註376〕

可知方苞早期之文，富有「奇傑卓犖之氣」，其風格「發揚蹈厲，縱橫馳騁」，又言其文「跌宕淋漓，雄渾悲壯」〔註377〕及「雄渾奇傑」，〔註378〕然而方苞與戴氏往復討論，面相質正，及受許公相責後，收斂其才氣，主以闡明義理，人情物態，故後期易爲「嚴整明暢」之體，〔註379〕表現「雕刻鑪錘，窮極幽渺」之風。

〔註374〕梁章鉅《制義叢話》卷十二，頁501。
〔註375〕《方苞集集外文補遺》卷一〈記時文稿興於詩三句後〉云：「癸未，榜揭。公見韓城張先生言：『闈中得曠九號卷，淵懿高素，有陶、鄧之風，必海內老學。』細叩，則余文也。」頁810。
〔註376〕戴名世《戴名世集》卷三〈方靈臯稿序〉，頁53～54。
〔註377〕戴名世《戴名世集》卷二〈方逸巢先生詩序〉云：「而二子之稟承家法，悉得先生之詩學以爲文，其所爲跌宕淋漓，雄渾悲壯者，猶之先生之詩也。」頁31。
〔註378〕戴名世《戴名世集》卷二〈方百川稿序〉云：「靈臯之文，雄渾奇傑，使千人皆廢。」頁50。
〔註379〕同註375云：「今年入試禮部，易爲嚴整明暢之體。蓋感公相責之語，而自悔曩者辨義之未審也。」頁810。